講談社文庫

黛家の兄弟

砂原浩太朗

JN018250

講談社

黛家《まゆずみけ》の兄弟

目次

第一部 少年

第二部　十三年後

黛家《まゆずみけ》の兄弟

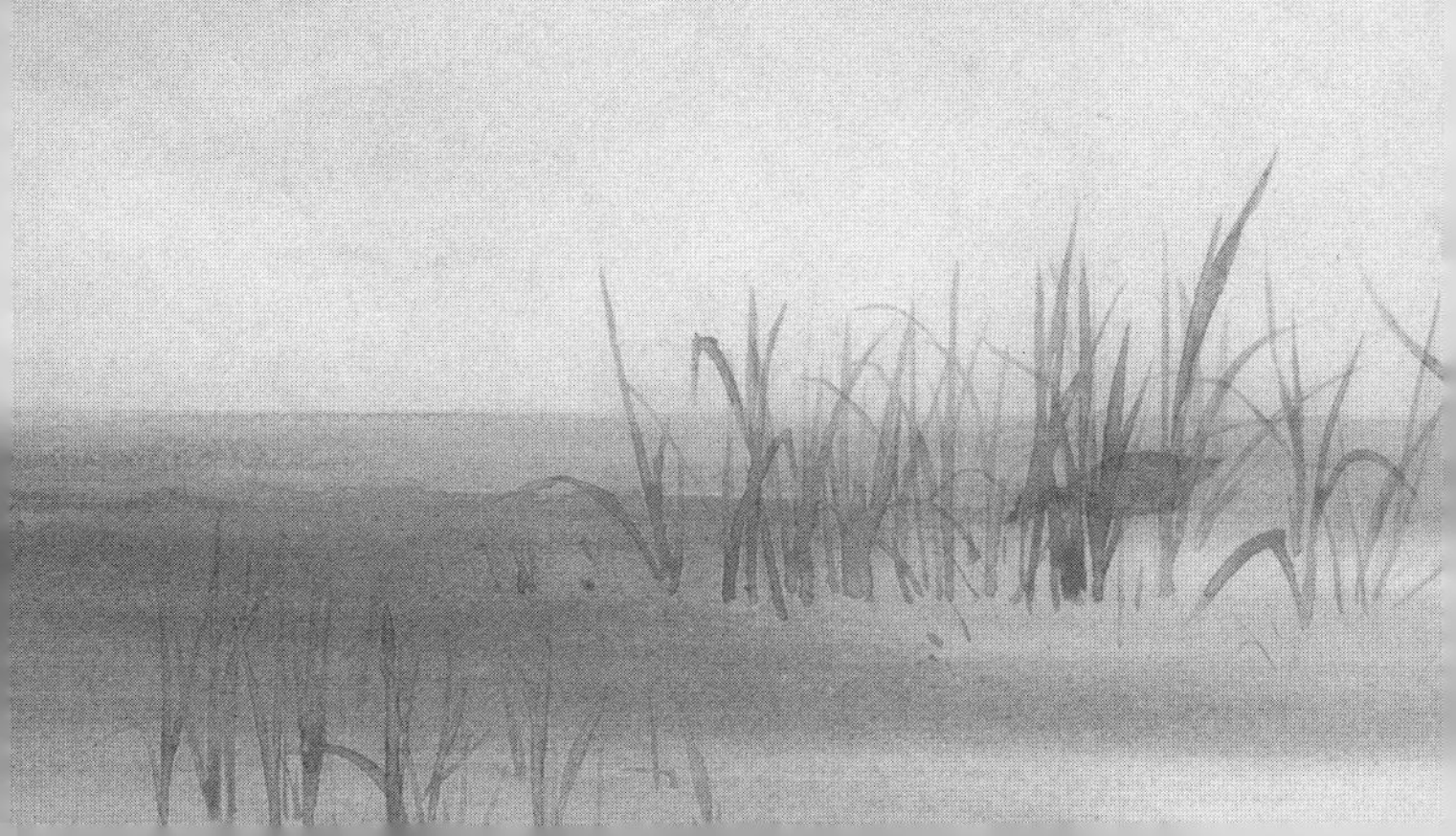

第一部　少年

花の堤

一

　空を覆うように咲ききそった桜が、堤の左右に沿ってどこまでも伸びている。その果てには、溶けのこった雪をかぶる峰々が、切り立つ稜線《りようせん》をつらねていた。

　息を吸うと、甘やかな匂いが胸にすべりこむ。黛新三郎《まゆずみしんざぶろう》は土手の下へまなざしを落とした。杉川《すぎかわ》の水面が春の光をはじき、まばゆい照り返しが並木のあいだを擦《す》りぬけてくる。

「たいそうな人出だな……」

　道場仲間の由利圭蔵《ゆりけいぞう》があたりを見回し、気圧《けお》された体《てい》でつぶやいた。すれちがった町人を振りかえり、目をひらいて語を継ぐ。「上方《かみがた》ことばだったぞ」

「江戸ことばだって聞こえている」新三郎は、くすりと笑声をもらした。「毎年のことじゃないか」

　鹿《か》ノ子堤《こづつみ》の桜は藩祖・玄龍《げんりゆう》公が植えさせたものだが、百数十年を経た今では他国にまで知られた名所となっている。花の時分には、数多《あまた》の旅人がこの神山《かみやま》城下へ押し寄せるのも見慣れた光景だった。今さら驚くほどのことではない。

とはいえ、圭蔵の心もちは分かっていた。これから新三郎の兄たちと落ち合うことに気後《きおく》れをおぼえ、浮き足だっているのだろう。

黛家は代々筆頭家老の家柄で、三千石の大身《たいしん》だった。圭蔵は三男というところだけ新三郎とおなじだが、家は普請組二十石の下士だから、本来まともに顔も見られぬほど身分がへだたっている。十七歳ともなれば、新三郎もある程度の機微はわきまえているから、圭蔵のことはこれまで話だけで、家のものへ会わせようとはせずにきたのだった。

「連れてくればよい」

といったのは、次兄の壮十郎《そうじゆうろう》である。けさ、鹿ノ子堤へ花見に行こうと声をかけられたおり、「きょうは道場帰りに、圭蔵と行く約束になっておりまして」とためらう新三郎へ、こともなげに言い放ったのだった。が、圭蔵が気重になることくらいは察しがつく。口ごもっていると、次兄はそのまま、

「のう、兄上」

かたわらで書見をしている栄之丞《えいのじよう》へ呼びかけた。長兄は書物から目を上げることなく、

「好きにするといい」

興もなげに返してくる。道場へいく刻限もせまっていたため、そこで屋敷《やしき》を出たのだった。

圭蔵に伝えると、案の定ためらいを見せたものの、出向かないのも無礼と思ったらしい。

「では、三歩さがってという体で……」

などとひとりごち、ともあれ稽古のあと鹿ノ子堤へ向かったのである。

およその場所は次兄から告げられていたが、こう人が多くては、さがすだけでひと苦労だった。町人と武士が入りまじり、桃色の天蓋《てんがい》を見上げながらそぞろ歩いているものだから、五、六歩もあるけば足が止まってしまう。この季節にしては日ざしも強めで、首すじのあたりにわずかな痛みさえ覚えるほどだった。

圭蔵は落ち着かなげに視線をさ迷わせている。桜を眺めるどころではないらしかった。

――やはり、わるいことをした。

いっそ兄たちとは、はぐれたままでもよい、と思ったとき、

「兎《うさぎ》――」

太く低い声が、すぐそばから投げかけられた。どこかしら似ているということらし

いが、その渾名《あだな》で呼ぶものは、ひとりしかいない。

振り向くと、ひときわみごとな桜樹の陰から、みっしりと筋肉に覆われた姿が一歩踏み出してくる。今しがた通りすぎたばかりの木だが、うっかり見過ごしていたらしい。

「由利も来たか」

壮十郎が鷹揚《おうよう》に笑うと、圭蔵はあわててこうべを下げた。

「その、本日はお招きいただきまして」

「礼をいうほどの催しではない」桜の幹に寄りかかったまま圭蔵のことばを遮ったのは、栄之丞だった。「ぶらりと歩いて桜を眺めるだけだ」

話し方がそっけないのは長兄の悪い癖だと新三郎は思っている。すらりと痩せた体つきで、秀麗といっていい容貌をしているから、かえって冷ややかに見えてしまうのだった。必ずしもそうでないことを新三郎は知っているが、どれほどの者にそれが分かっているかは疑わしい。

「どうだ由利、あとで一手やらぬか」

歩き出しながら、壮十郎が額を寄せてささやいた。圭蔵は目を泳がせ、唾を呑《の》みこむ。

「と申されますと」

次兄はことさら大きな笑い声を返すと、

「これに決まっておろうが」

圭蔵が負った竹刀《しない》をぽんぽんと叩《たた》いた。救いを求めるような眼差《まなざ》しを向けられ、新三郎は思案げな表情で眉を寄せる。

新三郎たちは一刀流の峰岸《みねぎし》道場に通っているが、壮十郎は富田《とだ》流の影山《かげやま》道場で高弟につらなる身だった。由利圭蔵も他流にまで知られた剣士だから、興味を惹《ひ》かれたのだろう。あるいは、最初からそのつもりで声をかけたのかもしれぬ。

「小兄上《こあにうえ》――」

思い切って口をひらくと、

「今日はやめておけ」

栄之丞の声が押しかぶさる。「桜の下で立ち合いなど、風流すぎる。おまえには似合わん」

いくぶん物足りなげな表情を浮かべたものの、次兄はそれ以上、食い下がってこなかった。圭蔵がほっとしたような微笑を見せる。

一行は城下と反対の方角へ、ゆったりと歩みをすすめた。桜並木は尽きる気配もなく、散りかかる花弁が時おり頬や鬢《びん》のあたりをかすめる。杉川のおもてにも、二枚三枚と花びらが吸いこまれていった。

「あの、ご無礼とは存じますが」

ふいに声をかけられたのは、四半刻《しはんとき》ばかり歩いて、人ごみがまばらになってきたころだった。並木のあいだに立って、武家の女中と思《おぼ》しきはたち前後の女がこちらを見つめている。

新三郎が応《こた》えようとするまえに、圭蔵が進み出て女に低頭した。相手もかまえることなく礼を返しているのは、おのれと同じ使用人だと思ったものらしい。圭蔵もとっさに軀《からだ》が動いてしまったのだろうが、やはりすまぬような心もちに見舞われてしまう。同門として気兼ねない付き合いをしているつもりでも、世間がそう見てくれるとはかぎらなかった。

「黛様のご兄弟では」

女中が臆《おく》する風もなく告げた。うすい唇に、顎のほくろが目につく。うつくしいと言えぬわけでもないが、どこか釣り合いのわるい顔立ちだった。

圭蔵がこちらを振りかえると同時に、

「いかにも左様だが」

壮十郎が磊落《らいらく》な調子でこたえる。女中は表情をやわらげると、背後に視線をすべらせた。

「りく様でございます、黒沢《くろさわ》の」

そのときになってようやく気づいたが、桜の幹へ寄り添うようにしてあざやかな朱の小袖をまとった女がたたずんでいる。わずかに顎がとがってはいるものの、瞳はくっきりとつよく、着物の色にまけぬ華やかな面《おも》ざしをしていた。

黒沢家は八百石で大目付のお役をつとめているが、藩祖の末子につらなる家であるため、家中では別格のあつかいを受けていた。当主の織部正《おりべのしょう》は峻厳《しゅんげん》な人柄で聞こえ、藩士の行状を取りしまるお役とあいまって一目おかれている。

長兄と次兄がそろって黙礼し、おくれて新三郎たちも倣《なら》う。

他家の女と顔を合わせる機会などそうそうないが、黒沢のひとり娘であるりくは昔から知っている。兄弟の父・清左衛門《せいざえもん》と織部正が親しい間柄で、家族ぐるみといってよい付き合いを続けているのだった。いまは幼いころほど頻繁な往《ゆ》き来《き》はないが、年に一度は、いずれかの屋敷で月見の宴《うたげ》など催すことがある。

圭蔵はようすが呑みこめぬ体でそわそわしているものの、目がりくの方へ吸い寄せられていた。新三郎は洩《も》らしそうになった笑声を、いそいで押しこめる。

——まあ、びっくりするくらい、きれいだからな。

とはいうものの、おのれはりくの貌立《かおだ》ちに惹かれていなかった。美しいことは間違いないが、整いすぎて息が抜けない。そういう意味では、栄之丞ともどこかしら似通っている気がした。

「皆さま方もお花見でございますか」

女中が気安げに問うた。物おじしない、というよりはどこか狎《な》れた気配がただよっていて、あまりそういうことが気にならない新三郎も、かすかな苛立《いらだ》ちをおぼえる。長兄も同様なのか、切れ長の目尻がぴくりと動いた刹那《せつな》、

「――すぎ、無礼ですよ」

大きくはないが、よく通るりくの声が響いた。すぎと呼ばれた女中は、きまりわるそうにあるじの方を振り仰ぎ、あらためてこちらへ向かって腰をかがめる。

「あいすみません。これから川べりでお花見の宴を開きますが、皆さま方もご一緒にいかがでしょうか」そこまで告げて、いいわけがましく付けくわえる。「これはお嬢様からのお誘いでございまして」

「それは重畳《ちょうじょう》。そぞろ歩きにも飽きてきたところじゃ」

壮十郎が快活に応じた。気やすく他家の娘と同席など、日ごろは考えられぬことだが、杉川べりの花見では、多少の不作法もお目こぼしというのが習いである。横目でうかがう間もなく、栄之丞が淡々とした口調で問うた。

「ほかには、どなたが」

「はい、わたくしと、女中が何人かだけで。後ほど父も参ることになってはおりますが」

一歩まえに出て、りくが答える。勝気な面ざしにそぐわず、心もち気おくれした風《ふ》情《ぜい》だった。栄之丞が、ふっと唇《くち》もとをゆるめて発する。

「まあ、今日は遠慮しておきましょう」

女の面《おもて》を落胆めいた影がよぎる。なにか口をひらこうとしたところへ、

「――では、かわりに呼ばれようか」

粘つくような声が降りかかった。おぼえず新三郎の背が跳《は》ねる。兄ふたりがするどい眼差しとなって振り向いた。

すこし離れたところで、五人ほどの若侍が並木へもたれかかるようにして立っている。みな仕立てのよい羽織《はおり》をまとっていたが、襟《えり》もとはだらしなくゆるんでおり、ぜんたいに崩れた気配がただよっていた。すでに酒がすすんでいるらしく、程度の差はあれ、いちように頰のあたりを赤くしている。

りくと女中が身を硬くするのが伝わった。と同時に、

「かわりはいらぬようだ」

栄之丞がひややかに告げ、壮十郎がにやりと笑みを浮かべながら進みでる。相手のなかから、もつれるような足どりでひとりが踏みだし、舌打ちを洩らした。齢《とし》は長兄とおなじくらいだろうが、頰が削《そ》げ、ひどく険のある顔立ちをしている。男は唇をゆがめ、呂律《ろれつ》のあやしくなった声を張り上げた。

「お呼びでない、といわれて引き下がれるか。酌の一杯もしてもらおう」

「手酌でやれ」

付き合いきれぬという体で、長兄が溜《た》め息をこぼした。相手がよけい苛立つと分かっていてやるのだから、始末がわるい。新三郎がひやひやしていると、案の定、くだんの侍はいっそう顔を赤らめ、

「なんだと」

と叫んでいきりたった。ほかの面々も木から離れ、思い思いに近づいてくる。刀の柄《つか》へ指を這《は》わせる者もいた。

「よし、由利も手を貸せ。稽古がわりだ」

次兄はかえってうれしげな声をあげ、ひとあし前に出る。大刀へ手をのばし、腰を落として身がまえた。遊里にもしげく出入りしているらしいから、喧嘩《けんか》はお手のものなのだろう。戸惑いながらも、圭蔵が後につづく。女たちがおさえた悲鳴をあげ、栄之丞がうんざりしたという顔で唇をひらいた。

「――やめい」

長兄が不意打ちを食らったような表情で、息を呑む。発するつもりだったろう制止の声は、しわがれ、重みをふくんだそれに遮られていた。

声のした方角へ目を向けると、川べりのほうから土手をあがってくる人影がある。

肥えた軀を大儀げにゆすりながら、一歩ずつ近づいてきた。

「その、これは」

頬の削げた男が、うろたえぎみに発した。まわりの者たちもにわかに身をすくめ、足もとへ目を落としている。

「漆原《うるしばら》さま」

栄之丞が組んでいた腕をほどき、容儀をあらためて低頭する。新三郎たちも、いそいでそれにならった。

あらわれた初老の男は、次席家老の漆原内記《ないき》だと見当をつけた。顔までは知らなかったが、父の清左衛門とならんで神山藩の両輪ともいうべき執政である。

「うぬらは行け」

内記がきびしい声で告げると、若侍たちは浮き足だってその場を離れ、あわてて土手を下りていく。例の男が最後に振りかえり、忌々《いまいま》しげな眼差しを投げかけていった。

「花見の途中でいなくなったかと思えば……いこうお騒がせしたようじゃの」

漆原が袴《はかま》に手をあて、こうべを下げた。「おわび申し上げる」

「いえ、こちらもおなじことにて」

栄之丞が進みでて、今いちど腰を折る。顔をあげた内記が、どこか感慨ぶかげな表情でこちらを眺めわたした。

「黛のご兄弟か、みなよい面《つら》がまえをしておられる」

と次兄が耳もとでささやきかけてくる。新三郎がま、さっきの連中にくらべればな、かえっておどけたふうな笑みが返ってきた。

が咎《とが》めるような目を向けると、かえっておどけたふうな笑みが返ってきた。

「清左衛門どのには、くれぐれもよしなに」

言いながら内記が踵《きびす》をかえす。わずかに声を高めてつづけた。「黛と漆原はお家のかなめ。争うことなど、あってはならぬ」

背幅の広い軀がゆったりと土手をくだってゆく。半白の髷《まげ》が見えなくなったとき、足もとから力が抜けてゆく思いがした。圭蔵も、がくりと肩を落としている。

「あの……ありがとう存じました」

りくが我にかえった体で歩み寄り、栄之丞を見上げて礼をのべる。すぎと呼ばれた女中も、あるじと声をそろえて低頭した。長兄が苦い笑みをたたえて応じる。

「事をおさめたは、漆原どのでござる」

帰るぞ、と言い捨て羽織の裾をひるがえす。りくは、あ、とつぶやいたが、踏みだそうとはしなかった。壮十郎が残念そうな表情を浮かべたものの、とくに反対することもなく跡を追う。新三郎たちも会釈して、ふたりにつづいた。

いつの間にか日の盛りは遠のき、肌寒いほどの風が頬を撫《な》でる。すこし離れてから振り返ると、りくは、まだもとの場所にたたずんでこちらを見送っていた。日が傾きはじめたためか、うつくしい面ざしに影が差している。咲きみだれる桜の下で、そのさまがひどく心もとなげに見えた。

二

振り下ろされた切っ先を受けとめると、はじけるような音があがった。その響きが消えるまえに、新三郎はすばやく竹刀を横薙《よこな》ぎにはらう。が、たしかに捉えたと思った相手の胴はそこになかった。くずれた体勢を立てなおす間もなく、胸もとにするどい突きが入る。息ができなくなり、膝をついてしまった。師範代が、すかさず相手の勝ちを宣する。

「……きょうは取ったと思ったのにな」

きれぎれに口惜《くや》しげなつぶやきを洩らすと、

「軀の動きで、つぎの狙いが分かる。前にもいったろう」

由利圭蔵がやけに大人びた口調で告げた。立ち上がり礼を交わすと、新三郎は稽古場の隅にもどって道着の襟をひろげる。やはり胸のあたりに紫の痣《あざ》ができていた。

「ちょっとは手加減しろ」

帰る道すがら、ひとこと言いたくなって口もとがうずいたが、けっきょく声には出さなかった。昨日のことがあるので、軽口と受け取られないかもしれぬという、恐れに似たものが胸をかすめたからである。

同い年のふたりが峰岸道場へ入門したのは、五年まえのことになる。新三郎は兄ふたりが影山道場へ通っていたから、とうぜん自分もそうするものと思い込んでいた。

「まあ、ひとりくらい違うところへ行ってもよかろう」

父・清左衛門の何げないひとことで決まったのだが、新三郎に異存はなかった。不安もあったが、兄たちのいない世界へ出てゆくという昂揚《こうよう》は、生まれてはじめて経験するものだったのである。

いっぽう、圭蔵の兄たちは少し年が離れており、ふたりが入門したころには、すでにお役について道場へは顔を出していなかった。

最初の立ち合いで、圭蔵がしたたかに新三郎を打ち負かしたとき、道場は一種いいがたい緊張感につつまれた。黛家のものが峰岸に入門するのはめずらしいことで、どうあつかってよいか見当がつかなかったのだろう。当の圭蔵も、しまったという色を顔中に滲《にじ》ませており、師範代や門弟たちも息を呑んでことのなりゆきを見守っていた。

「参りました」

新三郎が笑みをたたえて、大げさなほど明るい声を発し、師の峰岸丑之助《うしのすけ》が、

「つぎは励め」

淡々と告げたとき、皆のなかから声のない吐息がこぼれたように記憶している。

それでも不安だったらしく、圭蔵は稽古がおわってから、こっそり謝りにきた。そのときの遣《や》りとりも、はっきり覚えている。新三郎は、今いちど笑みを浮かべて応えたのだった。

「おれは三男坊の味噌《みそ》っかすだから、腕の一本くらい折れたって、だれもなにも言ってこないよ」

「そうか……おれも三番めだ」

圭蔵も強張《こわば》った頬をゆるめていった。

親しくなったのはそれからで、身分のことはあえて言葉にせぬよう、たがいに牽制《けんせい》しあっているところがある。昨日は窮屈な思いをさせたな、と言いたかったが、そうでもないさ、と返してくることが分かっていたので、結局、口を開かなかった。

行く手には、夕映えを浴びた天守が、くっきりと浮かび上がっている。瓦にはじかれた茜色《あかねいろ》の粒が目に飛びこみ、痛いほどだった。

商人町を抜けると、細い田舎みちの左右に杉や欅《けやき》の木立ちがつづいている。黛家の屋敷は三の丸の南、重臣たちの住まいが集まる一郭にあった。一方、普請組の組屋敷

は城下の外れで、道場からの帰りにはこの先の小川で別れるのが常である。圭蔵が橋を渡りながら振りかえり、じゃあなというのが習いだが、今日はどういうわけか中ほどで足をとめ、ぼんやりと眼差しを下ろしている。夕日に照らされた水面は幾すじにも縒《よ》られた金糸のようにたゆたい、さらさらと音を立てて流れていた。

――なにか話したいことがあるのだな。

ながい付き合いだから、それくらいのことは分かる。黙って待っていると、

「きのうの……」

圭蔵が背を向けたまま発した。口ごもるような声だったので、身を乗りだして聞きかえす。

「え？」

「きれいな人だったな」

とっさに意味がつかめなかったが、りくのことだと察しがついた。新三郎は、つい吹きだしてしまう。

「おい、笑うなよ」

圭蔵が真顔で振り向いた。頰のあたりが赤く見えるのは、照り返しのせいばかりでもないらしい。

「すまん、いきなりだったから」

まだ声を上ずらせながら言うと、相手がむっとした口調でこたえた。

「道場で話すことでもないだろう」

「まあ、それはそうだ」

妙に筋の通ったことを言うものだ、とつぶやき、笑声を呑みこんだ。圭蔵も、照れ隠しのような笑みを口辺にたたえている。

「好きになったのか」

揶揄《やゆ》する口ぶりにならぬよう、声を低めて問うた。いくらか間をおいて、圭蔵がかぶりを振る。

「いや、そういうわけじゃない。軽輩の三男坊が惚《ほ》れたところで、どうにもならぬし」

「おい」

遮ろうとしたが、そのまえに圭蔵が語を継ぐ。「それより、好きというのがどういうものか、よく分からないな」

「………」

「おまえ、分かるか」

なかば食い入るようにして、こちらの瞳を覗《のぞ》きこんでくる。おぼえず一歩しりぞき、唇をひらいた。

「考えたこともなかったが、言われてみると、たしかによく分からんな」

たとえば、女中のみやがかたわらにいる時の心もちがそれかなと思ったが、自信はない。言い淀みながらつづけた。

「その……まだ女を知らぬものでな」

わざわざ口にしたいことでもなかったが、圭蔵にならいいだろうという気分がまさった。とはいえ、さすがに面映《おもはゆ》さをおぼえ、目をそらして黙りこんでしまう。真鴨《まがも》が一羽、燃え立つような光を浴びながら水面をすべっていった。

いきなり肩が重くなり、驚いて身をすくませた。顔をあげると、圭蔵がそのあたりに手を置き、くすぐったそうに頬をゆがめている。その表情のまま、押しだすようにつぶやいた。

「――おれもだ」

ふたりして、声を立てて笑いあう。いつしか空いちめんに焦げた朱の色が塗られ、うすい影を孕《はら》んだ雲が西のほうへ流れていった。小川の水音も、ひっそりと鎮まってきたらしい。

やがて、どちらからともなく笑いやむと、つめたいほどの静寂がふたりをつつんだ。今まで気づかなかった葉ずれの音が耳にまといつく。

ふいに圭蔵が身をひるがえし、あらためて小さな橋の上に歩をすすめた。

「なあ」横顔のまま、小川へ声を零《こぼ》すようにしていう。「もし、おれたちが、この先も友垣《ともがき》でいられたら」

「いられたら、っていうな」

自分でも思いがけぬほど、つよい口調になった。それには応えず、圭蔵はこちらを向いて白い歯を見せる。

「いつか、柳町《やなぎまち》へ女郎を買いに行こう」

「えっ――？」

おもわず頓狂な声が洩れた。柳町は小料理屋や遊女屋のあつまる界隈《かいわい》である。新三郎はまだ足を踏み入れたことがなく、その名は甘美な恐れをともなう響きとしてこころに刻まれていた。相手もおなじと見え、自分で言いだしたにもかかわらず強張った面もちをたたえている。由利家の暮らし向きからして、色街で遊べるはずもないとはすぐに察しがついた。

「女を知れば、好きというのがどんなことか分かるんじゃないかな」

圭蔵の声が、やけに真剣な調子を帯びている。はたしてそういうものだろうか、とは思ったが、誘ってくれたことがうれしかった。

「いいとも」

幾度もうなずきながら告げる。あふれる夕映えのなかで、圭蔵がうれしげな笑みを浮かべた。

三

神山藩の筆頭家老である父・黛清左衛門の身に異変が起こったのは、それからひと月ほどのちのことである。

新三郎はそろそろ床につく時刻で、ちょうど、みやが寝衣《しんい》を持ってきたときだった。書見中だったものの、はやばやと眠気におそわれている。もうそんな頃合いか、とつぶやく声が、自分でも分かるほどぼんやりしていた。それがおかしかったらしく、みやが控えめな笑みをもらす。口もとをおさえた指の白さが、行灯《あんどん》からこぼれる明かりのなかで、ひときわ目についた。

「お召し替えを……」

みやが言い終えぬうち、にわかに玄関さきが騒然となる。手を止め耳を澄ましていると、

「旦那さまがっ」

絶叫に近い声が聞こえてきた。家宰の近江五郎兵衛《おうみごろべえ》があげたものらしい。

のめるように部屋から飛びだすと、式台のまわりに家士が人だかりをつくり、ごっ

たがえしていた。栄之丞もすでに駆けつけ、五郎兵衛とともに肩を貸して父をささえている。屋敷ちかくまで帰ってきたところで前ぶれもなく倒れ、つかのま気をうしなっていたという。昏倒《こんとう》したときに額を打ったらしく、鳶色《とびいろ》の裃《かみしも》があちこち血と泥によごれていた。が、立ちすくむ新三郎に気づくと、はっきりした口調で告げる。

「大事ない――案じるな」

蒼ざめた顔をことさら、ゆるめてみせた。「腰が抜けただけじゃ」

長兄も同意というふうにうなずいてくる。応えも返せずにいるうち、父をかかえたまま廊下を曲がって居室のほうへ消えた。そのとき、ようやく壮十郎がいないことに気づく。近ごろは柳町に入り浸っているらしく、帰宅せぬ夜がとみに増えていた。

待つ間もなく医師があらわれ、奥へ向かう。あれほど混乱していた玄関のあたりは、早くもひっそりとなっていた。床に落ちた血を拭き清めていた下女たちがいなくなると、あたりにこわいほどの静けさが降りてくる。

自室にもどると、みやの姿はなく、床が敷かれて枕辺に寝衣がそろえられていた。安堵《あんど》めいた吐息がこぼれる。待たれたら、かえって気づまりだなと思っていたのである。

衣をかえ、床へ潜りこんだ。まだ行灯を消す気にはならなかったから、天井の木肌にゆらゆらと火影が躍っている。見るともなくその動きをたどるうち、額に血をにじませた父の姿が頭のすみを掠《かす》め、かるい身震いにおそわれた。引きずられるように、母が亡くなった折のことを思いだす。新三郎がまだ八歳のころだったが、半年ほど寝ついたのち世を去ったのである。しだいに窶《やつ》れていく母の姿が子どもごころにも酷《むご》く思え、最後のひと月は、肉親をうしなうのだという恐れに打ちひしがれていた。

――もし父上が……。

死んだら、ということばが浮かびそうになるのを懸命に掻《か》き消す。母のときと違って、藩はどうなるのかという想念がまじったのは、さすがに童《わらべ》ではなくなったということだろう。

清左衛門が筆頭家老の地位についたのは、新三郎が生まれるまえのことである。すでに二十年ほどが経つ。息子の耳にわざわざ親の悪評を聞かせる者もおるまいが、それを差し引いても父の政《まつりごと》には瑕《きず》がすくなく、藩内は目立った嵐も起こらずまとまっていると感じられた。

むろん、元禄《げんろく》以降、諸事のかかりは増すいっぽうで、神山藩も借財にあえいではいる。が、今やほとんどの藩がそうであり、なかではまだ、ましなほうだというのがおおよその見方らしい。

冬の湖面にひろがる氷へ石が投げこまれたようだった。いま生じた亀裂が一部だけにとどまることを願っているうち、まどろみが降りてくる。瞼《まぶた》の裏をみやの面影がよぎったように思ったが、たしかめる間もなく眠りにおちていた。

四

声に応じて障子戸を引くと、逆光のなかに栄之丞がたたずんでいる。白っぽくなった視界がふだんの色とかたちを取りもどすまえに、長身の影が背にした庭の葉桜が目に飛びこんできた。

「ご用でございますか」

つい声にいぶかしげな響きがこもってしまう。毎日顔を合わせてはいるが、齢も六つ離れているから、それほど密にかかわりがあるわけではない。

とくに近ごろは壮十郎の不在が増えていた。幾晩かつづけて帰ってこないこともしばしばである。三人兄弟にはよく見られることだが、黛家でも次兄が上と下をつなぐ役であったから、しぜん栄之丞とのあいだは疎《そ》となりがちだった。むろん、新三郎の居室を訪れることなぞ、まずない。立ちつくしていると、

「頼みたいことがある」

部屋に入るでもなく切りだす。いつもとおなじ淡々とした口調だが、心なしか声が上ずっていた。

「はい――」

肩のあたりが強張ったのは、父の身にかかわることかと思ったからである。清左衛門はあれから数日、病として登城をひかえたものの、その後は以前と変わらず出仕をつづけている。さいわい、目立った不調もないようだった。

新三郎の懸念が伝わったのか、兄はふっと唇もとをゆるめる。

「むずかしい話ではない。今日は道伯《どうはく》先生のところへいく日だろう」

戸惑いながら、うなずく。神山藩にはまだ藩校がなく、お抱え儒者の松崎《まつざき》道伯が、毎月五のつく日に自邸で上級藩士の子弟へ講義をほどこしているのだった。

「その帰りに」栄之丞は、懐に手を差し入れた。書状らしきものを取りだし、押しやってくる。「これを届けてほしい――その、黒沢へな」

「黒沢どの……」

胡乱《うろん》げな声をあげながら、手だけはひとりでに動いて書状を受けとっていた。長兄の面に、はにかむような色が浮かんでいる。このようなさまは初めて見るな、と思っていると、口早に語をかさねてきた。

「門のところで、すぎを呼んで渡してくれ。花見のときに会った女中だ。話はついている」

「はあ……」

「それにしても」と紛《まぎ》らすように栄之丞がひとりごつ。「いいかげん、藩校くらい創ってほしいものだな」

あれこれ聞かれるまえに、ということなのだろう、では頼んだぞと言いおいて踵をかえす。長身の影が掻き消え、新三郎は正面からつよい日差しをあびた。

黒沢の門番は最初、あからさまに不審げなまなざしを向けてきたが、黛の者だといった途端、泡を食って邸内へ飛びこんでいった。子どものころはこうした反応を面白がっていたところもあったが、近ごろは索漠《さくばく》とした心もちに見舞われることがほとんどである。

手持ちぶさたな気分を持てあましながら、こうべを上げる。黒沢邸の海鼠塀《なまこ》は家格のわりに低めで、母屋の甍《いらか》がよく見えた。黒光りする瓦のつらなりが、濃く青い空を区切るように浮かんでいる。

「――これは、黛の御曹司《おんぞうし》さま」

さほど待つこともなく、すぎが姿をあらわした。掃除でもしていたと見え、縞《しま》の帷子《かたびら》に柿色の襷《たすき》をかけている。

――御曹司ときたか。

ただの三男坊だ、と失笑しそうになったが、いちいち訂正するのも面倒だった。ことさらぶっきらぼうに書状を突きつける。

「大兄上《おおあにうえ》……栄之丞兄《けいあに》からだ。そなたに渡せばいいと言われた」

「はい、心得ております」

すぎはあたりを見回すと、すばやく書状を懐におさめた。どこか密《みそ》かごとめいた口調でささやく。

「ご足労《そくろう》さまでございました」

それだけ聞いて、屋敷のまえを離れる。何歩かあるいて振りかえると、すぎの姿ははやばやと消えていた。苦笑とともに、花見の折のことを思いだす。

あずかった文はりくへ宛てたものだろう、と見当をつけていた。長兄が立ち去るとき、名残《なご》り惜しげに見送っていたのも思い違いではないはずである。栄之丞はそっけない態度をくずさなかったが、それはいつものことだった。これまで兄とりくの間にどのような関わりがあり、あの後なにが起こったのかまで窺《うかが》えるはずはない。

鹿ノ子堤の花見はべつとして、武家の男女がそうそう意のままに通い合いを持てるわけもない。大身の家ともなれば、なおさらだった。栄之丞とは幼なじみといってよい間柄だが、りくも婿を取らねばならぬ身だから、好き勝手にはいかぬ。

――とりあえず、圭蔵には黙っておこう。

思い詰めている、というほどではあるまいが、りくに心を惹かれたのはたしかだろう。わざわざ聞かせることもなかった。

ついこの間までは、なにも考えず一日いちにちを過ごしてゆくだけでよかったが、近ごろにわかに、ぬめぬめと形のつかめぬ物ごとに取り巻かれはじめたと感じる。齢をかさねるというのは面倒なものだな、とひとりごちた途端、われしらず浅い吐息がこぼれ出た。

五

居室へ入っていくと、こちらを見上げた父が、わずかに眼差しを細めた。

「また背が伸びたか」

世間話のように問いかけられ、新三郎は首をひねる。

「どうでしょう。まだ止まってはおらぬと思いますが」

腰を下ろしながら応えると、あと何年かは伸びるだろう、と清左衛門がいった。

窓から流れこんでくる風には、すでに噎《む》せかえるような緑の匂いがふくまれている。かぐわしくもあったが、近づく梅雨の気配が首すじへまといつくようでもあった。

父がさりげなく額のあたりを押さえたので、

「まだ痛みますか」

重い口調にならぬよう心がけながら尋ねる。清左衛門は決まりわるげな笑みを浅らすと、

「なに、どうということもないのだ」

くだけた言いようで返してきた。日ざしのなかへ浮かび上がった父の面ざしに、思いのほか多くの皺《しわ》が刻まれていることに気づく。

――ちょうど五十だったな。

頭のなかで指を折った。まだそうした話は聞かぬが、隠居してもおかしくない年齢である。じぶんは、兄たちよりもこのひとと過ごす刻《とき》がみじかいのだ、と思った。湧きあがるものを振りはらうように、二、三度つよくまばたきをする。

「きのう、城内で尾木《おぎ》どのに呼びとめられてな」

清左衛門がおもむろにいった。尾木将監《しょうげん》は四人いる家老のうち最年長で、六十手前といったところである。まともに話す機会はないが、屋敷へたずねてきたこともあるから、温厚そうな風貌に覚えがあった。

「縁組の仲立ちをつとめてくれるそうだ」

「……どなたのでしょう」

新三郎は眉を寄せながら問うた。清左衛門は苦笑をたたえると、こちらの目を覗き

こみ、ひといきに告げる。

「そなたに決まっておろう」

背すじが強張り、つかのま動けなくなった。栄之丞も壮十郎もいまだ妻帯してはいない。さきに自分とは、考えたこともない話だった。

「あの、兄上がたではなく、ですか」

ようやくか細い声をしぼりだすと、父はおだやかな口ぶりでこたえた。

「かまえて、ここだけの話だが」

口調とは裏腹に、鋭い光が眼差しに宿る。家老の顔だ、と思った。清左衛門が声を落としてつづける。

「栄之丞は来春、靖《やす》姫さまと婚儀をあげる」

「えっ――」

おもわず大きな声が洩れた。あわてて口もとに拳を当てる。

靖姫は藩主の次女で、齢は新三郎よりひとつ上の十八歳と聞いている。それ以上のことは知りようもない。姫は江戸の生まれ育ちだから、姿を拝する折とてなかった。

「それは大慶に存じまする」

容儀を正して低頭しながら、面映げに書状を手渡す長兄のさまが脳裡《のうり》をよぎった。はやひと月ほどまえのことになるが、あのときは、この話を知らなかったのだろうか。

「いまこの家で承知しておるのは、わしと栄之丞、それにそなたのみだ。申すまでもないが、まだ他言するでない。むろん、道場のなんとかいう友垣にもな」

「はい。ですが、小兄上には」

「知らせる折がなかった」父が眉間のあたりに苦渋めいた色を浮かばせる。溜め息をこぼしながら語を継いだ。「知ってのように、近ごろは屋敷に寄りつかぬしな——しかるべき時に、わしから伝えよう」

父のいうとおり、壮十郎の遊里通いは度をくわえており、顔を見る日のほうがすくなくなっていた。承知いたしました、と応えると、あらためて父のおもてを見つめる。靖姫輿入《こしい》れの話には仰天したが、やはりおのれの縁組が気にかかっていた。

「それで、そなたの件だが」父が伏せぎみにしていた額を起こす。新三郎は胸がざわめくのを覚えた。「相手は、黒沢のりく殿だ」

とっさに声をうしなう。なぜか、少女といってもいい頃の面影があたまの隅にちらついた。自分は母を亡くしたばかりだったから、りくは十歳ほどだったろう。今よりもふっくらした顔立ちが記憶にのこっている。栄之丞や圭蔵の姿がそれにまじり、胸に伸《の》しかかってくるようだった。

「いやか」

清左衛門がゆっくりと唇をひらく。平板な口調ではあったが、気をそこねた様子はなく、ただの問いかけに聞こえた。われに返って、唾を呑みくだす。

「わたくしの気もちは、かかわりないものと思いますが」

声が自分でもふしぎなほど皮肉めいている。父は今いちど額のあたりを押さえながら、口の端を苦くゆがめた。

「むろんそうだが、よろこんで縁づくに越したことはない」

「はい、たしかに」かすかに頬をゆるめる。「いやというより、おどろいております」

それは正直なところだった。どちらかといえば、りくのことは苦手だが、おのれのような若輩でも、武士の縁組は家と家のむすびつきと心得ているから、好ききらいは意味を持たぬ。齢はふたつ上ながら、これもよくある話といえた。栄之丞に託された書状のことだけが、背筋のあたりにわだかまっている。

「なぜ小兄上でなく、わたくしなのですか」

ふと思いついて問うた。清左衛門が、瞳に複雑な色をただよわせる。

「先方の所望でな。はっきりとは言わぬが、壮十郎は大目付のお役にそぐわぬと思うておるのだろう」

藩内でも遣《つか》い手として知られる次兄だが、筆頭家老の家に生まれた者として、いささかその腕を持て余しているのも事実だった。剣術指南の家はおおむね百石前後だから、養子に行くとしても家格が合わぬし、いま現在跡とりをもとめている道場もなかった。柳町あたりでとぐろを巻いているのも、そうした苛立ちが根にあるからかもしれぬ。たまさか帰ってきた折に接するかぎりは特段あやうい気配も感じないが、黒沢織部正としては大目付という役目がら、懸念のすくない新三郎をえらんだのだろう。

下拵《ごしら》えはとうに終わっているらしかった。

――とはいえ……。

あたまのなかがくすんだ色に塗りつぶされてゆくようだった。父がしずかな眼差しでこちらを見つめている。尋ね返すまでもなく、ことわる道がないのは分かっていた。

胸苦しさに耐えかね、ふかく息を吸いこむ。緑の香はひときわ濃さを増していて、新三郎は咳《せ》きこみそうになるのをかろうじてこらえた。

六

玄関先まで出てきた圭蔵はいぶかしげに首を捻《ひね》ったが、

「めずらしいな、こんな時刻に」

とだけいって草履《ぞうり》を突っかけた。屋敷のうちから、おびえたような視線がいくつかこちらへ注がれるのを感じたが、圭蔵が軋《きし》み音《ね》をあげて戸を閉めたため、すぐに見えなくなる。

夕日が雲の襞《ひだ》を炙《あぶ》りだし、かたむいた光が組屋敷の屋根へ落ちかかっている。朱色のきらめきがあたりに散らばり、圭蔵の顔もほの赤く浮きあがっていた。背を向けて歩きだすと、だまってついてくる。

すこし南に進むと、小川の脇に竹林が広がっていた。あるかなきかの風にのって、湿った土の匂いと竹のそよぐ音がただよってくる。

「昼間、父に呼ばれてな」

足を止め振りかえりざま発すると、圭蔵が口のなかで、うむ、とだけいった。

「――婿入りの話だった」

あえて直截《ちょくせつ》に伝えたのは、そうしないと切りだせなくなると思ったからである。道々、あたまのなかで幾度も繰り返してきたことばだった。

「それは……」

圭蔵はつかのま絶句したが、ややあって背すじをのばすと、

「祝着至極《しゅうちゃくしごく》に存ずる」

あらたまった口調になって低頭した。あわててそれに応えていると、面を上げた相手が、心もとなげな視線をそそいでくる。

「道場はやめるのか」

「……そういうことになる、と思う。今すぐじゃないが」

そうか、とつぶやいて、圭蔵がまなざしを落とす。吐息まじりにささやくような声を洩らした。

「柳町に行けなかったな」

諦めと自嘲の入りまじった響きである。押し黙っていると、圭蔵が突然なにかに気づいたようすで、

「そういえば」

といった。「どこの家に入るのか、まだ聞いてなかったが」

「ああ」

口ごもったが、むしろ言いだしてもらえてありがたい、と思った。瞼を閉じて、ひといきに言い放つ。

「黒沢だ――その、花見のときに会った」

じぶんでもはっきり分かるほど、声が揺れていた。目をひらくと、圭蔵がぽかんと口をあけ、焦点の合わぬ視線をこちらへ向けている。じき我にかえった体で失笑をこぼした。

「なるほど。おれに、すまないと思ってきたわけだ」

「まあ、そういうことになるかな」

鬢のあたりを掻きながら今告げると、圭蔵が今いちど声をあげて笑った。呆気《あっけ》にとられているうち、いくらなんでも気のまわしすぎだ、といって息をはずませる。

「さすがに、あの人をどうこうできるなどとは思っていない。どうせ誰かのものになるなら、おまえでよかった」

「ほんとうか」

「こんな、つまらぬ嘘《うそ》はつかん」

新三郎は肩の力を抜いて、こうべを上げる。竹林は空をさえぎるように広がっていたが、ところどころ洩れる茜色の光がつよく、薄暗さは感じなかった。

「よかった」

押しだすようにつぶやく。圭蔵が、子猫でも見守るふうな顔つきになって目を細めた。

「近いうち、酒でも呑もう。送別の宴だ」

元気でやれよ、と言いながら、さりげなく面を逸《そ》らす。それを追うようにして、新三郎は声を発した。

「そのことだが」

圭蔵がぴくりと肩をすくめ、こちらへ目をもどす。促されるような心もちになって、しぜんと言葉が引き出された。

「いっしょに来てくれないか」

「……すまん、どういうことかな」

本気で戸惑っているらしい。藍色の滲みはじめた大気のなかで、困惑をたたえた面もちがはっきりとうかがえた。

婿入りに際しては、黛家からも数名が側仕《そばづか》えとして黒沢へ入ることになるらしい。そこに主蔵をくわえてもよい、と父から言い渡されたのだった。会わせたことはないが、新三郎が時おり話に出すので、名前くらいはおぼえていたのである。兄たちもそうだが、清左衛門も目にあまりさえしなければ身分の違いがどうのとうるさく言うほうではない。

「遣い手と聞くゆえ、なにかの役に立つ折もあろう」

父はあっさりといった。三男坊だから甘くなっているのも大きいだろうが、ようは軽輩に関心などないのだということは分かっている。

りくの件もあるから切り出すのにためらいはあったが、打診しないという道すじは浮かばなかった。あれこれ考えるのにも疲れ、ともかく当人に諮《はか》ってみようと出向いたのである。

「おれを召し抱えようということか」

仔細《しさい》を聞き終えると、圭蔵がひとりごつようにいった。気でもそこねたかと思い、

「むろん、いやなら断ってくれていいんだ。いま返事しろというわけでもない」

とりなすふうに告げると、間を置かず声が返ってくる。

「いや、受けるよ」

「えっ」

そうなればよいと望んではいたものの、これほどすぐ答えが聞けるとは考えていなかった。圭蔵はいくぶん面映げな色をただよわせながら言う。

「いずれはどこかで身を立てなきゃならない……それに」

ことばを切り、おもむろに背を向ける。そのまま、じぶんへ言い聞かせるように発した。

「どうせ友垣でいられなくなるなら――」

「おい、よせっ」

とっさに一歩踏み出したが、それ以上は動けなかった。おもい幕で押しとどめられたように、立ちつくして圭蔵のうしろ姿を見守る。厚い肩が揺れ、ふかく息を吐いたのだと気づいた。

「どんなかたちでも、お前のそばにいる……そうしたいんだ」

返すべきことばを見つけられなかった。正面からあふれるほどの夕日が差し、圭蔵

の広い背を浮きあがらせる。じぶんと変わらぬ丈《たけ》だったはずが、ずいぶん大きくなったように感じていた。

七

屋敷へ帰りついたころには日も落ち切り、生ぬるい闇が立ち込めていた。息をするたび、むっとした空気が喉の奥へ押し寄せてくる。

「兄上はもどられたか」

衣を替えながら女中のみやにいったが、応えがかえってこない。怪訝《けげん》に思って顔を覗きこむと、ようやくわれに返ったようすで、

「それが……」

と口ごもった。めったにないことだが、少しぼんやりしていたらしい。

父から婿入りの話を伝えられた足で栄之丞の居室へ向かったものの、朝から不在と聞かされた。縁組の報告だけでもしておきたかったが、供は連れず行く先も知らせなかったというから、なすすべもない。壮十郎もあいかわらず留守をつづけている。結局どちらとも会えぬまま、圭蔵のところへおもむいたのだった。次兄はともかく、この時刻まで栄之丞が帰ってこないというのは、覚えにないことである。

「夕餉《ゆうげ》のことでございますが」

もの思いにとらわれていると、みやが脱いだ帷子をたたみながら告げた。清左衛門はまだ城から下がっていないらしい。兄ふたりも不在だから、いっそこの居室へ膳をはこんだ方がよいかというのだった。

「そうしてもらおうか。あまり欲しくもないが」

「承知いたしました。すこしでも召し上がられた方がよろしいかと存じます」

こたえると、みやは立ち上がって厨《くりや》のほうへ向かった。同い年だが、ときどき姉のような口調になるのは、弟や妹の世話に慣れているからだろう。

みやは、城下を出てすぐのところにある長沼《ながぬま》村の出で、五年ほどまえからこの屋敷に奉公している。距離が近いぶん、なにかと便利でもあるから、黛家にかぎらず家中の雇い人はこの村のものが多かった。長いこと中間《ちゅうげん》として仕えたみやの叔父が病で亡くなり、入れ替わるようにして奉公へあがったのである。ようは口減らしだった。

齢もおなじだから、というので新三郎づきになったのだが、さすがにこの一、二年はくすぐったいような心もちがまさっている。いささか落ち着かぬというのも正直なところだった。

待つほどもなく、みやが膳をささげて戻ってくる。それほど食べそうにないと思ったのだろう、飯と豆腐汁に鮎《あゆ》の塩焼き、それに香の物がすこし添えてあるくらいだった。

それでもあまり食欲は湧かなかったが、ためしに魚の身をほぐして口へ入れてみると、塩加減がちょうどよく、にわかに箸がすすみだした。けっきょく、出されたものをみな平らげ、物足りなさをおぼえたほどである。驚いたみやが、おかわりをお持ちしましょうかといったが、さすがに面映くなってことわった。

番茶を飲んでいるあいだに、みやが床をのべてゆく。ながい一日だったな、と思った。父に呼ばれてから半日も経っていないが、何年もの刻をひといきに飛び越えた気がする。栄之丞に会えなかったことは気にかかっていたものの、疲労の方がまさっていた。

放心したようになって湯呑《ゆの》みをもてあそぶ。気がつくと、農家の出らしくもない真っ白なうなじや、不似合いにたくましい腰のあたりを目で追っていた。あわてて湯呑みの底へ視線を落とす。

「お召し替えをなさいますか」

床を敷き終えたみやが問うた。

「いや、まだ起きているからいい」返した声が、ぶざまに上ずっている。一刻もはやく眠りたかったが、いまは着替えを手伝われたくはなかった。「みやこそ、もう寝《やす》め」

わずかにいぶかしげな面もちを浮かべたものの、かしこまりましたと応えてみやが膳を手にとる。立ち上がりながら、遠慮がちに言い添えた。

「あの、お寝みになるとき、脱いだお着物は畳んでおかれたほうが」

わかった、と苦笑まじりにこたえると、みやもはにかみながら部屋を出てゆく。新三郎は、そのまま床へ倒れこんだ。つかれきっているはずだが、胸の奥でさまざまなものが渦巻き、なかなか目が閉じられない。ぼんやりと行灯の火を見つめつづけた。

それでも、いつの間にかまどろんでいたらしい。ふわりとしたものを被《かぶ》せられた気がして目をあけると、みやの顔がおどろくほど近くで自分を見下ろしていた。あっと声が出そうになるのを、かろうじて呑みこむ。

「申し訳ございません。ちゃんとお寝みになられているか、気になってしまいまして……」

ぎこちなく告げたが、立ち上がろうとはしなかった。新三郎へかけた夜具を手にしたまま、どこへ向けたものか惑うように眼差しをさ迷わせている。

すでに深更となっているのだろう。屋敷うちはひっそりとしずまりかえり、ひとの気配は感じられなかった。燃え残りの行灯がか細い明かりを壁に投げかけ、時おりくすぶるような音を立てる。

「造作をかけたな」

寝姿を見られたと思うと、どうにもいたたまれず、ぶっきらぼうな声になってしまう。みやはくすっという笑みをこぼすと、とぼしくなっていた灯をいきなり吹き消した。

――えっ？

声を発する間もなく、ひどくやわらかい重みを全身に感じる。首すじのあたりにかかった息が、こわいほど熱かった。

「だいじょうぶです――みやが、ぜんぶ教えてさしあげます」

ことばとは裏腹に、女の声も震えていた。応えるまえに小ぶりな唇が近づき、新三郎の口をふさぐ。頭の芯が痺《しび》れ、むさぼるように吸いかえした。

庭さきから降りそそぐ月明かりが、障子戸を白銀色に染めている。きょうはまだ終わっていなかったのだな、と熱さを増していく軀の奥で新三郎は思っていた。

闇の奥

一

　右の目がいくぶん小さいせいか、黒沢織部正の貌は、つねに何かをうかがっているように見える。人いちばい小柄で、むしろ矮小《わいしょう》とさえいえる軀つきだが、すべてを見透かすような威圧感を身にまとっていた。物腰にはえらぶった風もないから、その空気は抑えようもなく滲み出てくるものらしい。

　黛新三郎は、向かい合う織部正に気づかれぬよう唾を呑みこむ。婿入りが決まってから、十日にいちど黒沢家をおとずれ、役向きの仔細などについて教えを受けることになっていた。すでに何度めかの訪問だが、いまだ緊張がほどけてはいない。きょうは開幕以来の藩史について講義を聴いていた。

　濡《ぬ》れ縁《えん》を照らす日ざしが、少しずつ傾きを加えている。夏は盛りをすぎているが、この時刻になっても、大気には息苦しいほどの暑熱がふくまれていた。

　先ほどりくが茶を持ってきたが、いつものごとく、ろくに目も合わせず下がっていった。いたたまれぬ思いに駆られるものの、織部正は気にかける様子もない。目に入らぬわけもあるまいが、婿になる男と娘の仲などには関心がないのかもしれなかった。

開け放たれた障子戸の向こうに庭がひろがっている。ちょうど正面のあたりで、蛍袋《ほたるぶくろ》が釣り鐘に似た白い花弁を微風に揺らしていた。亡くなった母が好きだったな、とその花を眺めながら苦い茶を啜《すす》っていると、

「すこし外に出よう」

ふいに織部正がいう。はいと応えて立ち上がり、あとにつづいて縁側へ進んだ。沓《くつ》脱《ぬぎ》石に置かれた草履を突っかけると、小さな背を追って庭へ下りる。

溢《あふ》れるような光が頭上から降りそそいだ。織部正は黛の父とおなじで五十そこそこだが、髷がすっかり白くなっている。新三郎は、遠からず舅《しゅうと》となるひとの後ろ姿を、どこか珍しい生きものでも目にするような思いで見つめていた。

「内記どのが、そなたによろしゅうと言うておられた」

背を向けたまま、織部正がつぶやく。話に前置きがない人だということは分かってきたが、それにしても唐突だった。

「漆原さまが」

たしかめるように繰りかえす。次席家老の漆原内記とは、花見のおり顔を合わせた

のが最初で、今のところ、あれきりとなっている。新三郎の婿入りはすでに周知のこととなっているから、何かの拍子に思いだしたというところだろう。

「かの御仁《ごじん》をどう思う」

振りかえった織部正が、何げない口調で訊《き》いた。おぼえず首をひねる。

――うぬらは行け。

無頼といってよい若侍たちをしりぞけた声は、今でも耳の奥に残っている。否とはいわさぬ威風がそなわっていた。その後こちらに向かって腰を折った姿も、丁重でありながらどこか傲岸さを感じさせるものだった気がする。新三郎は、ぽつりとことばを零した。

「こわいお方、と思いました」

手短かに花見の件を告げる。関心があるのかどうか分からぬが、織部正は黙ったまま耳をかたむけていた。話し終えると、つづきを促すような間が空いたが、これ以上、語れるほどのことはない。すこし考えてからつづけた。

「――あまりよい噂《うわさ》は聞かぬように存じます」

漆原家は代々次席家老の家柄だが、ここ十年ほどでにわかに勢いを増したと聞く。娘のおりうが藩主の側室となり、又次郎《またじろう》という庶子をあげたのだった。世継ぎは正室の子・右京正就《うきょうまさなり》とさだまっているが、ゆくゆく分家のあるじになるくらいのことはあり得るから、内記の存在は無視できぬものである。おりうの化粧料からいくばくかが実家へ流れ込んでいるともいうし、北前船が立ち寄る湊《みなと》の差配を任されているため、運上金の一部を懐に入れているとささやく者もいた。

「が、じぶんで確かめたわけではございませぬゆえ、なんとも」

結局は、そう付けくわえた。こざかしいことをいっても、目のまえのひとには通用しないだろうと思ったのである。真っ白な髷がうなずくように幾度か揺れた。

「ほかには」

糸のように細い右目が新三郎の総身をとらえた。息を詰め、脳裡をまさぐる。ずんぐり肥えた体軀《たいく》と眠たげな瞳が思い起こされた。

「狸《たぬき》に似ておられますな」

なにか言わねばと焦って口にしたのだが、われながら子どもっぽいと思え、うつむいてしまう。足もとでは、夏草が風にそよいでいた。

おもわず顔をあげたのは、織部正がかすれた声を発したからである。目を向けると、わずかに唇もとがゆるんでいた。笑声を洩らしたということらしい。

「たしかに似ておる。ま、わしには鼬《いたち》に見えるが」

楽しげにつぶやいたから、気をそこねたわけでもないのだろう。安堵したものの、ろくな受け応えもできぬおのれが歯痒《はがゆ》かった。

「申し訳ございませぬ」

か細い声で告げると、織部正が、にやりと笑みをかえす。そうすると、面ざしの釣り合いがあちこちで崩れ、かえって禍々《まがまが》しいとさえいえる顔つきになった。

「知ったふりをするよりはよい」

「……左様なものでしょうか」

「そうとも」真顔となってうなずいた。「いちばん厄介なのは、なんでも分かっていると思いこむ輩《やから》だ」

語気がふしぎなほど強かった。とっさに頭の奥が霞《かす》み、口をつぐんで立ちつくしてしまう。

眼差しを落とすと、織部正の髷が目に飛びこんでくる。ひとすじの黒も見当たらぬ銀の糸が日の光に浮きあがり、かがやく鬣《たてがみ》のように感じられた。

二

「おまえも厄介な立場になったものだな」

ぐいと猪口《ちょこ》を干すと、壮十郎が呆《あき》れたふうな口調でいう。すでに相当呑んでいるようだが、呂律もみだれていないし、瞳にも濁った色はうかがえなかった。

「はあ……」

新三郎は生返事をしながら、落ち着かなげにまわりへ視線を這わせた。おのれと兄のほかに、四、五人の若侍が小上がりの卓をかこんでいる。顔を見るのははじめてだが、いつもつるんでいる連中なのだろう。

店は柳町へ入ってすぐのところにある一膳飯屋で、小上がりのあるのがふしぎに思えるほどうらぶれた構えだった。土間のほうでは、むりやりのように押しこんだ三つの卓が、町人や足軽でいっぱいになっている。めずらしく屋敷へ帰ってきた次兄に、いちどゆっくり話したいのですが、と声をかけたところ、ここへ連れてこられたのだった。いつものたまり場へ呼んでみたということらしい。

はからずも柳町に足を踏み入れることとなり、入り口にそびえる朱塗りの楼門を見たときは鼓動が速まるのを抑えられなかった。が、この店のまわりは呑み屋がかたまっているだけで、遊所めいた気配はほとんど感じられない。ほっとした半面、どこか落胆したような心もちもあった。それはそれとして、ふつう差し向かいで場をもうけるだろう、とは思ったが、次兄らしいという気もしている。

「どこが厄介なもんか」取り巻きのひとりが、声を張り上げた。新三郎が来たときから真っ赤になっていた男である。「黒沢の婿に入って、毎晩りく殿とよろしくやれるのだろう。厄介が怒るぜ、うらやましいかぎりだ」

いささかむっとなって眉を寄せると、

「気にするな。こいつはただの馬鹿だ」

次兄が男の頭をつかんで、卓に押しつける。ちげぇねえ、と仲間が伝法《でんぽう》に囃《はや》し立てた。男はわずかにもがいたものの、やはりそうとう酔っていたらしく、そのまま鼾《いびき》をかいて寝入ってしまう。

「――気にかかっているのは、栄之丞兄《けい》のことだろう」

壮十郎は、ためらう気配もなく切りだした。急所を突かれた思いで、ことばをうしなう。赤い顔をした取り巻きたちに目をやり、口ごもっていると、

「気にするな」

こんどは、べつの男が次兄の口調をまねて、歌うようにいった。

「おれたちも、ただの馬鹿」

もうひとりがすかさず合いの手を入れ、男たちは声をあげて笑った。土間のほうから町人たちの視線がいっせいに集まったが、気にかける風もない。おもわず身をちぢめたものの、肩のあたりがすこし楽になっていた。

「……よくお分かりですね」

「ま、花見の折のようすを見ればな」

おれもそこまで鈍くはないさ、と壮十郎が得意げにいった。

膝をそろえて次兄に向きなおる。店中に満ちた酒臭い匂いが鼻腔《びこう》へ刺さり、噎せそうになった。どうにも落ち着かぬが、ここまで来て帰るわけにもいかない。

思い切って、文を託されたことを明かすと、しんそこ驚いたような声が返ってきた。

「付け文とは、兄もなかなかやるな」

知っているかと思った、というと、ゆらゆらとこうべを振る。

「あの兄が、おれに恋路の相談をするわけもないだろう」

「それはそうですね」

つい軽口が出たのは、いくらか場に慣れてきたからかもしれない。ひどい言い草だ、と笑った次兄が、つぎの刹那、沈痛な面もちとなった。

「で、兄とは話したのか」

「それが」

ようやく栄之丞に会えたのは、あの翌日である。目覚めたときはとうに朝餉《あさげ》の時刻をすぎていて、おどろいて跳ね起きると、奥のとりまとめをしている老女があらわれた。うわずった声で、みやはどうしたと聞くと、怪訝そうに首をひねる。

「暇をとりましてございますが、ご存じではなかったので」

嫁入りが近づいたので、在所へ帰ったという。何ヶ月もまえに決まっていたことだと告げられ、声をうしなった。そのまま食事もとらず座り込んでいたが、昼近くになってようやく立ち上がり、栄之丞の居室へ向かったのである。

「――ひどい顔色だ」

具合でもわるいか、と障子を開けるなり長兄はいった。昨夜はかなり遅く帰ってきたはずだが、目のまわりにいくらか疲れた気配をただよわせているほかは、ふだんとかわらぬように見える。

「きのう、父上に呼ばれまして……」

ためらう余裕すらなく、口迅《くちど》に切りだした。ああ、と栄之丞が喉の奥でこもった声を洩らす。

「知っている。おれのことも聞いたか」

忙《せわ》しげにうなずくと、そうか、とひとりごつようにつぶやいた。ながく伸びた睫毛《まつげ》の下から、まっすぐな目を向けてくる。屈託めいた影はうかがえなかった。

「つぎの春が正念場だな、おれもおまえも」

来春、まずは藩主の帰国を待って栄之丞が華燭《かしよく》の宴をあげ、翌月に新三郎の婿入りという段取りらしい。慶事がつづくともいえるが、二十年近く送ってきた暮らしが根こそぎ変わってしまうことになる。おそれや不安がないといえば嘘になるだろう。

いいのですか、と言いたかったが声にならない。栄之丞とりくのあいだにどのような関わりがあり、兄がじぶんの縁組をどう思っているのか気になったが、知ったところでどうにもならぬということも分かっている。結局、なにも質《ただ》せぬまま、長兄の居室を去ったのだった。

「そうか……」

聞きおえた壮十郎が、腕組みを解き、ふとい息を吐きだした。仲間たちはとうに関心をうしなったらしく、めいめい盃《さかずき》を過ごし、さらに二人ばかり寝入った者が増えている。次兄がめずらしく、しんみりした口調でつづけた。

「まあ、どうしようもないことだ。いかな気もちがあったとて、りく殿が嫁いでくるわけにはいかぬ」

「はい」

新三郎は卓のうえに視線を落とした。倒れた徳利《とつくり》や食べ散らかした魚の皿が入り乱れ、なんとも雑然としたありさまになっている。はたち過ぎと思える女中が近づき、手際よく片づけはじめた。

「造作をかけるな」

次兄がいうと、女中は痩せた顔をほころばせてうなずき、板場のほうへ戻ってゆく。その姿を見送った壮十郎が、にわかにいたずらっぽく眉を動かした。

「厄落としに、女郎屋へでも連れて行ってやろう」

「えっ――？」

唐突な申し出に唖然《あぜん》としていると、次兄が腹を揺するようにして笑う。

「りく殿は齢上だったな……女のひとりやふたり知ってから契ったほうが、舐《な》められずにすむぞ」

あいかわらず乱暴なことをいうと思ったが、次兄のこういうところがきらいではなかった。が、思案するまでもなく答えは決まっている。背すじをのばし、おもむろに低頭した。

「ありがたくは存じますが、きょうのところはご遠慮申し上げます」

「怖いか」

壮十郎が目を細めるようにして問う。新三郎はゆったりとかぶりを振った。

「――いつになるか分かりませんが、女郎屋には先約がございまして」

それに、と付けくわえる。声がくすぐったげに揺れた。「女子《おなご》の件ですが、ご心配いただくには及びません」

「ほう」次兄が目を見開いた。不意打ちを食らったような驚きを瞳にたたえている。

「もう子兎ではなかったか」

われながら子どもじみていると思ったが、兄に認められた気がして、ささやかな晴れがましさをおぼえた。が、引きかえのようにして、みやの白いうなじが瞼をよぎる。胸の奥へ何か鋭いものが突き立つのを感じていた。

三

おそるおそる上げた眼差しに、はっきりした怯《おび》えが刻まれている。男は三十半ばと聞いていたが、面やつれが激しいためか、十以上も老けて見えた。障子は閉めきっているものの室内はほの明るく、まだ昼には間のある陽光が、その姿をしらじらと浮きあがらせている。

十二畳ばかりのひと間で男と対座しているのは、目付役筆頭の久保田治右衛門《くぼたじえもん》だった。こちらは三十を出たばかりというが、眉の濃い精悍《せいかん》な面ざしをしており、全身から雄鹿のような精気が匂い立っている。新三郎は、黒沢織部正と肩をならべ、かたわらで裁きのようすを見守っていた。

神山藩の評定所は、二の丸の南にひっそりとたたずんでいる。一見すると隠居所のようなものさびた造りだが、さまざまな罪科に問われた藩士がここへ召し出され、目付の訊問《じんもん》を受けるのだった。

織部正は大目付であるから、上級家臣の行状を監視するのがつとめである。きょう裁きの座にあるのは三十石どりの軽輩だが、新三郎に見せるため、とくに立ち会っているのだった。

「婿入り前から熱心だの」

受け入れた久保田も戸惑っているふうだったが、それは新三郎もおなじだった。嫌というわけではないにせよ、こうしたことは黒沢の家に入ってからするものではないかと思える。

「茂太《しげた》のやつ、ずいぶんと熱が入っておるな」

裁きに立ち会うと聞き、父がそうつぶやいたのは三日ほどまえである。ひさしぶりに早く帰宅した夕餉の折だった。

茂太郎というのが織部正の幼名で、前髪立ちのころから旧知の仲だと聞く。いまでも何かの拍子に、その呼び方が出るのだった。清左衛門が、どこか遠い目になってつぶやく。

「そなたを早く一人前にしたいのだろう」

「はい――そう思います」

汁椀と箸を置き、父を見つめた。どういう気まぐれか壮十郎も屋敷にいて、兄弟三人で清左衛門を仰ぐかたちとなる。

「気が重いか」

栄之丞が世間話のような口調で問うた。新三郎は困ったようにこうべをかしげる。

「いくらかは」

おれなら面倒くさくてしかたないな、と壮十郎がひとりごとめかしていう。父が睨《にら》むように眉を寄せると、首をすくめて立ち上がった。わざとなのかどうか、踏みだした足が膳にかかり、倒れた椀から汁が畳に飛び散る。

「壮十郎っ」

清左衛門の叱声が場を低くつらぬいた。次兄は舌打ちだけ残し、そのまま部屋を出ていく。じき玄関のあたりで、若さまっ、いずこへ行かれますると慌てた声があがった。家宰の近江五郎兵衛だろう。つづいて、荒々しく戸の開け閉めされる音が耳の奥に刺さった。

そらぞらしいまでの沈黙が居間にひろがる。父は苦々しげに溜め息をこぼすと、新三郎につよい視線を向けてきた。あまりのするどさに、おもわず瞳をそらしてしまう。

「ひとの心もちには応えよ」

ひとことずつ区切るようにして、清左衛門がいった。息がみだれるのを感じながら、おそるおそる父の方に眼差しを向ける。いくぶん茶がかった瞳は、すでにしずかな色を取りもどしていた。

「応えんとしているうちに、多くを得る」

父の言が残らず腑《ふ》に落ちたとはいえぬが、いまは織部正の求めるまま動いてみる気になっている。いずれ舅となれば、命にしたがわねばならぬのだから、すこし早まっただけともいえた。

新三郎は、三間ほど向こうで背を縮める男をあらためて見つめた。いつのまにか、その上体が小刻みに震えだしている。が、久保田は、ためらう気《け》ぶりもなく声を高めた。

「五年で十両――相違ないな」

はっ、と洩らした声が滑稽なほどか細い。男は勘定方《かんじょうかた》の下役で、何年にもわたって公の金を懐に入れつづけてきたという。が、目のまえで居竦《いすく》まる様子はさながら叱られた幼な子のようで、大それたことを仕出かした者には見えなかった。

口中にひどい渇きをおぼえる。男の強張りが取りついたかのごとく、全身がぎこちなく固まり、節々に痛みさえ感じるほどだった。かすかな耳鳴りを圧《おさ》えつけるかのように、詮議のやりとりが容赦なく響きわたる。

「そを何に用いたるか」

「た、生活《たつき》の足しでございます。決して、それ以外のことには」

男は頬のあたりを引きつらせて言いつのったが、久保田はおもい声を返しただけだった。

「お扶持《ふち》をいただいておろう」

「おそれながら」頭を揺らしたかと思うと、突然、両手で月代《さかやき》を掻きむしる。怯えにまみれながらも、どこか太々《ふてぶて》しさをにじませた口調で語を継いだ。「お扶持だけでは、とうてい暮らしが立ちゆきませぬ」

「暮らし……」

つぶやくと、ひと膝まえに進みでる。男は気圧されたようすで上体をくずし、畳に片手をついた。追い打ちをかけるように、久保田がするどく言葉を突きつける。

「内証《ないしょう》のくるしさは、そなただけではあるまい」

「さ、されど」

男が声を裏返らせるのと同時に、新三郎はきつく目を閉じた。手のひらが痛くなるほど拳を握りしめている。瞼をひらくと、久保田が指先を懐に入れるところだった。紙切れのようなものを取りだすと、ひらいて胸のまえにかざす。一拍おいて、男が悲鳴じみた声を洩らした。

「これも生活の足しか」ひややかに告げながら、紙に目を落とす。「どう見ても賭場の証文だな」

久保田は紙片をふたたび懐におさめた。男の全身を見据え、射抜くような声を放つ。

「山路作左衛門《やまじさくざえもん》、その罪明白なるをもって切腹、お家断絶申しつける」

男の顔から溶けるようにして表情が失《う》せた。白茶けた唇がふるふると揺れ、全身に痙攣《けいれん》がひろがってゆく。新三郎が息をひそめているうち、駄々をこねるような叫びがあがった。

「そ、それでは、妻子こぞって飢え死にいたすほかなく」

「気の毒と思わぬわけではないが」久保田はいったが、そのことばに一片の同情もふくまれていないことはすぐ分かった。「そのこととお裁きとは別である」

ひゅっ、と風の鳴るごとき音が男の喉から零れる。そのまま、追い立てられるように声を張り上げた。

「子がおり申す――五人でござる」

新三郎がおぼえず唾を呑むと、まるでその音が聞こえたかのように、ぎらぎらと滾《たぎ》る瞳がこちらへ向けられた。にじり寄らんばかりにして、骨ばった指をのばしてくる。

「跡取りは、そちら様とおなじ年ごろにて」

男の腕が絡みついてくるような心地におそわれた。身をちぢめ、ひたすら袴のあたりを見つめる。喉はすでに痛いほど干上がっていた。

「なにとぞ、なにとぞ」

亡者のように声が追いすがってくる。耳をふさぎたかったが、手が動かぬ。痺れた頭の片隅で、なにかが瞬《またた》くのをおぼえたが、それを見据えることもできなかった。

久保田がやるせなげな吐息をつく。

「――引っ立てよ」

声に応じて襖《ふすま》が開き、次の間から下役たちがあらわれる。左右から咎人《とがにん》の袖を押さえ、立つようにうながした。山路は言われるまま、のろのろと身を起こしたが、

「おなじ齢でござる、おなじ齢で……」

呆《ほう》けた口調で繰りかえしながら、うつろな目で新三郎を見つめている。そのまま座敷から連れ出されていった。

気がつくと袴のあたりに日が差し、まだ新しい濃紺の色をくっきりと浮き上がらせている。ようやく面をあげると、山路を引き立てる際にひらかれたのだろう、庭へつづく障子戸が大きく開け放たれ、一隅にかたまって咲く萩《はぎ》の白さが、まぶしいほどに目を射た。青くひろがる天のどこかから、椋鳥《むくどり》の啼《な》き声が滑りおりてくる。

「とんだものをお見せしましたな」

久保田がきまりわるげにつぶやいた。いやなに、と織部正が応えると、ふかぶかと低頭して退出する。舅とふたりだけになると、息苦しかったはずの室内が寒々しいほどひろく感じられた。

全身から力が抜け、手をつかず座っているのがやっとだった。背のあたりが丸くなっているのは分かっていたが、のばすことができない。

「武士はみな、従容《しょうよう》として死へおもむくもの」

ふいに織部正が唇をひらいた。微笑《ほほえ》んでいるようにも悲しんでいるようにも見える皺が、鼻のあたりに刻まれている。「そう思うていたか」

「いえ……はい」

じぶんでも、なにを言おうとしているのか分からなかった。胸のうちがひたすら重いもので塗りこめられている。織部正は、畳に降りそそぐ日ざしを見つめながらつづけた。

「そうした者もおるが、今日のようなことは多い――身分にかかわらずな」

「………」

舅となるひとがゆっくりと面を向けてくる。ふぞろいな双眸《そうぼう》が錆《さ》びた光を放ち、老いた鷹《たか》のように見えた。

「が、わしはそれを悪いとは思わん」

「え――？」

「むろん、良いとも思わんが」

織部正がいたずらっぽく笑った。いつもの通り、そうするとひどく顔が歪《ゆが》む。首をかしげていると、舅となるひとの笑みがさらに大きくなった。

「たいていの者は、そうそう見事に生きられぬということかの……ついでに申しておくが、いまの男には子などおらぬよ」

四

「なかなか面白そうな親父《おやじ》さまじゃないか」

由利圭蔵が感に堪えたような声をもらす。話しおえた新三郎は、こころもち顔をうつむけて、ああ、と応えた。

昼下がりの筆屋町《ふでやちょう》は意外なほど人通りが多く、ふたりのような武家の子弟や町人たちが思い思いに歩いている。屋敷から道場へ向かう途中にある一郭で、稽古のある日は、このあたりで圭蔵と落ち合うのが習いとなっていた。名のとおり筆や墨、紙などを商《あきな》う店が目につく。時おり振売りが天秤棒《てんびんぼう》を下げて通りかかり、甘辛い煮物のにおいが鼻さきにただよった。

「親父さまはいいんだ」

歩きながら、何度目かの溜め息を吐きだす。しばらく前までは呼吸をするたび燃えるような暑熱を吸いこんでいたが、いつの間にかずいぶん過ごしやすい気候となっている。頬を撫でる風にも、はっきりと涼気がまじっていた。

「じゃあ、なにかまずいことでもあるのか」

圭蔵がいぶかしげに問う。新三郎は前を向いたまま、ひとりごつように告げた。

「まずいとしたら、おれかな」

相手がいっそう眉をひそめる。

「よく分からんな。どういうことだ」

「そうだな、なにも知らんことが、だんだん怖くなってきたというか」

山路という男が連れ去られたあとの遣りとりを思い起こす。何か気づいたことはなかったか、と舅は聞いたのである。新三郎が不安げな面もちで首をひねると、織部正は少しだけ声を厳しくした。

「あの男は三十四じゃったかの。ありえなくはないが、そなたと同い年の子がおるにしては、いくぶん若い」

「…………」

とっさに瞳がひらいた。いわれてみれば頭の片隅で何かが引っかかっていた気もするが、心もちがみだれて自分でも見逃していたのである。

新三郎の表情を覗きこむと、織部正はやさしげな声になって付けくわえた。

「かすかな不審を見逃してはならぬ——」

思いにふけったまま先へすすんでいた新三郎は、二、三歩あるいたところで振りかえった。圭蔵が立ちどまって腕を組み、どこか楽しげな表情でこちらを見つめている。新三郎は首をかしげながら問うた。

「どうかしたか」

「いや、正直なやつだと思ってな」かるく笑声をあげ、近づいてくる。「知らんとはなにをだ」

「まあ、世の中とか、そういうことになるか……」われながら大仰なことをいう、と思ったが、それ以外にことばが見つけられなかった。「このあいだ小兄上にも、おまえは苦労知らずだから、大目付などつとまるのかと言われた」

「そういう壮十郎さまも、苦労しているとは思えんが」

「まったくだ」

ふたりして、おおきな笑い声を洩らしてしまう。そばにいた町人がおどろいて、こちらへ顔を向けた。ばつがわるくなり、急ぎ足で歩をすすめる。筆屋町を抜けると武家屋敷のつらなる辺りとなるから、行き交う人影がにわかに少なくなった。

「――まあ、苦労すればいいというものでもないだろう」

圭蔵がぽつりと声を発する。すこし刻が経っていたので戸惑ったが、あるいはずっと考えつづけていたのかもしれない。冗談めかした口調ではなかった。

「そうかな」

心もとなげにいうと、ふしぎなほど強くうなずき返してくる。

「まっすぐものが見られなくなる気がするな、煩《わずら》いがすぎると」心なしか、圭蔵の声が翳《かげ》りをおびている。「うちの親父を見ていると、そう思える」

おもわずことばに詰まった。圭蔵の父は普請組の下役で、年じゅう足軽や人足にまじって堤や道の修繕に駆り出されている。たがいの家屋敷にはあがらないというのが暗黙の取り決めになっていたから、玄関さきで挨拶をかわすくらいだが、日に焼けた不機嫌そうな面もちが胸の奥に残っていた。

「いいことなど、今までもこれからもあるはずがないという顔をしているんだ……じっさい、そうなのかもしれないが」

「…………」

「おまえは、そのままでいいよ」

圭蔵はふわりとつぶやいて、こちらへ眼差しを向ける。ふかく黒い瞳が、いっしんに新三郎をとらえていた。そこに映るじぶんの姿を見ているうち、言いようのない思いに胸が浸される。

「……すまん」

えっ、という声があがるまえに、新三郎は踵を返していた。足早にいま来た方角へ踏みだす。

「きょうは休む。先生にそう伝えてくれ」

圭蔵は途方に暮れたようすで、おい、とつぶやいたが、追ってこようとはしなかった。

屋敷がつづく界隈をもどって、筆屋町とのさかいに出る。鹿ノ子堤へつながる街道がここを横切っているのだった。

新三郎は、城と反対の方角へ向かってその道をあゆみだした。他国から来たとおぼしき旅姿の町人や馬子《まご》と、ひっきりなしに擦れちがう。時おり藩士らしき姿も見受けられるものの、それほど多くはなかった。蜻蛉《とんぼ》が一匹、うるさいほどまとわりついてきたが、気がつくと高く澄んだ天のほうへ飛び去っている。どことなく、置いていかれたような心もちになった。

歩き通して鹿ノ子堤へ差しかかる。天蓋を覆うようにひろがっていた桜並木も、いまは花の気配さえなく、乾いた枝先を虚空に突き出していた。彼方《かなた》にそびえる山なみは、真夏を経ても消えぬ雪の冠をはっきりとかぶっている。

長沼村へ辿《たど》りついたころには、ふくらはぎのあたりがすっかり重くなっていた。すこしも休まず歩きつづけたことに、そのときはじめて気がつく。

圭蔵にそんなつもりは毛頭あるまいが、そのままでいい、と言われたとき、かえって、このままではいられないのだな、と思った。理由は自分でも分からぬものの、それは確信ともいえるほどつよい心もちで、なぜかひとつながりのようにして、みやの面ざしが浮かんだのである。

はっきり住まいを知っているわけではなかったが、何年もつかえていたので、問わず語りに話を聞いたことはあった。村のなかでも城下に近いあたりで、大きな欅がそばに生えていたという。小さいころから通りかかる旅人を見るのが好きだったと言っていたから、街道からもそう離れてはいないだろう。

嫁入りが決まったというから、連れ戻すつもりはなかったし、できるわけもない。なぜ自分と肌をあわせたのか聞きたいとは思ったが、会えたとしても口にはできないだろうと分かっていた。

ただもういちど顔を見て、別れを告げたかった。それだけの気もちでここまでやって来たのである。

とはいえ、いくら城下に近くとも、武家の子弟がふつうに歩いているところではない。先ほどから、田や畔《あぜ》で立ちはたらく百姓たちが不審げな面もちをこちらに向けていた。

——ゆっくり探すというわけにはいかなそうだ。

腹を決め、ちょうど畦道にあがってきた中年男を呼びとめる。

「亡くなった葭蔵《よしぞう》の家はどこかな——大きな欅のそばだと思うが」

さすがに気おくれして、みやの名を出すことはできなかった。葭蔵というのは、黛家に奉公していた叔父である。ふだんは屋敷内の長屋に住んでいたはずだが、村へもどると、みやたちの家に泊まっていたと聞いた覚えがあった。

が、男はまるでことばが通じぬ者のごとく立ちつくしている。疑っているようでもあり、おびえているふうでもあった。

「屋敷から見舞いの品を届けに来たのだ」

葭蔵が死んでから、もう何年も経っている。我ながらへたな嘘だと思ったが、とりあえず縁のある者と察したらしく、男の瞳にただよっていた溟《くら》い色が、わずかに薄れた。

「その人のことはよく知らんけど、欅なら……」

男がおずおずと指さしたのは、畦道の行く手を右へ折れる脇すじだった。その先に大小の木々がかたまり、ちょっとした森のように見える。

礼をいって、小走りに歩をすすめた。馬鹿げたことをしていると思ったが、足を止める気にはならない。

しばらく脇道をゆくと、やはり森のごとく木々があつまっていた。が、遠目に見るよりもまばらで、薄曇りの空をやぶった日ざしがあちこちに降り注いでいる。夏草は少しずつ枯れはじめているが、まだじゅうぶんすぎるほど濃い匂いを放っていた。

くだんの樹はすぐに見つかった。周囲にはほかにも何本か欅が根を張っていたが、ひときわ目を引く大木が奥まったところに聳《そび》えている。落葉にはまだ間があるらしく、くろぐろと繁《しげ》った葉叢《はむら》を空へひろげていた。かたわらには茅葺《かやぶ》きの百姓家が、木陰へ溶け込むごとくひっそりたたずんでいる。

引きずられるようにして百姓家へ近づいてゆく。大きく肩が上下し、はげしさを増す鼓動だけが軀の芯で響いていた。

違和感をおぼえたのは、古びた板戸が目のまえに迫ったときである。手をのばせば戸口に指さきがふれるほどのところまで来て、立ちすくんでしまう。

――なぜ、こんなに……。

ふしぎなほど、しずかだった。十人を超える大所帯のはずだが、子どもの声ひとつ耳に飛びこんでこない。

野良仕事に出ているのかもしれぬと思ったが、ひどく黴臭《かびくさ》い匂いが鼻を突くのに気づいた。とっさに屋敷の土蔵を思い出す。長いこと閉めきっている建物のごとき気配がただよっていた。

足の先がすっと冷たくなっていく。いっそ引き返したくなったが、足が思いどおりにならなかった。そのまま、なにかに突き動かされるように腕をのばす。湿った板戸の感触が指さきから伝わってきた。

耳の奥でがたりという音が響き、気がついたときは、土間の真ん中に立ちつくしている。窓も閉じられているらしく、いちめんの闇へ呑みこまれそうになった。おもく湿った空気を吸い、咳きこみかけたが、音を立てるのが恐ろしく、かろうじてこらえる。

やがて屋内のようすが、滲みだすように浮かび上がってきた。

宴のあと

一

行灯のなかで火がゆらめき、蠟燭《ろうそく》の芯が、じっという音を立てた。新三郎は、見るともなくそのさまを眺めている。すこし放心していたのだろう、湯呑みを差し出され、とっさに背をすくめてしまった。茶をはこんできた年かさの女中は、かえって恐縮したようすで、そそくさと退《さ》がってゆく。

昼からつづいた婚礼の宴は夜も深くなって終わり、ようやく寝間へ引き上げてきた。りくは別室で着がえをすませ、ほどなくあらわれることになっている。

生ぬるい夜気が部屋の至るところに淀み、たゆたっていた。厳しかった寒さはとうに消え、ゆっくり見物する折を得られぬまま今年の桜も散っている。

この日が来たのだな、ということばを零しそうになって呑みこむ。婿入りの時がおとずれることなど、ないのかもしれぬと感じていた。それほどに遠く、現《うつつ》とも思えぬ話だったということだろう。

渇きをおぼえたわけではなかったが、湯呑みに手をのばして、ひとくち茶をふくんだ。ひどく苦いものが口のなかに広がり、いくぶん乱暴に茶托《ちゃたく》へもどす。人気のない寝間のうちに、硬い音がやけに高く響いた。

さまざまな面影がいちどきに押し寄せ、呑みこまれそうになる。きょうの宴には黛の父や兄たち、両家の親族はもちろん、藩内からも数多の重職がつらなっていた。漆原や尾木といった執政も座をしめていたはずだが、個々の顔はほとんど記憶に残っていない。噎せかえるような人いきれの感触となって、肌の奥にひたひたと染みてくるだけだった。

そのなかで、ひときわ大きく伸しかかってくるのは、その場にいなかったみやの貌ということになるだろう。

昨秋、在所をおとずれた新三郎が目にしたのは、空になった百姓家である。締め切られてそれなりの日にちが過ぎているらしく、鎮まりかえった屋内には死臭かと思えるほど濁った空気が満ちていた。

呆然《ぼうぜん》となり、通りすがりの百姓女に問いただしたが、舐めるようなまなざしで新三郎を眺めまわしたあと、

「どこの村でも、逃げ出すもんはめずらしくないからねぇ」

投げやりにいって、立ち去っていった。

ほかにも何人か目についた農夫をつかまえてみたものの、はかばかしい答えは得られなかった。隠しているのではなく、いなくなった者のことなど構ってはいられないというふうに見える。なおも尋ねまわろうとしたが、こちらへ向けられる視線がしだいに険しくなってくるのを感じ、引き上げざるを得なかった。

——嫁に行くのではなかったのか……。

不審はつのったが、みやの在所へおもむいたと明かすこともできないから、屋敷の女中たちには質せぬ。それに、なにかを秘している気配はだれにもなかった。結局なす術もなく、みやの行方は分からぬまま年を越して、きょうを迎えたのである。

——息災《そくさい》でいてくれればよい。

ただ、それだけを願った。おのれも黒沢家に入り、あたらしい者として生きねばならぬ。みやにもそうした行く末があることを祈ったのだった。

ふかく息をついて、もういちど湯吞みを手にとる。冷えきった茶を飲み干すと、胃の腑がぎゅっと縮まるようだった。

障子戸が音を立てて揺れる。いまは閉じられているが、庭に面したあたりだった。夜風が強さを増したらしく、屋内にも、若い芽の匂いが滑りこんでいる。

はっと面をあげ、耳をそばだてた。風音にまじって、濡れ縁を踏む気配が近づいてくる。わけもなく拳に力が入った。

待つほどもなく障子戸がひらき、滴るような闇が視界を覆う。が、それはほんの一瞬のことで、女中のすぎが戸をしめると、白い寝衣姿のりくが、そこにたたずんでいた。

新三郎が立ち上がって会釈すると、りくもゆらゆらとこうべを垂れる。むろん、婚礼のあいだ隣に座ってはいたが、そうそう横ばかり見るわけにもいかぬ。正面から向き合うのは、今日はじめてといってよかった。

月明かりが降りそそぐ障子戸を背にしているせいか、りくの面ざしはいつにも増して青白く見える。部屋の真ん中に腰を下ろし、向き合うかたちとなっても、まなざしをあげようとはせず、膝のあたりに目を落としていた。

「お待たせいたしまして、申し訳ございませぬ」

妙にほがらかな声を発したのは、すぎの方だった。何に浮き立っているのか、うすい唇をゆるめ、いそいそと茶の仕度にかかっている。飲んだばかりだから欲しくもなかったが、りくの方はどうか分からぬし、わざわざ止める気にもならなかった。

すぐに湯呑みが出されたものの、どちらも手をつけぬまま、湯気が立ちのぼるにまかせている。すぎはふたりの面にかわるがわる視線を這わせていたが、じきに、

「では、なにかございましたら、いつなりとお呼びくださいませ」

言い残して退がっていった。去りぎわ、ふくみ笑いのようなものを浮かべた気がし

たが、はっきりとは見えぬ。

ふたりきりになると、静けさがいっそう重くのしかかってきた。どこからか耳障りな泣き声がひびいてくる。どこの赤子かと思ったが、すぐに猫だと気づいた。

あらためて、眼前のりくを見つめる。先ほどからぴくりとも動かず、端座したまま面を伏せていた。しろく塗られた肌が行灯のかがやきを受け、ほの赤く浮かびあがっている。ととのった顔立ちがいくらかつめたく見えるのは、ふだんと変わらなかった。

するうち、十になるかどうかという頃のりくが、頭の隅によみがえってくる。庭のどこかで、茜色の小袖をまとった姿だった。

――このひとと生きていくのだな。

あらためて思った。兄とのあいだに何があったのか気にならぬわけはないが、おのれの内にもみやの面影がのこっている。心もちにかかわりなく武家の矩《のり》にしたがわねばならぬということでは、おなじ境遇といえた。

ふいに衣のこすれるような音が起こり、われに返った。りくが畳に指をそろえ、ふかぶかと頭をさげている。

「よろしゅうお願い申し上げます」

抑揚のない口調で、振りしぼるように告げた。いく久しく、と付けくわえた声はかすれ、ほとんど聞き取れない。

「いえ、こちらこそ」

新三郎もこうべを下げて応えた。ようやく言葉を交わせて、少しずつ強張りがほどけ出している。

が、りくが額をあげたとき、ふたたび背すじに力がこもった。まなざしにぎらぎらと輝くものが灯《とも》り、挑むようにこちらを見据えている。どこか気圧されるものを覚えた。

「きょうは」ひどく平坦《へいたん》な声で、りくがいった。

新三郎はいぶかしげに眉をひそめる。間をおかず、きっぱりとした声音がつづいた。

「ひどう疲れましたゆえ、休ませていただいてよろしゅうございましょうか」

二

ゆるやかに風が吹き入るのを感じ、書き物をしていた帳面から目をあげた。詰所の戸がわずかに開かれ、隙間からこちらを覗きこむ顔がうかがえる。

新三郎が戸惑ったのは、その顔がずいぶん低いところにあったからである。立ち上がれば自分の臍《へそ》あたりだろう。五、六歳というところだが、このような場所へ出入りする少年に心当たりはなかった。

「――――」

ともあれ声をかけようと腰を上げかけたところに、

「ここにおったか」

甲高《かんだか》い声が響いて、がらりと戸が開かれた。

その場にいた目付一同が、あわてて机を離れ低頭する。少年の肩に手を置き室内を見渡す四十すぎの武士は、まぎれもなく藩主・山城守正経《やましろのかみまさつね》だった。肥え気味の軀には不似合いなひょろりと長い顔をほころばせ、少年の面に目を落とす。

「あちこち覗きたがって、すまぬことじゃ。そのまま勤めをつづけるがよい」

どこか照れくさげに山城守が告げた。はっと応える声はそろったが、動きだそうとする者はいない。

「仰せの通りにせよ」

久保田が低い声でいい、みずから筆を執《と》って、調べ書のつづきを記しはじめる。少年はつまらなそうな表情となり、何かせがむように父の袴を引いた。

山城守は窺うごとき面もちでいま一度室内を眺めまわしたが、久保田は顔もあげぬまま筆を走らせている。新三郎たちも上役にならってふたたび文机《ふづくえ》に向かった。少年は苛立たしげに踵をかえし、眉をくもらせた藩侯が跡を追う。詰所の空気がいちどきにほどけ、凝らしていた息が重なり合ってこぼれた。

「殿も又次郎さまにはお甘いのう」

だれかが苦笑まじりに洩らしたので、少年が誰か分かった。

又次郎は妾腹《しょうふく》の子で、母はおりうの方という。次席家老・漆原内記の娘だった。奥へ行儀見習いにあがっていたところを見初められたと聞く。お役に就いたばかりの新三郎ははじめてそのさまを目にしたが、活発なご気性らしく、今日のように奥を抜け出し城内を駆けまわることも多いという。父・清左衛門などは幾度か諫言《かんげん》したらしいが、

「まあ、童のことゆえ、大目に見てやってくれぬか」

藩主じきじきに言われ、そのままとなっているようだった。

――いろいろな父子があるものだ。

壮十郎と父の姿が瞼の裏をかすめる。いつだったか、膳を引っくり返して座敷を出ていったときの背中であり、眉をひそめて、それを見送ったときの面ざしだった。

ことさら大きな咳《せき》ばらいが聞こえ、肩をすくめる。つかのま放心していたらしく、久保田が咎めるような眼差しをこちらへ向けていた。あわてて筆を執ったが、墨が紙のおもてに垂れてしまう。黒い染みが、すでに綴《つづ》った文字を呑みこんで、じわりと広

がっていった。

栄之丞に声をかけられたのは、その日の下城どきである。数日くもり空がつづき、まといつくような大気と相まって、近づく梅雨の気配をはっきりと感じさせていた。

本丸からさがってきた新三郎が巽門《たつみ》をぬけ二の丸へ入ったとき、ちょうど登城してくる長兄と行き合うかたちになった。いまは家老見習いという身分のはずだが、領内の巡視からもどったというところか、脛巾《はばき》で足もとをかため、かたわらの武士が編笠《あみがさ》をたずさえている。

いちはやく気づいたのは、由利圭蔵だった。足をとめ、低頭する先に兄の姿をみとめ、新三郎も急いで会釈を送る。同時に、栄之丞の供が誰なのかも思いだした。家宰である近江五郎兵衛の嫡男《ちゃくなん》だろう。兄とおなじくらいの年格好だが、寄り添うように控えていた。

「きょうはあがりか」

額をあげたときには、すでに長兄が身を寄せている。いつもとかわらぬ涼し気な声音だった。

「はい、差し迫ったお裁きもございませぬゆえ」

それは重畳、とひとりごつと、栄之丞は思案する体でまなざしを宙にさ迷わせる。

ややあって、声をひそめるようにつづけた。

「では、今晩にでも寄らぬか」

「――黒沢の父に聞いてみねばなりませぬが、おそらくは」

戸惑いながら返すと、長兄は、

「待っておる」

とだけ言い残し、本丸のほうへ足をすすめた。供の者が礼を送るのに応えているうち、栄之丞の長身が石垣の角をまがり、見えなくなる。

そのまま、わけもなく立ちつくしていると、

「黛さまへは、それがしがお供つかまつりましょう」

圭蔵がみじかく言い、先に立って一歩踏み出した。うなずいて後につづく。ふたりだけのときは、おれおまえで話そうといってあるのだが、圭蔵は黒沢の家士となったときから言葉づかいをあらため、崩そうとしなかった。すでに二ヶ月近くが経っているから、そろそろ新三郎もあきらめている。

――二ヶ月といえば……。

考えると気が重くなるが、りくとは依然、褥《しとね》をともにせぬままだった。最初の十日ほどは、

「具合が悪しく……」

などとそれらしいことを述べ立てていたが、じき何もいわず寝むようになった。新三郎とて、どうでも軀をかさねたいとは思わぬものの、さすがに愉快ではない。とはいえ、こちらから共寝《ともね》を強いるのも業腹《ごうはら》で、そのままにしているのだった。

――兄に操《みさお》でも立てているつもりか。

あたまの痛い話だが、だれに相談することもできぬ。新三郎にも若輩なりの面目というものがあって、女房ひとり持て余していると見られるのは堪えがたかった。舅にはもちろんだが、圭蔵にも話せるわけがない。

織部正は非番だったが、帰宅して今晩のことを話すと、あっさり許してくれた。考えてみれば、婿入り以来、実家をたずねるのは初めてだったのである。

「それはそうと」舅は大きさのそろわぬ両目を細めるようにしていった。「お勤めのほうは特段かわりなかったかの」

「はい、取りたてて」

いずれは舅の跡を継いで大目付となるのだろうが、いまは新任の目付として評定所と城内にかわるがわる詰めている。織部正とは出仕が重なる日もあったが、今日のように別々であることも多かった。幸いというべきか、任についてからはせいぜい逼塞《ひっそく》や減封を申し渡したくらいで、だれかの死命を制したことはまだない。

「ああ、そういえば」ふいに思い出して眉をあげた。「今日は殿が詰所に参られました」

「ほう」織部正はさして興味を示したふうもなく応じたが、口ぶりに先をうながす気配がふくまれている。

「又次郎さまとごいっしょで」

いくらか詳しく今日の話を伝えると、舅は顎に拳をあてて聞いている。眉間のあたりに刻まれた皺が深くなったように思えた。

「……なにごとか、ござりましたので」

おそるおそる尋ねると、ようやく我にかえった体で、唇もとをほころばせた。

「いや、すまぬ。齢をとると、なにかと思い煩うことが増えてくるものでな」

忘れてよい、とめずらしく朗らかに告げられる。気にならぬわけではなかったが、ゆっくり話していることもできない。いそぎ仕度をして、黛邸へ着いたときには日もかなり傾く時刻となっていた。薄くのびた雲の隙間から時おり光がこぼれ、路傍の蛇《へび》苺《いちご》をうっすらと照らし出している。

「ようこそ、お待ちかねでござりまする」

家宰の近江五郎兵衛が式台で迎えてくれたが、ふた月会わなかっただけで、ずいぶん齢をとったように見える。まだ五十には間があるはずだが、肌がくろずみ白髪も急に増えていた。ふくよかといってよかった丸顔も、はっきりとやつれている。

「具合でもわるいのか」

問うと恐縮した風にかぶりを振ったが、それ以上ことばをかさねるでもなく、先に立って奥へすすんでゆく。時おり見なれぬ顔が目につくのは、靖姫について黛へ入った者たちかもしれなかった。藩主家から嫁を迎えるというのは、何かと気苦労の多いものなのだろう。どことなく、身がまえるような心もちになった。

五郎兵衛が客間の外から呼びかけると、応える声があがり、これも新顔の女中が襖をあける。

「ごゆるりと――」

家宰がことば少なにいって、踵をかえす。いくぶん前かがみになったうしろ姿が、のろのろと遠ざかっていった。

「よく来たな。ここへ」

張りのある声に呼びかけられ、そちらを振り仰ぐ。二十畳はある部屋の奥まったあたりに、栄之丞と靖が並んで坐《ざ》していた。ふたりの前に置かれた朱塗りの膳は嫁入り道具だろうが、かしずく女中たちは数名といったところで、ことさら格式ばった空気はただよっていない。

内心、安堵の息を洩らしながら腰をおろす。間近に見る靖はとくべつ美しいというわけではなかったが、ふっくらと肥えて温和そうな面ざしだった。世子《せいし》の右京正就とおなじく正室の子だが、藩主と同い年だったと聞くそのひとは、何年かまえに亡くなっている。

女中たちが酒と肴《さかな》をはこんで去ると、靖が銚子《ちょうし》をとって栄之丞の盃にそそぐ。そのまま新三郎にも注《つ》ごうとするので、

「いや、それは」

ためらっていると、ひかえめな笑声がこぼれた。頬のあたりが、やわらかくほころんでいる。

「よろしいのですよ」

さらりといい、銚子を差しだした。

「恐れ入ります」

押し戴くように受けて顔をあげると、よかった、と言ってまた笑いかけてくる。こちらも少し強張りが解け、微笑をかえすことができた。

しばらく世間話などしながら肴をつついていたが、半刻ほどすると、ではそろそろといって靖が立ち上がった。

「あとは、ご兄弟水入らずで」

またお越しください、と会釈して部屋を出ていく。衣ずれと襖の開け閉めされる音が混じり合い、すぐに静寂がもどってきた。

「――よい方ですね」

吐息とともに、しみじみと声がもれる。本心ではあったが、とはいえ藩主の娘である。兄とふたりきりになって、ようやく肩の力を抜くことができたのも事実だった。

「そうだな」盃をあけながら、栄之丞がいった。「まあ、ひどい女なら娶《めと》らなかったというものでもないが」

あいかわらずだと思ったが、兄の皮肉もどこか懐かしかった。が、にわかに鼓動が高まるのをおぼえる。話の向きからして、りくのことを口にするのかもしれぬと感じたのだった。いつも心もちのどこかに刺さってはいるが、いざ持ち出されるとしたら恐ろしい気がする。流れを変えるように、頭に浮かんだことを急いで声にした。

「きょう、父上と小兄上は」

話柄《わへい》をそらすだけのつもりだったが、言いながら喉がすぼまってゆく。栄之丞の眉《び》宇《う》がはっきりと曇ったのだった。

「父上はまだ城中だが」長兄は溜め息まじりに告げた。「壮十郎は屋敷を出た」

えっという声が喉の奥で弾《はじ》けたが、かたちにはならなかった。

半月ほど前、父とまた何ごとか口論におよんだ翌朝、次兄の部屋が空っぽになっていたという。

胸の奥をいやな風が通りすぎてゆく。これがきょう自分を呼んだ理由なのだなと思った。長兄がおもむろに唇をひらく。

「五郎兵衛に探らせたところ、柳町にたむろし、喧嘩沙汰を繰りかえしているらしい。ねぐらまでは分からんが、どのみちあの界隈だろう」

いつかの一膳飯屋を思いだす。あそこで寝泊まりしているということはなかろうが、暮らしぶりは想像できる気がした。ためらいがちに問い返す。

「喧嘩、ですか」

「相手はやはり家中の冷や飯食いどもだ」

長兄が忌々しげにいう。冷や飯食い、ということばが胸にせまり、息が詰まった。おのれも少し前まではそう呼ばれる身だったのである。栄之丞は気づいた様子もなく、端整な面ざしを苦くゆがめた。

「それなりに身分ある家の者もいるらしくてな。放っておくと厄介なことになりかねん」

気がつくと、栄之丞がつよい視線でおのれの全身を捉えている。まるで絡みつく網のような眼差しだった。

「手を貸せ、新三郎」

言い放つと、そのまま、にじり寄ってくる。常には見せぬ熱のようなものを全身から発していた。

「と申しますと……」

口ごもっていると、まっすぐ伸びた手に肩をつかまれる。おもわず身をすくめるうち、兄の掌《てのひら》にぐっと力が籠められた。

「ひそかに手をまわし、連中を鎮めろ」

「わたくしに、さようなことができましょうか」

おそるおそる応えると、栄之丞がはっきりとうなずいた。

「できると思うたゆえ話しておる」吐息に甘い酒の香がまじっていた。「そなたも、いまは目付すじの者」

「………」

「すでに裁きの場へも出ておると聞く」

「いかにもでございますが」

栄之丞がふいに自嘲じみた笑みを浮かべた。

「今のおれと違い、それなりにひとも使えるはずだ」

そうか、と思った。長兄もいずれは父の跡を継いで家老となるだろうが、今は見習いにすぎぬ。人いちばい頭が切れるだけに、かえってもどかしい思いを抱いているに相違ない。

なにより、壮十郎のことが案じられる。いずれにせよ、放っておくわけにはいかなかった。

「――やってみます」

自分でも滑稽に思えるほど声が気負っていた。栄之丞が、ほっとしたふうに眉根をゆるめる。

酒を持ってこさせよう、とつぶやくと、手を打って女中たちを呼ぶ。りくの話をする気はなかったのだな、と安堵めいたものを覚えた。が、同時にどこか拍子抜けしたような心もちが湧いてくる。兄に気づかれぬよう、そっと息を呑みこんだ。

三

「めし」と染め抜かれた暖簾《のれん》は隅の方がほつれ、もともと藍地とおぼしき色も、あちこちむらができていた。行灯などという気の利いたものは端《はな》からないが、店のなかからこぼれ出る灯が夜道をおぼろに照らしている。

「まことに、ここなのですか」

由利圭蔵が不審げな面もちを隠そうともせずにいう。無理もない、と思った。部屋住みとはいえ、筆頭家老の次男が出入りするような店がまえではない。

「すくなくとも、このあいだは」

応える声も、つい自信なげになってしまう。ほかに手がかりもないから、まずは以前呼びだされた店に足を運んでみたのだった。いずれ舅にも話さねばと思っているが、今日のところは道場仲間を訪ねるということにしてある。

軋むような音を立てて戸をひらくと、酒と油のまじりあった匂いが鼻を突いた。入り口近くにいた女中が、いらっしゃい、と声をかけてくる。女にしては背が高く、すらりと痩せていた。このまえ、壮十郎たちの卓を片づけに来た女中だ、と気づく。

ふたりして逃げこむような体で小上がりに腰をおろす。土間の卓で呑んでいる町人がいくたりか、ちらりとこちらを見たが、それほど驚いたようすもない。いまも兄たちが出入りしているなら、武家の客に慣れていてもおかしくはなかった。

先ほどの女が近づき、気だるげな口調で尋ねる。

「なににします」

「酒と、なにか肴を」

口ごもりながら応えると、天之河《あまのがわ》でいいですか、とかすれぎみの声で問いかえしてきた。わけも分からぬままに頷《うなず》いておいたが、酒の銘柄らしいと気づいたのは、女が板場のほうに向かってからである。

「きょうは誰もおらぬようですな」

店のなかを見わたしながら圭蔵がつぶやく。せまい店だから、仔細にうかがうまでもなく、新三郎たちのほかに武士がいないことは明らかだった。ふたりに目を向けていた町人たちも、とうに関心をなくしたらしく、世間話に興じながら猪口を干している。

「たずねてみますか、壮十郎さまのことを」

圭蔵が、板場のほうへ視線をすべらせて問う。新三郎は顎に手をあて、考えをめぐらせた。むろん探りを入れるつもりで来たのだが、知っていたとして、すんなり話してくれるものか見当がつかぬ。弟と名のるのが得策かどうかも分からなかった。

待つほどもなく、くだんの女中が徳利と猪口を持ってくる。なにか聞くなら今だと思った。鼓動が速さを増し、汗が首すじのあたりを伝う。そういえば、探索めいたことをするのは初めてだった、と気づいた。膾《なます》の小鉢を置いて戻ろうとした女に、

「――この店に何人か侍が出入りしているだろう」

ようやく発した声が、自分でも分かるほど上ずっている。案の定、警戒するような眼差しが返ってきた。

「腕を借りたいのだ」

言い訳めかして付けくわえると、ためらうふうに首をひねり、こちらの面をうかがってくる。わずかに眉をひらいたのは、新三郎の顔におぼえがあったということだろう。

「なまず長屋」

ひとことささやくと、その場を離れていった。

肩から、にわかに力が抜ける。圭蔵がふくみ笑いをこらえるような表情で、こちらを見やっていた。

「なんだ」

顔をしかめながら問うと、相手の笑みが大きくなる。

「いえ、とっさによく嘘が出るものと感服しておりました」

「あれは方便というのだ」

むっとして応えると、圭蔵が控えめな笑声をこぼす。

「どう違いますので」

「……考えておく」

ごまかすように喉へ流しこんだ酒は、おどろくほど甘く、熱かった。ひとときだけ、ここへ来た用件も忘れてかすかな酔いに身をゆだねる。兄たちや圭蔵と鹿ノ子堤で桜を見たのは去年の春だったな、とふいに思い出した。もう何年も前のような気がする。

「いかがなさいました」

気がつくと、圭蔵が案じるふうな表情を浮かべている。ことさら勢いよく猪口をあおった。

「いや、ずいぶん遠いところへ来てしまったと思うてな」

新三郎の言いたいことが分かったらしい。圭蔵は白い歯を見せると、

「少しまえまでは、このような店でさぐりを入れようとは、思いもしませんでしたな」

いくぶん剽《ひょう》げた口ぶりでいった。が、すぐ真顔になって付けくわえる。

「さっそく参りますか、なまず長屋とやらへ」

「むろん、そうしたいが――」

肝心の場所が分からない。こうべをひねっているところへ先ほどの女が近づいてきた。二人ともとっさに口をつぐみ、かしこまったような風情になってしまう。

「ほかに何か」

そっけない口調でたずねたのは、追加の注文を取りにきたらしい。われながらこなれぬしぐさで徳利をとると、

「これをもうひとつ」

かるく振ってみせる。たいして呑んでもいないから、ちゃぷりという音が手もとでおこった。女は呆れたふうに笑ったが、うなずいて踵をかえそうとする。その瞬間、無骨な掌がのびて、ほそい指さきをとらえた。

「なまずもひとつ頼む」

絶句した新三郎がことばを取りもどすまえに、圭蔵がささやく。女はすくめていた
軀をゆるめると、

「北へ五軒さきの角を右にまっすぐ」

口早に告げて板場のほうへ向かった。新三郎はまじまじと圭蔵のおもてを見つめる。

「手をにぎるだけで聞きだすとは、とんだ色男だな。いつの間にそんな手管《てくだ》を身につけた」

圭蔵はくすぐったげに笑うと、掌をひらいて卓のうえに何かを放った。目を凝らすうち、二度三度と回ったそれが小鉢の陰で動きをとめる。器を取りのけて見ると、古びた銭が何枚か転がっていた。

「それをつかませましたので」

「なんだ……感心して損をした」

ふたりして笑声を嚙みころすと、つぎの徳利は待たずに店を出た。女はとくに追いすがる気配も見せぬ。むぞうさに勘定を受けとると、またどうぞと気のない声をあげた。

それほどながい刻は過ごさなかったはずだが、暖簾をくぐって外に出ると夜の闇が

いちだんと深さを増している。生あたたかい大気のなかに、どこかひやりとしたものが混じっていた。柳町の賑《にぎ》わいはあいかわらずだが、かすかな気怠《けだる》さがただよっているようにも感じられる。

女がいったとおり北へゆくと、五軒目におおきな料亭があり、角から奥に小道がのびていた。踏みだそうとすると、圭蔵がすばやく先にたつ。か細い月明かりをたよりに、ふたりはそろそろと足をすすめていった。

酒と女の町も、裏道に入れば華やかさは跡形もない。はじめこそ小体《こてい》な店がいくつか軒をつらねていたが、じきどこにでもある仕舞屋《しもたや》に取ってかわり、饐《す》えたような匂いが鼻をついた。

そろそろかな、と口をひらきかけた刹那、

「このっ」

という怒号にまじり、なにか砕けるふうな音が大気をふるわせた。

弾かれるようにして、声のした方向へ走りだしている。お待ちくださいっ、と叫びながら圭蔵が跡を追った。

ほの白い月光のもと、前方でうごめく塊《こだま》が目に飛びこんでくる。時おりひらめく輝きとともに、するどい金属音があたりに谺した。

――斬り合いだ。

気づいたときには、もつれあう男たちの風体が見分けられるところまで近づいている。蹴破ったものらしく、無残に戸がへし折られた一軒のまえで、いくつかの影がせわしなく行き交っていた。それにつれて、白刃の交錯する音がつづけざまに鳴りわたっている。

「おい、待てって――」

度をうしなっているのだろう、圭蔵が道場時代のような口調で叫んだ。が、新三郎はかえって急き立《せ》てられた体で駆けこんでゆく。影のなかに、ひときわ肩の厚い姿を見いだしていた。

「兎っ」

驚愕《きょうがく》の声をあげた次兄のかたわらへ滑りこみながら、腰のものを抜き放つ。遅れてかけつけた圭蔵も抜刀し、あるかなきかの月光をたよりに対手《あいて》と向きあった。

五、六人というところだろう、帷子を着崩した若侍たちが、同じような風体をした兄や仲間を囲んでいる。あばら家を背にしているのは壮十郎たちのほうだから、溜《た》まり場を襲撃されたものらしい。

圭蔵が一歩踏みこみ、威嚇するように切っ先を押しだす。真剣を抜くのははじめてだろうが、それを覚《さと》らせぬのはさすがだった。おのれはといえば、いきおいで抜刀してしまったものの、腰から下に力が入っていない。

「加勢か……無粋な真似しやがって」

頭目らしい痩せた影が吐き捨てるようにいった。圭蔵の構えに気圧されたのか、あとずさって鞘《さや》へ大刀をおさめる。他の者たちもそれにならい、甲高い響きがつづけざまに大気を揺らした。忌々しげに踵を返そうとする男たちへ、

「こんどは明るいうちに来い」

壮十郎が吠《ほ》えるごとく声を投げかける。さきほどの男が振りかえり、皮肉げな笑みを浮かべた。

「ああ、気が向いたら遊んでやる」

睨むように細めた男の目が、そのままこちらへ流れた。とっさに脳裡をかすめたものがあり、新三郎はおぼえず足を踏み出している。相手も、はっとした体で面をそらした。たしかめようとしたが、そのまえに背を向けている。男たちが地を踏みならす音と、離れたところから聞こえる盛り場の賑わいとが混じりあった。

遠ざかる影が見えなくなったところで、ようやく息をつく。それを合図としたかのようにごつごつした拳がのび、新三郎の手から刀を抜きとった。

「ぞんがい無茶なことをしおる……。が、おかげで助かった」

微苦笑をにじませた次兄が、新三郎の鞘へ大刀を押し込んでくる。腰のあたりに重い力がくわわり、よろけそうになった。腹に力をこめ、かろうじて発する。

「恐れ入ります……小兄上も、お怪我《けが》は」

「あってたまるか」

壮十郎が、ことさら肩をそびやかしてみせる。そのときになって、取り巻きたちがようやく頓狂な声をあげた。

「なんだ、ご舎弟か」

「見違えたな」

「嫁女が縹緻《きりよう》よしだと、男ぶりもあがるらしい」

笑い声を立てながら、めいめい刀をおさめた。圭蔵も背すじをゆるめて、それにならう。

「たしかに、少したくましゅうなったかな」次兄が新三郎の顔をのぞきこむようにした。「まあ、ともかくなかに入れ。騒々しくなってきた」

言われてあたりを見まわすと、隣りあう何軒かの戸口が細く開き、隙間からこちらをうかがう顔が覗いている。立ち話というわけにはいかぬようだった。

次兄につづいて足を踏み入れると、仲間のうち何人かが破れた戸のまえで見張りに立つ。せまい土間をあがったところが、一間きりの座敷になっていた。

「これしかないが」腰をおろすなり、壮十郎が縁《ふち》の欠けた猪口に酒をそそぎ、差しだしてくる。とりあえずふくむと、あまく豊かな味が舌のうえに広がった。さきほど一膳飯屋で口にした酒だと気づく。

「天之河ですね」

なにげなくいうと、次兄が、ほうと口中でつぶやいた。

「しばらく会わぬうちに、いろいろ覚えるものだ」

黒沢の親父も仕込みがいがあるだろう、とつづけた声がこころなしか儚《はかな》げに聞こえる。織部正が次兄でなくおのれの婿入りを望んだという話を思い出し、あわてて唇をひらいた。

「それで、さっきの連中は――」

「ああ、おれたち同様のはぐれ者だ。〈雷丸《いかずちまる》〉などと大仰な名のりをあげ、この辺りでいっぱしの顔を気どっておる」壮十郎が屈託なげに笑った。「目ざわりだから、出くわすたび喧嘩になるが、不意打ちでけりをつけようとしたらしいな」

溜まり場が割れているとなれば、ふたたび襲撃を受けることもありうる。新三郎はしぜんと眉を寄せたが、次兄は気にかけるふうもなく語を継いだ。

「ちなみに、おれたちの組は〈花吹雪《はなふぶき》〉という――どうだ、なかなかいいだろう」

「はあ……」

生返事をもらすと、かたわらの圭蔵がそっと脇腹のあたりを突ついてきた。まだ道場仲間の気分からもどっていないらしいが、むろん嫌な気はしない。笑声とともに、ことばが零れでた。

「まこと、よき名かと存じまする」

満足げにうなずくと、次兄は徳利を手にとり、新三郎の猪口へ酒を注ぎ足した。一礼して喉をしめらせる。もうそれなりに呑んでいるはずだが、酔う気がしなかった。意外とつよい質《たち》なのか、酒に注意が向かないせいなのかは分からない。

「雷丸の面々は、どこの子弟なのですか」

気になっていたことを思い切ってたずねる。栄之丞もそこまではつかんでいないようだった。次兄が、うむと籠った声をあげる。

「のこらず分かっているわけではないが」そこまで言い、何か思い出した体でにやりと笑った。「頭目は、あいつだよ」

去り際に捨てぜりふを残した男のことだろう。あいつ、といわれても思い出せぬが、たしかに引っかかるものを覚える。相手も新三郎を見て、心もちを動かした風だった。

次兄が面を起こし、眉をひらく。「ほら、花見のときの奴《やつ》だ。あのときはよく分からなかったが、どうも漆原の倅《せがれ》だったらしい」

暗闘

一

　壮十郎のことばを耳にした途端、ばらばらにたゆたっていた記憶が手をのばし、絡み合うようにしてつながっていった。いままで忘れていたのがふしぎに思えるほど、花見のおり目にした男の顔がくっきりと浮かび上がる。その相貌は、まぎれもなく先ほど向き合った相手とおなじものだった。

「漆原どのの……」

　くぐもった声で繰りかえすと、壮十郎が舌打ちしてつづけた。

「ああ、伊之助《いのすけ》とかいうらしい。おれとちがって嫡男だというから、親父どのも頭が痛いことだろう」

「跡取りなのですか」

　それまでだまっていた圭蔵が、おもわずという体で発した。雷丸も花吹雪も、くすぶっている次三男がつどったものと思いこんでいたのだろう。それは新三郎とておなじだった。

「そうとも」次兄は苦い面もちをあらわにして言う。「けしからん奴だ。ほかになすべきこともあろうに」

ひとごとのような口ぶりに、つい失笑を洩らしそうになる。新三郎はいそいで唇を引きむすんだ。栄之丞にでもなった気分で付けくわえる。

「嫡男でなければ何をしてもいい、というものでもありますまい」

「ま、それはそうだが……」

次兄がきまり悪げに押し黙ると、仲間たちが調子にのって囃したてた。

「壮の旦那も形なしだな」

「いっそ、花吹雪の頭もご舎弟にお願いするか」

勝手に呑みはじめていたらしく、赤い顔をして奇声をあげている。外で番をしている連中も気づいたようで、さきに出来上がってるんじゃねえと大声で釘《くぎ》を刺してきた。

「おまえらの面倒など、熨斗《のし》をつけてくれてやる」苦笑まじりに返すと、壮十郎は真顔になってこちらを見つめる。新三郎も居住まいを正して向き直った。

「――きょう来たのは、父上のお指図か」

思いがけぬ問いに口ごもったが、なぜか、そうでないとは言い出せなかった。くすんだ行灯のほうへ目をそらす。そそけだった畳が光の輪に照らしだされていた。

「まあ、そのようなところで」

ようやく唇をひらいたものの、われながら歯切れのわるい言い方になった。が、壮十郎は気にも留めぬようすで、ことばをかさねる。

「達者でおられるか」

意外なほど湿った声に胸をつかまれる心地がした。こんどはさほど間を置かず応じる。

「下城の遅くなる日が多いようです」

そうか、とつぶやくと次兄はふとい息を吐きだした。

沈黙がひろがり、新三郎はそれほど呑みたくもない酒をゆっくりと干した。花吹雪の面々だけが、にぎやかに盃をかさねている。張り番に立った連中がたまりかねたらしく、おれたちにも呑ませろとだみ声をあげた。なかにいた者はしぶしぶ腰をあげ、表へ出ていく。そのまま無駄話でもしているのか、つかのま周囲から人が消えた。

「その――小兄上はなぜ屋敷から出られたのですか」

思い切って膝をすすめた。「みな案じております」

憔悴《しょうすい》した風情の近江五郎兵衛や、眉をくもらせる栄之丞の顔を思い起こす。壮十郎は気まずげな笑みをたたえてつぶやいた。

「ちょっとした口論になってな……いつものごとく、身もちをあらためぬのなら出ていけとおっしゃるから、ついその通りにしてしまった」

「そんな、童ではあるまいし」

おもわず呆れたような声をあげると、

「返すことばもないが、まあ、親子喧嘩などとは、そうしたものだ」

やけに静かな口調で発する。そうしたものと言われましても、と返しかけたが、

——おれは、父上と喧嘩などしたことがなかったな。

ふいに思いいたる。新三郎が物心ついたころ、清左衛門はすでに筆頭家老の職にあり、屋敷でゆったり過ごしているさまは見た覚えがなかった。うるさく叱言《こごと》をいわれた記憶もないかわり、特別かわいがられたわけでもない。よくもわるくも放っておかれたというのが正直なところである。それでよかった部分もあるが、どこか索漠としたものもあった。

あるいは、小兄上がいちばん父に近かったのやもしれぬ、と思っていると、

「それにな」

壮十郎がつづけた。「おれのおらぬほうが、なにかとうまくいく」

はじめて聞くと思えるほど、落ち着いた声音だった。拗《す》ねたような気配はなく、ただ事実だけを語っている、というふうな淡々とした口ぶりである。「靖どのも来られ

たし、黛の弥栄《いやさか》をさまたげるつもりはない」

「あの……」新三郎はためらいながら告げた。「小兄上も、その弥栄とやらにひと役買うわけにはいかぬのでしょうか」

壮十郎が、見落としそうなほどかすかな笑みを唇もとに浮かべた。

「それができたらな」吐息とともに繰りかえす。「それができたら」

新三郎はことばもなく、次兄が盃を干すのを見つめていた。ひといきに呑みおえた壮十郎が、ぽつりとつぶやく。

「この身、いかにして使《つこ》うたものか……なにゆえか分からぬが、こうとしかならぬ」

心もちのどこかが音をたてて軋む。かさねて問いかけようとしたとき、交代した男たちがなかへ入ってきた。さあ呑むぞとあげた気勢が薄暗い室内にこだまする。壮十郎が、ここまでだというように首を振った。

二

本丸の廊下を歩みながら、武者窓の外に夏雲が浮かんでいることに気づいた。青く濁りのない空に、拳を突き出すごとく白い塊が湧きたっている。

目を奪われていたためだろう、角を曲がるときに、向こうから来た人影とぶつかりそうになった。壁際に寄り、あわててこうべを下げる。

「燕《つばめ》でも飛びこんできたかと思うた」

聞きなれた声に顔をあげると、父のおだやかな眼差しが待っていた。

一瞬背すじがゆるみかけたものの、すぐに伸ばして今いちど低頭する。清左衛門の背後に、他の執政たちがつづいていた。

「婚礼以来ですな……ご立派になられた」

尾木将監が白髪の面ざしをほころばせてつぶやいた。となりに立つ海老塚播磨《えびづかはりま》が、おざなりに頷いてみせる。数年前、漆原に引き立てられて家老の座についたといわれる人物で、四十を出たところだった。髷は黒々としていたが、肌は色つやがよいのを通り越して脂《あぶら》が多く、てらてらと光って見える。

「たのもしい限りでござるの」

最後に当の内記が進み出て、ひくい声音で付けくわえた。「来年あたり、ご一緒に花見でも」

にやりと笑みを浮かべる。おぼえず首をすくめそうになったが、ほかの者はただの世間話としか思っていないらしく、とくに言葉をかさねるでもなかった。

すぐ参りますゆえ、と清左衛門がうながすと、執政たちは鷹揚にうなずき、歩をすすめる。すれちがいざま内記が面を向け、意味ありげな視線を送ってきた。どう応じたものか分からず、棒立ちになって見送る。夏の光と父だけが、あとに残った。

「久しいな」

父が淡々とした口調でいった。「励んでおるようで何よりだ」

「おかげさまを以《も》ちまして」

小腰をかがめると、清左衛門がいくぶん忙しげに語を継いだ。

「屋敷へ来たようじゃの」

栄之丞に招かれた日のことだろう。あの折、清左衛門はとうとう城から下がってこなかったのである。応えようとしたが、そのまえに父が軀を寄せてささやきかける。

「――壮十郎に会《お》うたか」

声をあげそうになった。はげしさを増す鼓動の奥で、なるほど、すべてお見通しか、と奇妙な感嘆を抱いてもいる。

「はい」

長兄が話したわけでもあるまいが、ごまかしは通じないだろうと思った。その心もちが伝わったのか、父が満足げにうなずく。

「達者でおったかの」

無言のまま顎を引く。あの夜垣間《かいま》見た、さまざまな次兄の顔を伝えたいと思ったが、いうべき言葉を見いだせなかった。

「重畳じゃ」それだけ聞けばよい、というふうに、父が爪先を踏みだした。

「小兄上は」遠ざかる背を追うように、ようやく声を放つ。薄い藍色の肩衣《かたぎぬ》が歩みを止めた。

「なにゆえか、こうとしかならぬ、と仰せでございました」

つよい日差しに浮き上がった父の肩が、かすかに揺れる。が、振り向こうとはしなかった。

「わしもおなじじゃ」

しずかな声を残して、瘦せた背中が離れてゆく。立ちつくしたまま、その姿を見送った。まぶしい光のなか、白く照らされた肩衣がときに大きく、ときに小さく映る。父の背は、そのまま、ゆっくりと遠ざかっていった。

三

竹刀を下ろして面をあげると、圭蔵の顔にはっきりと驚愕の表情が浮かんでいる。審判をしていた師匠も、圭蔵の勝ちを宣しながら、わずかに首をひねっていた。

「そこまで驚くなよ」

礼を終え、道場の隅にもどりながら新三郎が苦笑する。「勝ったわけじゃない」

らしい。
圭蔵が唇もとをゆがめた。笑ってみせようとしたのだろうが、うまくいかなかった
「惜しかったな。が、いまの手はよかった」
師の峰岸丑之助が近づいてきて言った。あと少しで圭蔵の面を取りそうになったの
だが、その一閃《いっせん》をぎりぎりのところで払われ、小手を打たれたのである。
師は顔をほころばせつつ、なおも小首をかしげた。「毎日通っていたころより、う
まくなるとはな」
「……稽古相手がよいのです」
まだ固い表情ながら、圭蔵が軽口を発した。むろん、自分のことである。
ふたりとも道場をやめたかたちになってはいるが、師のことばに甘えて時おり顔を
出していた。圭蔵には毎日のように一手つきあってもらっている。
「なるほど、わしより師匠に向いておるらしい」
快活に笑って師がもどっていく。見物していた門弟たちも、じきいつもの平静さを
取り戻し、思い思いに稽古を再開していた。
手があがったことは素直にうれしかったが、気もちは意外なほど晴れぬ。なにかの
拍子に父や次兄の顔が浮かび、胸がざわめくのだった。
いつの間にか、屋敷でも黙り込んでいることが増えていた。りくも時折もの問いた

げな目を向けてくるが、といって、ことさら言葉をかけてくるわけでもない。共寝の件はどうにかするきっかけを見いだせぬままながら、幸か不幸か、こちらもそれどころではない心もちだった。

そうしたことどものすべてを剣先に込めているのだろう。自分でも太刀すじが以前とはことなっていると分かる。圭蔵とちがって、道場の高弟というような技倆《ぎりよう》にはほど遠いが、いまはこれで行けるところまで行けばよいと思っていた。

「では、そろそろ参りますか」

圭蔵が道着の前をはだけ、たくましい胸元をぬぐいながら言った。かたわらの風呂敷から、きれいにたたんだ帷子と袴を取りだす。

「さすが、内儀《ないぎ》をもらうと身ぎれいになるな」

冷やかしまじりにいうと、照れかくしの苦笑をにじませた。取り持つものがいて、先日祝言《しゆうげん》を挙げたのである。相手はおなじ普請組につとめる者の娘で、幼いころから見知った仲だという。

「妹のようなものと思うておりました相手ですが」

その話を告げた折はさほど乗り気でもないようすだったが、幼なじみだけに最初から気兼ねせず安気《あんき》な暮らしを営めているらしい。羨《うらや》む気もちがまったくないといえば、嘘になるだろう。

なにが違ってこうなるのか、と考えがそちらへ向きそうになるのをあわてて押しとどめた。おのれも手ぬぐいを取りだし、汗をぬぐう。きょうは非番だが、午後からの内談には顔を出すよう言われていた。

「雷丸を知っているか」

開口早々、久保田治右衛門が言い放ったことばに、新三郎は息を詰まらせた。同輩たちも上役のけわしい語気に呑まれ、身を強張らせている。

午後の暑熱が、昼どきの詰所に流れこんでくる。窓は開けているが風はほとんどなく、目付たちの額にも汗がにじんでいた。十人ほどが居並んだ広間に油蟬《あぶらぜみ》の啼き声がかしましく響いている。

婿入りまえ、裁きに立ち会わせてもらったのが縁で、久保田は新三郎の指導役という格好になっている。人柄のまま、裁定はつねに剛直で、目付というお役を学ぶには、これ以上ない人物といえた。

久保田の問いに応える声はあがらず、同輩たちは思い思いにこうべをかしげたり、顔を伏せたりしていた。知るものと知らぬものが相半ばといった風情で、上役が何を言いだすのか様子見というところらしい。おれが口火を切るべきか、と思ったが、雷丸とのいきさつを明かせば壮十郎に矛先が向かわぬものでもないだろう。が、ためらっているうち、すでに答えを得た、という面もちで久保田が語を継ぐ。

「存じている者もおるようだな……さよう、近ごろ城下をさわがせておる無頼《ぶらい》の輩どもだ」

まずは花吹雪の名が出ないことに、胸を撫でおろす。

「ま、おまえの顔を立てて、しばらくはおとなしくしておこう」

あの折、次兄は別れ際にそういったのだった。真に受けていいものか惑ったが、今のところは、ことばどおり鳴りをひそめている。が、抑えがなくなったぶん、雷丸のほうがのさばりはじめたようだった。邪魔が入らないうちに縄張りを広げておくつもりか、柳町のあちこちで、ゆすりたかりを繰り返しているらしい。こうした話は、圭蔵があつめてきて、ひそかに聞かせてくれるのだった。

柳町の裏長屋が知られたため、壮十郎は居どころをかえている。用があれば例の一膳飯屋で聞けと言われていたが、そうたびたび家をあけるわけにもいかず、気になりながらも、まだ訪ねてはいなかった。

「良家の子弟もまじっているらしいが」久保田は苦々しげに眉をひそめた。「わしとしては、容赦なく一網打尽にするつもりでおる」

「さようなことをして、障りございませぬか」

おびえたような声がいくつか上がったが、久保田にするどい目を向けられ、黙り込んでしまう。

新三郎はまなざしを落とし、にぎりしめた拳を見つめる。われしらず指先が震えていた。もし花吹雪が目にあまれば、久保田は躊躇《ちゅうちょ》なく捕縛を命じてくるだろう。

「が、ひとつ厄介なことがあってな」

溜め息まじりの声がこぼれる。新三郎はゆっくりと面をあげた。同輩たちも、こわごわと上役をうかがっている。なにかを見据えるように久保田が目を細めた。

「訴えを出すものがおらぬ」

声にはっきりと怒りの色が塗られていた。「面倒に巻きこまれることを恐れておるのだろう。あちこちで狼藉《ろうぜき》の話は聞くが、じっさいの訴えは一件もない」

漆原伊之助の顔が瞼の裏をよぎった。次席家老の嫡男が頭目であるなら、他家の跡取りもまじっているやもしれぬ。夜の街では、その手のこともすでに知れ渡っているのだろう。町人たちが尻ごみするのも無理はなかった。

「ゆえに、狼藉の場をおさえるしかない」久保田の語調がけわしさを増す。話の向きが見えてきた、と思った。同僚たちの面もちも、いっせいに引き締まる。

「今宵《こよい》より交代で柳町に出張れ」心なしか、久保田の顔が紅潮している。はっ、と応えて皆が低頭した。

また伊之助たちと顔を合わせるのかと思えば気が重かったが、柳町で張っていれば、堂々と壮十郎のようすを見守ることもできる。新三郎は、はやる心もちをおさえて唇を噛みしめた。

四

町名の由来となった柳並木に沿って、幅三間ほどの掘割《ほりわり》がうがたれている。昼間は緑がかった流れが目に留まるだけだが、風が出てきたのか、日が落ちた今は闇とおなじ色の水が、ことさらにたゆたう音を立てていた。

溟い水面を見つめていた新三郎は、近づいてくる足音に気づいて振り向く。おのれと齢のかわらぬ下役が顔を寄せ、ささやいてきた。

「いまのところ、かわったようすはございませぬ」

「心得た。が、遅くなるほどあやうさが増す。おこたりなく見廻りをつづけてくれ」

はっ、と応じたところに、べつの方角から年かさの下役があらわれる。若い同輩をみとめると、くずれた笑みを投げかけてきた。

「こう酒と女の匂いが強うては落ち着かぬだろうが、つつしむのだぞ」

言った当人のほうがそわそわしていることは、すぐに分かった。さようなこと、とわずかに顔を赤らめ遠ざかるうしろ姿を見送っていると、

「まこと若い者には毒ですな。黒沢さまの奥方もご心配でしょう」

おもねるような目を新三郎に向けてくる。取り合わずにいると、つまらなそうに肩をそびやかし、ではもうひと回りしてまいります、と言い残して立ち去った。かたわらに控える圭蔵が呆れたような面もちで吐息をこぼす。

交代で柳町へ出張るようになってから、十日ほどが経っている。しばらく遅くなることが増えそうだと伝えたときも、りくはこれといった反応をしめさなかった。

「承知いたしました」

そういっただけで、脱いだ袴をたたむ手も止めぬ。むしろ女中のすぎが、

「お役目でございますか」

探るように問うてきた。

「ほかに何がある」

着替えの帯を締めながら、いささかぶっきらぼうに応える。すぎは、わざとらしく身をちぢめ、ひとりごとめかしていった。

「お許しくださいませ。りく様もおさびしかろうと存じまして、つい出過ぎた真似を」

出過ぎるのはいつものことだろうと思ったが、それ以上話す気も起きなかった。りくは取りなすでもなく、たたみ終えた袴を手にすると、一礼してさがってゆく。すら

りとしたうしろ姿が部屋を出るとき、付き従うすぎが、襖を閉めながら含み笑いをもらしていた。

「——どうかなされましたか」

闇色の堀に目を向けたまま黙りこんでいたらしい。圭蔵が案じるように声をかけてくる。我にかえり、面をあげた。

「いや、すまぬ。空に見惚《みと》れていた」

雲がないせいか、星のかがやきがくっきりと目に刺さる。銀のしずくが零れ落ちるかと思うほどに天を覆い、大地の果てまで呑みつくすようだった。

「堀を見ておられたようですが」

苦笑を洩らしたものの、圭蔵もそれ以上聞いてはこなかった。

新三郎は、こうべを振って身内のよどみを払おうとする。水面に映った銀河が風にそよぎ、白く砕けた。こうしてさまざまな思いに弄《もてあそ》ばれていると、暴れる連中の気もちも少しは分かった気がする。

「申し上げますっ」

町の奥から駆けてきた下役が、息を切らしながら告げた。「このさきの〈曾茂治《そもじ》〉と申す料亭で狼藉をはたらく輩がおるようすにて……おそらく件《くだん》の雷丸かと」

「よし、案内《あない》せよ。圭蔵は皆に触れをまわせ」

はっと応えて圭蔵が駆け出す。新三郎は下役に導かれるまま、町の大通りを横切っていった。店さきにつらなる灯や酔客たちが、みるみる背後へ流れ去る。今は走れるかぎり走り、風に貫かれたかった。

百かぞえる間もなく、目を見張るほど豪奢《ごうしゃ》な構えの料亭へたどりつく。堀にかけられた小橋の奥で色とりどりの雪洞《ぼんぼり》が夜をかざり、灯火に浮き出た母屋の壁はあざやかな丹色《にいろ》に塗られていた。柳町でも有数の大店《おおだな》と見える。

玄関先へ踏み込むや、探す間もなく上階で飛び交う悲鳴と怒号が耳に刺さる。転がるように階段を降りてくる男女が途切れなかった。まわりには店の者たちもいたが、まるきり度を失っており、新三郎たちへ目を向ける余裕さえないらしい。

集まった味方はまだ数人というところだが、待っている刻はなさそうだった。新三郎は逃げまどう者たちとぶつかりながら、先頭に立って磨きこまれた階《きざはし》を駆けあがる。

騒然とした気配をたよりに進んでゆくと、奥まった一室のまえで幇間《ほうかん》がへたりこみ、身を震わせていた。下役や同輩と視線を交わし合い、いっせいに中へ飛びこむ。

座敷には十数人の侍がたむろしていた。着物をはだけて寝入る者や、目を朦朧《もうろう》とかすませ呑みつづける者もいたが、大半は女たちを取りかこみ、あらそって小袖を剝《は》ぎとろうとしている。すでに半裸といえるほどのありさまとなっている娘もいて、まだ十歳くらいの小女《こおんな》が顔を真っ赤にして泣き叫んでいた。輪の外では、さんざん殴られたらしく、番頭とおぼしき中年男が畳を血だらけにしてのたうっている。

「きさまら――」

唸《うな》るような声を絞りだしたところで、息がとまった。寄り添いあっている女たちのなかから、一対の瞳が自分にそそがれている。はげしい驚愕が白粉《おしろい》の剝げた頰に浮かび、着物の乱れを直すのも忘れて呆然と座りこんでいた。

――みや……。

全身の力が抜けそうになったが、一瞬ののち、身内で激しいものが湧き上がる。自分でも戸惑ったが、それは今までにないほどの強い憤りだった。暴れる気もちも分かる、などと感じたことは跡形もなく消し飛び、はげしい波にもてあそばれるまま、男たちへ向けて声を叩きつける。

「ただちに手を引け。武士の身で醜悪と思わんのかっ」

男たちはつかのま黙りこくって顔を見合わせたが、すぐになかの一人が濁声《だみごえ》をあげた。

「醜悪はよかったな」

嘲笑とともに身を起こしたのは、漆原伊之助だった。酔いをさまそうとでもするように頭を振り、こちらへ近づいてくる。そうとう呑んでいると見え呂律はまわっていないが、顔色はむしろ蒼白《あおじろ》く、足はこびにも乱れはうかがえなかった。

「……………」

ひとあしごとに禍々《まがまが》しい気配が押し寄せてくる。不覚にも手が震えた。それを隠すようにして大刀の柄を握りしめる。

「こいつ、やる気だぜ」

雷丸の面々が吠えたてた。女たちが甲高い悲鳴をあげ、はだけていた胸もとや裾を掻き合わせる。丸くなった虫のごとくかたまり、たがいを守るように抱きあった。みやは輪に入ることも忘れ、感情の抜け落ちた顔をこちらへ向けている。

「おまえに用はない。帰って美人の奥方に添い寝でもしてもらえ」

伊之助が小馬鹿にした口調で言い放つ。頭のなかが白くはじけた。

「誰になら用があるのだっ」勢い込んで返すと、

「おれだろう」

背後から進み出た影が、野太い声を発する。おどろいて振り向くと、着流し姿の壮十郎が座敷に踏みこんでいた。両刀はたばさんでいるが、抜く気はないとでもいうように、懐手をしたままでいる。

「小兄上……」

おぼえず声がうわずってしまう。目付たちはなにが起こったのか分からぬらしく、うろたえて顔を見合わせるだけだった。

「やっと来たな」

伊之助が黄色い歯を剝《む》き出して笑う。「おまえがおとなしいから、さびしくて暴れちまったよ」

「はた迷惑なやつだ」

壮十郎がずい、とひとあし進みでた。

「いけません――」これは雷丸を捕縛するためのお勤めで、と発するまえに、すばやく抜刀した伊之助が、新三郎めがけて斬りかかってくる。

思いがけぬ攻撃に体さばきが遅れた。かろうじて腰のものを鞘走《さやばし》らせたが、手もとににぶい衝撃を感じたときには、抜いた大刀が跳ね飛ばされている。つづいて二の腕にするどい痛みをおぼえ、帷子の裂け目から血が吹きだした。

下役たちが叫び声をもらしたが、足がすくんでいるらしく、動くこともできぬ。傷を押さえた指の隙間から、とめどなく赤いものが零れ落ちた。腰から下の力が抜け、吸いこまれるように膝をつく。

うっと声をあげたのは、布切れを持った手がのび、つよい力で傷を縛ったからである。目を向けると、面を伏せたまま、みやがかたわらに寄り添っていた。汗と脂粉のまじった匂いが胸の深いところを刺す。

みや、と声に出して呼ぼうとしたが、痛みに妨げられる。歯を食いしばるうち、布を縛り終えたみやが立ち上がり、踵をかえした。引きとめる間もなく、逃げるように駆け出してゆく。

その後ろ姿が消えると同時に、次兄が新三郎の前に立ちはだかった。伊之助たちをするどい視線で睨みつける。みやに気づいた様子はなかった。

「おれの身内になんの真似だ」

憤りをあらわにした口調で叩きつける。伊之助は、うひゃっというような奇声をあげ、切っ先を油断なく壮十郎に向けた。

「おまえが相手してくれないから、弟に遊んでもらうのさ」

「くだらんことには知恵がまわる」心底うんざりしたというふうに舌打ちをかえす。

「暇なら経書《けいしょ》でも読め」

言いざま懐から手を出し、そのまま大刀を抜き放った。雷丸の面々がどよめきをあげ、女たちの悲鳴とまじりあって渦をまく。

「小兄上っ」

新三郎の叫びは、ふたつの刃がぶつかりあう音に掻き消された。伊之助の切っ先がおどろくほどの速さで壮十郎にせまり、受け止めたものの、たくましい足もとが揺らぐ。踏みとどまり油断なくかまえた次兄は、どこか愉《たの》しげにつぶやいた。

「生まれてはじめて誉《ほ》められたぜ」

言い終わらぬうち、やはり奇声を発しながら伊之助が打ちかかってくる。壮十郎はすかさず一歩進み出ると、吼《ほ》えるような声をあげて剣先を奔《はし》らせた。甲高い音が二度三度と夜をふるわせ、室内にいる者は身じろぎもできぬまま白刃のひらめく跡を見守っている。

「黒沢――」

ふいに名を呼ばれ振り向くと、久保田治右衛門ひきいる数人が部屋へ駆けこんできた。先導してきたものらしく、一行のかたわらで圭蔵が荒い息をついている。次兄がつかのま、眼差しをこちらに滑らせた。

「余所見《よそみ》してるんじゃねえ」

苛立たしげな声とともに伊之助が畳を蹴り、壮十郎の懐へ飛びこんでくる。刹那、ざくっという音があがり、転倒した軀が膳をふたつみっつ撥《は》ねとばした。畳のうえに鯛《たい》の皿や徳利がころがり、こぼれた酒がひろがってゆく。

「余所見はどっちだ」肩をはげしく上下させながら、壮十郎が吐き捨てた。が、次の瞬間、大刀から零れる血潮を見つめ、呻《うめ》き声をもらす。「……しまった」

うつぶせになった伊之助の軀が、痙攣するように動いていた。それにつれて、羽織

「存外つかえるな」

の下からどす黒いものが染みだしてくる。

雷丸の面々は、ひえっと叫んで逃げ出そうとしたが、久保田が立ちはだかった。呆然としたままの下役たちに、するどく下知《げち》をはなつ。

「のこらず捕縛せよ。むろん、喧嘩相手の大男もだ」

逆転

一

崩れ落ちるごとく腰を下ろしたときには、すでに深更と呼べる頃合いになっている。黒沢家の玄関先には人影もなく、粘りつくような闇があたりに蹲《うずくま》っているだけだった。

「人を呼びましょう」

圭蔵が口早にいう。漆原伊之助に斬りつけられた傷はいまだふさがっておらず、式台のあちこちに赤黒い滴が盛り上がっていた。

「いや、だいじょうぶだ」

腕ぜんたいが熱を帯びて疼《うず》いているが、さまざまなことが胸に伸しかかり、ほとんど痛みを覚えなかった。今宵のできごとすべてが現と思えず、どこか遠いところで起こった幻のように感じられてしまう。

「しかし……」

圭蔵が案じ顔で発した声を、襖の開く音が掻き消した。目を向けると、寝衣姿のりくが手燭《てしよく》をかかげて廊下に立ちすくんでいる。

「お怪我を――」

蒼ざめた面もちで、声をふるわせた。とっさに顔をそむけ、

「大事ありません」

と返したが、そのあいだにも上がり框《がまち》につぎつぎと血がしたたっている。近づいて来たりくを押しのけるようにして立ち上がった。圭蔵が戸惑いをあらわにして、そのさまを見つめている。

長い廊下をたどって居室へ入りこむと、襖に背を預け、おおきく息を吐きだした。と、それを合図としたかのごとく行灯に火がともる。ぎょっとして目をやると、ともしびのかたわらに舅がひかえ、獣のように底光りする眼差しでこちらを見つめていた。

織部正は無言で立ち上がると、滑るふうな足どりで近づき、新三郎の袖をまくりあげた。布をほどいて傷をあらため、ふむ、とつぶやく。懐から貝殻の形をした小さな容《い》れ物を取りだし蓋をひらくと、鼻を突く匂いが室内にただよった。尋ねる間もなく、粘り気のある塊が傷口に擦りこまれる。

「あっ」

最初するどい痛みをおぼえた右腕に、じわりと温かいものがひろがってゆく。肩の強張りを解いて腰を下ろすと、織部正がわずかに唇をゆがめた。もともと釣り合いのわるい顔がひしゃげ、かえって恐ろしげな表情となったが、笑みを浮かべたものらしい。

「血どめの膏薬《こうやく》じゃ。さいわい深手ではなさそうじゃし、これでおさまるだろう」

「恐れ入りまする」

面目なげにうつむくと、舅はいつも通り心もちの窺いにくい表情にもどり、しゃがれた声を洩らした。

「なにが起こったか、聞かせてもらおうかの」

「……はい」

目を伏せたまま、きれぎれに今宵のいきさつを語る。織部正はひとことも口をはさまず、耳をかたむけていた。静まりかえった室内で、おのれの声と灯火のくすぶる音だけが重なりあう。

「――そうか、死んだか」

聞き終えた舅が、嘆息まじりの呻きをこぼす。なにごとであれ動じたようすを見せぬひとだから、こうした声を発するのは聞いたことがなかった。

「狼藉をはたらいたのは相手方でございます」

胸がおもく塞がりはしたものの、憤るような口調になるのを抑えられなかった。いま思えば、伊之助は次兄をおびきよせようとして騒ぎを起こしたのかもしれぬ。兄を叩きのめして柳町の顔になろうという目論見《もくろみ》は消えたが、おのれの死と引き換えに置き土産をのこしていった格好だった。

しばし考え込んでいた織部正が、苦いものを嚙みしめるようにつぶやく。「……よりによって、漆原か」

舅がそう口にしたとき、耳の奥でなにかが谺する。婿入りまえ、この家に出入りしていた折、漆原内記の名を聞かされたことがあった。織部正と次席家老とのあいだには、なんらかの因縁があるのかもしれぬ。

「あの」

おそるおそる呼びかけると、なかば閉じたように見える舅の瞼がぴくりと動いた。濁った瞳をぎろりと剝き、老いた猫のごときしぐさで耳のうしろをまさぐる。なにか思案しているのだな、と気づいたとき、

「すまぬが、まだ話すわけには参らぬ」

ひどく突き放したような声が皺ばんだ唇から洩れた。その冷たさに、おもわず息を詰めてしまう。忘れていた腕の痛みがよみがえってきた。

「が、この件には助力しよう……そなたの兄、清左《せいざ》どのの子ゆえな」

舅が淡々と告げた。それでいて、矮小ともいえる軀が今までにないほどの威圧感をおびて見える。これが大目付だ、と思った途端、抑えようもない身震いが背すじをつらぬき、足さきまで流れていった。

二

十日ぶりに見る壮十郎は、いくぶん痩せていたが血色もよく、なにより瞳の色が落ち着いていた。入ってきた新三郎に目を向け、微笑んでさえみせる。

八畳ばかりの小ぶりな一間である。評定所の奥まったところにある部屋で、裁きを待つ科人《とがにん》が起居する場だった。窓も切られておらず、昼間でも薄暗い室内に、饐えたような熱気が立ち込めている。

「ご不自由ございませぬか」

声をひそめるようにして問うと、次兄が唇の端を持ち上げて笑った。

「不自由は山ほどあるが、不服はない。まあ、こうしたものだろうよ」

新三郎もつられて頬をゆるめる。が、問いをかさねる声が、自分でも分かるほど曇っていた。

「眠れますか」

「ああ、恥ずかしいほどぐっすりとな」磊落にいってから、わずかに目を落とす。

「なぜか、父上の夢ばかり見る」

「だれかの夢を見るのは、そのひとがおのれのことを思うているからだと申します」

ふいに、そんなことばが口を突いて出る。母を亡くしたころ、そう教えられたことがあった。

「――そうか」

壮十郎が、子どものようにうれしげな声をあげる。とっさに眼差しをそらすと、次兄が笑みをおさめて問いかけてきた。

「遊びに来たわけでもあるまい。用向きを聞こうか」

つかのま喉に重いものが詰まったが、振り切るように声を発する。

「久保田さまがお呼びでございます。その、お調べをおこなうとのことで」


上座に久保田治右衛門が坐し、三間ばかりのへだたりを置いて次兄と向き合っていた。他の目付たちは同席しておらず、書き役と新三郎だけが座につらなっている。昼前にもかかわらず大気は蒸し暑かったが、ひややかとさえいえるほどの静寂が座敷の隅にまで染みとおっていた。

じっとしているだけでも背すじを汗が伝う。久保田の額にもうっすらと滴が滲みだしていた。精悍な横顔を見つめていると、ややあって懐から書き付けを取りだし、読みあげる。

みずから認《したた》めたのだろう、当夜の経緯がこと細かにまとめられていた。それによると、伊之助たちは日が落ちるまえから〈曾茂治〉にあがっていたという。最初は機嫌よく呑んでいたが、酒がすすむにつれ狼藉が目立つようになった。ちょうど立ち寄った花吹雪の連中がそれに気づき、壮十郎へ知らせたということらしい。

そこで出くわしたのが不運とも思えたが、調べ書のつづきを聞いて、考えは一変した。伊之助たちはしばらく前から、あちこちで似たような騒ぎを繰り返しており、意図して花吹雪を挑発するつもりだったらしい。いずれはどこかで同じような成りゆきが生じざるを得なかったのかもしれぬ。

壮十郎は神妙な面もちで久保田が読みあげる内容に聞き入っている。問われれば、ごくみじかい答えを返していた。

調べ書の内容はきわめて正確なものだったと見え、ほとんどは「左様でございます」というひとことですんだ。が、次兄の口調が変わったのは、花吹雪の面々に話がおよんだ折である。

「こたびの件は、それがし一人《いちにん》の不始末。余の者はあずかりしらぬことでございます」

「それは、こちらが決める」

久保田は眉をひそめ、再三仲間の素姓を問うたが、壮十郎は口をひらこうとしなかった。いくら厳しい声で糺《ただ》しても、翻意する気ぶりすらない。とうとう、

「……本日はここまでと致そう」

この人にはめずらしく、声にわずかな疲れを滲ませながらいった。壮十郎が無言のまま低頭する。下がってよい、と久保田が告げると、すっと膝を起こして踵をかえした。

「ああ」にわかに思いだしたという風情で、久保田が呼びとめる。「肝心なことを聞いておらなんだ」

次兄が首だけで振り向き、上座をうかがった。さほど間を置くこともなく、平坦な声で問いが発せられる。

「――漆原伊之助にかねて遺恨はあったか」

新三郎はおぼえず首をかしげる。たしかにかるい問いではないが、上役の口ぶりはどこか世間話めいたものだった。

次兄は反芻《はんすう》するふうに目を閉じていたが、やがて久保田に向き直り、ひとりごつようにいった。

「くたばれと考えたことはございますが」ことさら伝法な調子でこたえる。「よも

や、おのれが殺そうとは思いませなんだ」

相わかった、と久保田がつぶやいた。その声に応じるかのごとく、障子戸がゆっくりと開かれる。控えていた下役に先導され、壮十郎が座敷をあとにした。姿が見えなくなる直前、わずかにこちらを振りかえる。新三郎は、そっと黙礼だけを返した。

つづけて書き役が筆と紙をしまい、退出してゆく。ようやく肩の力がぬけ、降りそそぐ陽光を目で追った。強くしろい日差しに無数の塵《ちり》が浮き出している。まるで光のかけらだ、と思った。

「強情なやつだ」

久保田がとつぜん苦笑を洩らした。新三郎は恐縮した体で畳に両手をつく。

「申し訳もございませぬ」

「いや――」上役がかぶりを振る。「つまり、いい漢《おとこ》だといっている」

返すことばが浮かばず口ごもっていると、

「そなたの兄だったとはな」

久保田が眼差しを逸らしながらいった。「すまなかった、というつもりはない。知っていても、あの折わしは捕縛を命じただろう」

胸にするどく突き立つものをおぼえる。それでいて、上役がつねにも似ずためらいがちな物言いをすることには気づいていた。いつの間にか、差しこむ光が強さを増したように感じる。

「四つになる倅がな」

ふいに久保田が告げた。いきなりのことだったので面食らい、

「はあ」

どうにも間の抜けた声を返してしまう。上役は唇もとにかすかな笑みをたたえると、いった。

「このところ、あれもいや、これもいやで手に負えぬ。まこと困《こう》じはてておるのだ」

どうにも話の行く先が見えぬ。よほど訝《いぶか》しげにしていたのだろう、久保田が声をあげて笑った。

「おおげさな物言いになるが、人とはなんと理不尽な生きものかと思うた」

「…………」

「あれが食いたい、これが欲しい、おのれがおのれがと際限もない」

「それは」

童ならさようなものではと言いかけたが、いま身近にそうした子どもがいるわけでもない。自分がその齢だったころのことは、もちろん覚えていなかった。

久保田がこうべをめぐらし、開け放たれたままの障子戸から外を見つめる。雨上がりの庭先では白い木槿《むくげ》の花弁が滴をはじき、油蟬はわがもの顔で大気をふるわせてい

た。

「人のすがたが元来ああしたものであるとすれば」おのれへ言い聞かせるような口ぶりで語を継ぐ。「世をいとなむ上で、やはり法は欠くべからざるもの。が、そこで掬《すく》い取れぬものも多かろうと……柄にもなく、さようなことを考えたわけだ」

最後は面映げに付けくわえた。

先ほどから抱いていた違和感の正体が腑に落ちる。峻厳苛烈で鳴らした久保田に似ず、壮十郎への対し方はどこか柔らかいとも、ゆるやかともいえるように思えたのだった。

押し黙ったままの新三郎に目をやると、久保田はいたずらっぽく笑った。

「ま、うちの倅が飛び抜けてやんちゃなだけかもしれぬが」

つられて新三郎が唇もとをほころばすと、上役が真顔にもどって言い添える。

「まずは漆原伊之助たちの狼藉を迅速に証《あか》し立てよ」

はっと応えて低頭すると、やはりこの人らしくもない穏やかな声音でつづけた。

「あの男とゆっくり呑んでみたくなった。科人のままではかなわぬからな」

三

「どういうつもりだ」

つい声に荒々しいものがまじったが、相手からは怯えをはらんだ沈黙が返ってくるばかりだった。これ以上話をするつもりは、端からないらしい。

新三郎はおもい溜め息をこぼして、〈曾茂治〉の玄関を出た。気づかわしげな視線をたたえながら、圭蔵があとにつづく。

あるいは当然というべきかもしれぬが、久保田から受けた命は、舅の示唆とおなじものだった。

「まずは、相手方の狼藉を証し立てよ」

と織部正は言ったのである。

ふたりのことばにしたがい、伊之助たちの所業を明らかにすべく立ち寄ったのだが、壁は思った以上に高かった。斬られたのが次席家老の嫡男ということはすでに知れ渡っているらしく、あれほどの目に遭っていながら、店主や番頭は口を濁していっさい語ろうとせぬ。時おり顔をのぞかせる女たちがうしろめたげな眼差しを浮かべたが、進んであの夜のことを告げようという者は出るはずもなかった。

みやのことも尋ねたかったが、店の者たちはまるきり口を閉ざしてしまっている。話を持ちだす余地はなかった。

料亭の小橋をわたって通りへ出る。振りかえると、門口に据えられた雪洞が先夜とかわらぬかがやきを月明かりに滲ませていた。どこからか、あまい百合《ゆり》の香がただよってくる。

——みやも、どこかでこの月を見ているのだろうか。

思いがそちらへ流れそうになるのをかろうじて押しとどめる。証しがあつまり本式に裁きがはじまるまで、壮十郎は黛の屋敷で預りの身となっていた。久保田の心づかいではあるが、部屋から出ることは禁じられているから、軟禁といってよい。途方に暮れた熊のように巨軀をちぢめる次兄の姿が胸に浮かぶ。一刻もはやく、どうにかしてやらねばと思った。

「…………」
二、三歩すすんだところで、圭蔵がさりげなく足をとめる。新三郎も視線だけ動かし、背後を見やった。何者かの足音が、ふたりを追うように近づいてくる。すぐに抜刀できるよう、爪先へ重心をうつした。
が、角を曲がってあらわれた人影が、やけに小さいと気づき、そろって肩をゆるめる。十歳ほどとおぼしき少女が、思いつめた表情でこちらを見あげていた。

なにか用かな、と声をかけるよりはやく、

「あの——」

少女のほうから口をひらいた。「このあいだは、ありがとうございました」

なにを言われているのか分からなかったが、相手の顔を見ているうちに思いだした。伊之助たちにさいなまれ、泣き叫んでいた女のひとりだろう。なかに、このような娘を見たおぼえがあった。

新三郎が気づいたと察したらしい。少女はいくぶん安堵した体で一歩踏みだし、口早に告げた。

「おねえさんが……いなくなってしまって」

「おねえさん？」

頓狂な声をあげたのは、圭蔵のほうである。新三郎はとどめるように右手をあげると、少女と目の合う高さまでかがみこんだ。

「みやのことか」

少女は首をかしげ、困惑したふうな声をあげた。

「いえ、おみねさんです。お侍さまの手当てをした」

新三郎は眉根を寄せた。あの女がみやであることは疑いない。あそこまで瓜《うり》ふたつの他人というのも考えられぬし、そもそも女のほうが先にこちらへ気づいたのだった。〈曾茂治〉では、みねと名のっていたということだろう。

「いなくなったと言ったな」

自分でも分かるほど、声が上ずっていた。幾度となくうなずきながら、少女がかかわいた唇をひらく。

さとと名のった少女は、やはり〈曾茂治〉の奉公人で、みやは、まだ一人前のはたらきができぬさとを何かと気にかけていたらしい。狼藉の場でも掻き抱くようにしてかばってくれたが、騒ぎの直後から行方をくらましているという。

「お願い……おねえさんを探して」

懸命な面もちで告げると、新三郎たちが応えるまえに、

「もう行かないと」

あわてて駆けだそうとする。使いにおもむいた帰り、ちょうどふたりが店から出てくるのを見て、そのまま追いかけてきたのだという。

少女のうしろ姿を見送りながら、圭蔵がつぶやいた。「ひと探しまではさすがに。町奉行所に伝えておきましょうか」

「――どうにかしてやりたい気はしますが」

ああ、と呑みこむようにいって爪先を踏みだす。みやは圭蔵が着くまえに部屋を出たし、もともと顔を合わせたこともないから、気づくわけもなかった。

――おれに会ったから、行方をくらましたのか。

ひとけのない農家の戸をこじ開けたときの記憶が滲みだす。あのとき眼前に広がった闇は、いまもつづいているようだった。

　ふたりはひとことも発さぬまま、湿った夜気を掻きわけながら色街を歩く。どこへ行くあてもなかったが、気づけば、くだんの一膳飯屋にたどりついていた。このまま帰る気にならないのは圭蔵もおなじらしく、寄りますかとも聞いてこない。

　むぞうさに暖簾をくぐり、なかに入る。時刻も遅いせいか客は数えるほどで、せまい店のうちは物憂げな空気におおわれていた。

　先に立って足を踏み入れると、前とおなじ女中が、ああ、いらっしゃいと声をかけてきた。もう顔は覚えられたらしい。

「天之河をたのむ」

　聞かれるまえに注文をすませ、小上がりに腰をおろす。張り詰めていたものがゆるみ、そのまま畳に吸い込まれてゆく心地がした。

　ほどなく女が徳利を持ってくる。花吹雪の連中は顔を見せているのか聞きたいと思ったが、

「えっ」

　口をひらくまえに、むこうから小上がりにのぼってきた。猫のような身ごなしで、新三郎のとなりに座をしめる。圭蔵がむっとした顔で睨みつけたが、女は見向きもせずにささやいた。

「あれからお仲間は来てないよ」

「おい――」

ことば遣いが癇《かん》にさわったらしい。圭蔵が盛大に鼻息をもらした。新三郎がなだめるように酒をつぐと、恐縮した体で口をつぐみ、ひと息に呑み干す。

「あれから……」ぼんやり繰り返したが、〈曾茂治〉でのさわぎを指しているのだろう。半月ほど前のことにすぎぬが、何年も経ってしまったような気がする。

「無理もないけどね」

女が心得顔でひとりごちた。こぼした吐息のなかに、かすかな煙草《たばこ》の香りがまじっている。「誰だってとばっちりは食いたくないもの」

「とばっちり、か」

つぶやきながら、女のいうことを繰り返してばかりいるなと思った。相手もおなじことを考えたのか、すこし唇をほころばせる。

「またお武家か」

「おときの侍好きにも困ったもんだ」

土間の卓で呑んでいた職人ふうの男たちが、ひやかすような声をあげた。あんたらがだらしないからだよ、といなして女が小上がりをはなれる。その後ろ姿を目で追いながら、指さきで空の猪口をもてあそんだ。

「これから、どうなさいますか」

圭蔵が、ぽつりとつぶやいた。

「とりあえず呑もう」

腕をのばして、徳利をつかむ。手酌で猪口をみたし、乱暴にふくんだ。まださほどいける口ではないが、呑まずにいられない心もちは分かるようになっている。つかれているのか、きょうは苦いものが口中にひろがるだけだったが、その味もいまの気分にしっくりくるようだった。

圭蔵もおなじらしく、ふたりして黙々と猪口をあける。店の外へ出たときには、かるく足もとがふらついていた。近くに田圃《たんぼ》などないはずだが、蛙《かわず》の啼き声がやけにはっきりと聞こえてくる。

当てもなく二、三歩すすんだところで呼びとめられた。振り向くと、おときと呼ばれたあの女が店の戸口にたたずんでいる。濃い闇のなかで、町の灯をうけた瞳が燦《きらめ》くような光を放っていた。

「――壮の旦那に会わせて」

ほとんど逡巡《しゅんじゅん》も見せずに告げる。ためらいがなかったわけではなく、すでに何十回も迷ったうえで言ったのだ、ということが、なぜかすぐ分かった。

「小兄上に」

たしかめるようにいうと、おときが安堵したふうに白い歯を見せた。

「やっぱり、あんたが新三郎さま」

「あんたとは何だ」

圭蔵が呂律のあやしくなった声で食ってかかる。止めるのも忘れて、女のほうへ踏みだした。

「わたしの名を聞いているのか」

勢いこんで口走った。おときが面映げに目をそらす。

「ええ」一瞬、少女のようにはにかんだあと、ことさら蓮《はす》っ葉《ぱ》な口調で付けくわえた。「枕語りにね」

四

出仕してすぐ、つねとは異なる気配をいたいほど感じた。同輩たちがあちこちで寄りあつまり、ひそめた声で話を交わしている。なにかを憚《はばか》るような目がこちらに注がれているのも分かった。こうべをめぐらすと、久保田の姿が見当たらぬことに気づく。ふだんは誰よりもはやく詰所に姿をみせるのだった。

「あの、久保田さまは」

通りかかった同役に声をかけると、困ったふうな笑みを口もとによぎらせただけで、足早に離れてゆく。掌へじわりと汗がにじんできた。

「――出仕におよばずとのお沙汰を受けた」

いきなり耳もとでささやく声があがる。振りかえると、織部正が、いつもよりさらに歪んだ面ざしをこちらへ向けていた。

「出仕に……」

呆然となって繰りかえすと、舅がおもおもしく頷く。

「大和屋《やまとや》から袖の下を取ったということでな」

新三郎は声を失った。それはいま内偵中の事案で、梶浦《かじうら》なる御納戸役が城下の商人と結託し、城へおさめる調度を一存で定めているというものだった。近々証しをそろえ、正式に訊問をはじめることになっている。

「それは――」

発しかけたことばを呑みこんだ。舅が掌をのばし、それ以上いうなというふうに新三郎の喉元に当てる。かるく押さえられているだけだが、息詰まるような胸苦しさをおぼえた。

こちらへ、と低声《こごえ》でささやくと、織部正が踵をかえす。導かれるまま、あとに続いた。同輩たちが、おびえるような視線をあらわにして見送っている。

廊下を曲がって奥の小部屋に腰を下ろすと、舅はつよい眼光で新三郎を見据えた。

ふだんなら気おくれを覚えるほどけわしい眼差しだが、こちらも常の心もちではない。むしろ身を寄せるようにして織部正の顔へ見入った。

「命じたのは」舅のおもてに、はじめて見るほど強い憤りの色が浮かんでいた。「漆原どのじゃ」

「…………」

指さきが震えだすのに気づいたが、とどめることができない。ややあって、ようやくか細い声が洩れた。

「されど、そのお疑いは、まったくもって事実無根」

「さようなことは、皆わかっておる」織部正は苛立たしげにかぶりを振った。「それでも、抗《あらが》うすべがない」

見せしめじゃ、とつぶやいて色のない唇を嚙みしめる。

「漆原に手を出したものはこうなる、と言うておるのよ」

「そんな」ようやく応えたものの、あとがつづかなかった。窓は閉めきっているが、近いところから葉ずれの音が響いてくる。夏の朝を風が吹き抜けているらしかった。

「わしが追っていた件も」織部正が歯嚙みするごとき表情になる。「むずかしいこととなろう」

その口ぶりは武士というより、ながい刻をかけて麴《こうじ》や醬油《しょうゆ》を育て、最後の最後で仕上げをあやまった職人のように聞こえた。

――よりによって、漆原か。

伊之助が斬られたと聞き、織部正のつぶやいたことばが胸のうちで谺する。あのとき、舅はまだ話せぬといったが、やはり何かしら内偵をおこなっていたのだろう。

新三郎の思いに気づいたらしく、織部正がぎろりと目を剝いた。唇の隙間から黄色い歯をのぞかせる。

「まだ黙っておるつもりでおったが、やはり話しておくとしようか」

わしとて、どうなるかしれぬゆえ、とおどけた物言いで付けくわえたが、けわしい表情はくずれなかった。皺ばんだ唇がひらき、聞きとりにくい声がぽつぽつと洩れる。

「漆原どのは、又次郎さまをご家督にと目論《もくろ》んでおる」

聞いた瞬間、ひやりとしたものが胃の腑をかすめる。舅は、婿入りまえに役向きのことなどを教えてくれたときとおなじ、ひどく淡々とした口調でつづけた。

世子は江戸にいる右京正就ときまっているが、漆原内記は、藩主・山城守が又次郎を鍾愛《しょうあい》するのに目をとめ、その擁立を画策しはじめたという。あるいは、娘が主君のお目にとまったときから、考えていたことなのかもしれない。

「わしと清左どので、長幼の序をみださぬよう、たびたび殿をお諫《いさ》め申し上げたが」

表向き、その動きはおさまったかに見えるものの、油断はできぬという。漆原の屋敷を、時おり家中の者がおとずれている。ひそかに同心の者をつのり、来たるべき日に向けて着々と地固めをおこなっているのではないかと思われた。

「とくに海老塚の屋敷から出た駕籠《かご》が、たびたび漆原どのの元をおとずれておる。一味と見て間違いあるまい」

脂の多い中年男の顔を思いだした。海老塚播磨は漆原内記に引き立てられた人物である。なにか企てるなら、徒党となってふしぎはなかった。

ことが成った暁には、みずから藩政の頂《いただき》に立つつもりだろう、と舅はいった。

「かの家は代々、次席家老で留まっておるゆえな」

新三郎はにがい唾を呑みこんだ。漆原が筆頭家老の座を狙っているなら、実家の黛も無縁ですむはずはない。

「いったい……」

いかにすれば、とつづけるまえに、廊下を踏みならす足音がひびく。目を向ける間もなく小部屋の襖がひらき、蒼ざめた圭蔵が駆け込んできた。

「申し上げますっ」顔中にしたたる汗は、駆け通してきたためばかりではないようだった。「漆原どのの屋敷に旗指物《はたさしもの》が立てられ、鎧武者《よろいむしゃ》が数多まわりをかためております」

五

漆原邸の周囲はまがまがしい空気につつまれていた。深更から燃やしていたらしい篝火《かがりび》はすでに消されているが、くすぶった煙が朝の空へ立ちのぼっている。

甲冑《かっちゅう》姿の武者が塀や門のあたりを足しげく行き交っていた。槍《やり》や物具の鳴り響く音が容赦なく耳奥に迫ってくる。目をうたがう思いだった。戦国の世ならいざしらず、開幕いらい百五十年を閲《けみ》している。新三郎はむろんだが、舅とてこのような光景を目《ま》の当たりにするのは、はじめてのことだろう。

重くそそり立つ長屋門のところで、ふたりの先に立って圭蔵がおとないを入れる。屯《たむろ》する武者たちがけわしい視線を向けてきた。首すじに汗が吹き出したが、ぬぐうこともできぬ。足さきに力が入らず、立っているだけで精いっぱいだった。

長くかかるかと覚悟を据えていたが、ぞんがい早く邸内に招じ入れられる。大目付が騒乱の収拾にあたるのはごく順当なことだから、さすがに無視するわけにはいかなかったのだろう。新三郎は随行をゆるされたものの、圭蔵は控えの間で待たされることとなった。不安げな眼差しに見送られ、奥へ通される。

新三郎たちを先導して歩をすすめるのは、二十歳そこそこと思われる武士だった。

面長な顔立ちがどこか胡瓜《きゆうり》のように見える。ひょろりと痩せた軀に白糸縅《おどし》の具足が、いかにも重たげだった。ときおり振りかえり、おびえたような目をこちらへ投げてくる。

濡れ縁をよぎるとき、庭の隅に咲く蛍袋が目にとまった。こんなときにと自分でもふしぎだったが、亡き母が好きな花だったので気づいたのだろう。剣呑な空気とはかかわりないふうな顔をして、白い花弁をそよがせていた。

通された客間の隅には、茶をたてるための炉が切られている。部屋そのものは二十畳を越える広さながら、炉のまわりに屛風《びようぶ》でも立てまわせば、ちょっとした茶室ができあがる趣向だろう。さすがに今は湯を沸かすでもなくしずまりかえっているが、埃《ほこり》ひとつ目につかず、静謐《せいひつ》とさえいえるほど清められていた。

どことなく居たたまれぬものを感じ、面を伏せる。このひと間にただよう空気が、内記や伊之助とどうしても結びつかなかった。

「しばしお待ちいただけますよう」

くだんの若侍が膝をついていった。すぐに立ち上がったものの、やはり具足の重さがこたえるらしく、よろめくような足どりで去ってゆく。ぼんやり見送っていると、

「弥四郎《やしろう》と申したかの……内記どのの次男じゃ」

舅が抑揚のない声でいった。じっさい何の関心もないのだろうが、

――では、いまの男が漆原を継ぐことになるのか。

そのような考えが頭の隅に浮かんだ。おのれも人目にどう映っているか心もとないが、いずれ藩の重職につらなるような若者とは感じられなかった。ちらりと見ただけで決めつけるわけにもいかぬが、分家などを継いで大過なくすごしてゆくふうな人物と思える。おそらく本人もそのつもりで生きてきたのだろう。

――とうに、小兄上と伊之助だけのことではなくなっていたのだな。

ひとつの死が池に投げこまれた礫《つぶて》だとすれば、それがおこす波紋というものを今さらながら見せつけられた思いだった。

湧き出る想念に気をとられていたらしい。われに返ったときは、重い足音がすぐそばまで近づいていた。

背を強張らせ障子戸のほうを仰いだが、たしかめるより先に、肥えた人影が室内に入ってくる。

以前狸にたとえたのは何気なく口にしただけだが、そのひとを前にすると、あらためておなじことを感じる。黒糸縅の具足をまとった漆原内記が腰をおろすと、ごとりと札《さね》の音が鳴った。眠っているかと思えるほど細めた目を、ゆっくりとひらく。

「ご足労、痛みいり申す」

面ざしと不釣り合いなほど、丁重な響きだった。舅にならい、かたちに則《のっと》った答礼

をかえす。そのあいだも、息を凝らしながら、しみの浮いた内記の顔をうかがってい
た。
織部正は挨拶を交わしたきり、黙りこくっている。眉宇の曇りを隠そうともしてい
なかった。
のしかかるほどの静寂にたえられず、庭のほうへ目をそらす。さきほど内記が開け
たままになっている障子の向こうから、猛々《たけだけ》しさを孕んだ日ざしが流れ込んでいた。
新三郎の座から蛍袋の花はうかがえず、かわりに百日紅《さるすべり》が視界をふさぐように伸びて
いる。
「――漆原どの」舅がおもむろに唇をひらいた。そのまま、前置きもなく言い放つ。
「かく物々しきありさま、いかなるご存念かうけたまわろう」
次第によっては家老の身とて黙過かなわぬ、とつづけた声は、背すじが震えるほど
冷たかった。が、次席家老は顔色を変えるでもなく応じる。
「われらが覚悟をお見せしたまで」
「覚悟……」
新三郎は、おぼえず声に出して繰りかえしている。内記がわずかに口もとをゆるめ
た。
「さよう、向後《こうご》のなりゆき腑に落ちぬものとなれば、一戦も辞さぬ気がまえにて」

「一戦とは、だれと」

織部正が苦々しげに顔をゆがめた。次席家老は、その問いを待っていたというように鷹揚な笑みを浮かべる。

「何人《なんぴと》であれ、刃をおさめる気はござらぬ」

「殿が相手でもか」

そのことばには、あいまいな表情のまま応える気配もない。織部正が吐き捨てるようにいった。

「まずは、つつしんで裁きを待つが武士の心得であろう」

次席家老が頰のあたりに不敵な笑みをよぎらせたとき、

「恐れ入りまする」

家宰らしき中年の武士が、蹌踉《そうろう》とした足どりで入ってきた。あるじの耳もとに口を寄せ、なにごとか囁《ささや》きかける。うなずいた内記が、

「ここへお通しせよ」

ひくい声で告げると、相手は低頭してすばやく座敷を出ていった。

「ご上使が参られたようでござる」

天気の話でもするごとき口調で次席家老がつぶやく。

「ご上使とは」

織部正がさぐるような目を内記に向けた。答えが返るまえに、

「われらのことでござる」

よく通る声が次の間から響く。つづいて襖がひらき、長身の人影が姿をあらわした。

「あっ」

新三郎はおもわず声をほとばしらせる。栄之丞が藍色の裃に身をかため、ととのった面ざしをあげて室内へ踏み入ってきた。間を置かず顔をのぞかせたのは、父の清左衛門である。

「揃《そろ》い踏《ぶ》みというところでござるの」

内記が唸るような声をあげて笑った。「愚息もくわえたいところなれど、いまだその任にあらず」

芝居がかった言いようのなかで、そこだけどこか実感がこもっていた。

内記を取り巻くかたちで、四人が座をしめる。次席家老は気圧されるふうもなく、開け放たれた障子戸を背に座っていた。白くきらめく光が庭にあふれ、雲の動きにつれて背後で瞬きを繰りかえしている。

「大兄上――」

かたわらに坐す栄之丞へささやきかけると、わずかにうなずき返してきた。冷然と

もいえる佇《たたず》まいはふだんのままだが、頰のあたりが紅潮している。兄もひとかたならぬ覚悟を抱いてここへ来たに違いない。家督まえの者に上使のお役が下るはずはないから、新三郎同様、父の供としてあらわれたものと思われた。おそらく兄のほうからたってと願い、同行したのだろう。

「されば」次席家老が喉を鳴らすようにしていった。「早速《さそく》ながら、御使者のおもむき承らん」

うながされ、清左衛門が立ち上がる。懐から奉書紙を取りだすと、内記がうやうやしく一礼した。父は眉間にふかい皺を刻んだまま、書状を読み上げはじめる。

「漆原内記儀、此度《こたび》にわかの騒擾《そうじょう》、まこと不審にして余の言を知らず」

清左衛門の顔にはどす黒く疲労の色が塗られ、声にも張りが乏しかった。栄之丞が案じるような眼差しを向ける。次席家老はこうべをたれ、神妙に聞き入っていた。

「然《しか》れども……」

そこまで読み進めた父の目がおおきく見開かれ、背すじがぐらりと揺れた。新三郎が声をあげたときには、そのまま畳に膝をついている。

「父上っ」

あわてて駆け寄り、崩れそうな上体をささえる。

「清左どの」

織部正も手を貸し、ふたりして清左衛門の面をうかがった。

「大事ござらぬ」

父は色の失せた唇を引き結ぶと、ふたたび立ち上がろうとする。そのとき、

「――ご免」

声とともに長い指がのび、父の手から奉書紙を受け取る。清左衛門は肚《はら》を据えたような表情となり、ゆっくり頷いてみせた。栄之丞はすくと立ち上がると背すじをのばし、

「漆原内記儀」あらためて言い放つ。「……まこと不審にして余の言を知らず」

澄んだ声が耳朶《じだ》を刺す。ありきたりの文言がするどい調子をおび、新三郎のほうが気圧されるようだった。

が、内記の面には動揺したようすも窺えない。なかば目を閉じ、栄之丞の声をなぞるごとく唇を動かしていた。

「然れども」書状に落とした栄之丞の瞳が、おおきく揺れる。引きずられるかのように、新三郎の胸奥ではげしく鼓動が鳴り響いた。

「……常の功、軽からざるを以《もっ》て」長兄が唇を嚙みしめる。ふだんからつよい紅色が紫を通り越し、白っぽく変じていた。「双方談判の上、和合《わごう》相ととのわすべきものなり」

上体が折れそうになるのを懸命にこらえた。隣に坐す舅も呆然として口をひらいている。

——双方……。

どういうことだ、と考えるまえに、内記がさりげなく面を伏せ、ほくそ笑むような表情を浮かべた。

——黛と漆原の私闘だと言いたいのか。

父のほうを仰いだが、蒼ざめた顔で眼差しを落としているだけである。読み終えた奉書紙を握りしめ、栄之丞が沈みこむように腰をおろした。

温顔といってよい山城守正経の風姿が瞼の裏をかすめる。逃げたのだな、と思った。次席家老の振る舞いに藩主として向き合うのではなく、あくまで黛との争いとして解決せよということらしい。

——そうか。

にわかにある考えが脳裡へ閃《ひらめ》き、音を立てて息を呑んだ。つつしんで裁きを待つが武士の心得、と吐き捨てた舅の声が思い起こされる。

——裁きのまえでなければならなかったのだ。

ひとたび評定所で裁決がくだされれば、背くことは御家への反逆と見なされてしまう。屋敷をすばやく兵でかためたのは、威嚇であるとともに裁きを止める狙いもあったに違いない。久保田が壮十郎に同情的であることを知り、いちはやく手を打ったのかもしれなかった。

「台慮《たいりよ》をわずらわし、まこと恐れ多きことにござる」漆原が粘つくような口調でいった。

「さよう思われるなら、一刻もはやく屋敷の構えを解き、お控えあるべし」栄之丞が面をあげ、冷然と告げた。舅も力を添えるようにうなずいてみせる。清左衛門はようやく血の色が差した顔を向け、無言のまま内記を見据えていた。

「…………」

一同が見守るなか、やにわに内記が立ち上がる。皆へ向きなおり、おもむろに腰を折った。

「まことに恐れ入るが、暫時《ざんじ》お待ち願いたい」

「とはいかに」

疑わしげに眉をひそめる織部正へ、

「逃げはいたさぬ」

それだけ返して廊下へ踏みだしていく。追うように立ち上がった新三郎は、舅の手にとどめられ、そのままなすすべもなく腰をおろした。

油蟬の声が部屋ぜんたいを包むように押し寄せてくる。ひりひりと喉が渇いていたが、だれか呼んで湯茶を所望する気にはなれなかった。ことばを発するものもないまま、無限のように思われる刻がただ過ぎていく。

心身の強張りがいただきを越え、いっそ眠気さえおぼえるほど疲れ果てたときには、夕べの気配がただよう頃合いとなっている。斜めに差す赤い光が、畳の目を炙るように浮き上がらせていた。

突然われにかえったのは、縁側をぺたぺたと踏みならす足音が聞こえたからである。その響きがやけに軽い、と思ったとき、小さな影がひとつ、室内へ駆け入ってきた。

六

「又次郎さま――」

おぼえず洩らした父と舅の声が、邪気のない笑い声にかさなる。「まさか」と応えたのは長兄だったから、若ぎみの顔は知らなかったと見える。新三郎はいちど詰所で出くわしたきりだが、言われてみればそのひとに違いなかった。

おとなたちの凝視をあつめ、若ぎみは得意げであるようにも心細さを覚えているようにも見えた。と、遅れて入ってきた人影が、皆の視線から又次郎を覆い隠すように立ちふさがる。雲に桜を散らした綸子《りんず》の打掛けが、暮れかけた室内であざやかに浮きあがった。新三郎はあげそうになった叫びをいそいで呑みこむ。

――なぜここに……。

眼前にあらわれたのは、まるく肥えた三十前後の女性《にょしょう》である。会ったことはないが、すぐにおりうの方だと分かった。打掛けでかばうように若ぎみを覆うしぐさは、母のものとしか思えぬ。

もともと顔を知っていたのだろう、皆がいっせいに低頭する。おりうの方は強張った面もちをたたえ、無言のまま立ち尽くしていた。打掛けの陰から、又次郎が不安げな表情で母を見上げている。

「――こちらでござったか」

おもい足音とともに漆原内記があらわれる。一座を見まわしながら、さいぜんまでとは別人のごとく快活な口調でいった。「ちょうど昨夜から宿下がりしておられましてな」

じい、と叫んで又次郎が打掛けから飛びだす。歓声をあげて内記の膝にまとわりつき、円を描くように幾度も祖父の周囲を走った。

「おお、目がまわりそうでござる」

次席家老がほがらかな笑声をこぼすと、若君はものめずらしそうに祖父がまとった具足の札をつまんだ。

「わしの鎧はないのか」

「はて、この屋敷にはさすがに」

苦笑した内記が、

「さ、もうしばしあちらでお待ちくだされ。いま大事な話を片づけまするゆえ」

ともにあらわれた家宰へ目くばせする。又次郎は不満げに頬をふくらませたものの、とくべつ抗うようすもない。家宰に手を引かれ、おとなしく濡れ縁のほうへ出ていった。差しこむ夕映えのなかで、少年がこちらを振りかえる。母が残っているのを怪訝に思ったのだろうが、問いただすことまではせず、そのまま立ち去っていった。

「父上――」

おりうの方が、ふいに縋《すが》るような声を発する。実家にいる安気さで紅をつけるのも忘れているのか、唇の青さがひときわ目についた。

「なにごとでござりましょうか」

小腰をかがめた内記に、切迫した声がかぶさる。

「日取りはいつごろとなりましょうか」

――なんの話だ。

苛立たしい気もちが湧きあがるのを抑えられなかった。そもそも、ここにおりうの方が姿をあらわすのは場違いというほかない。いかなる日取りの相談か知らぬが、内々のことなら後刻にすべきだろうと思った。

「いましばらくお待ちくだされませ、お方さま」

なだめるように内記がいった。いくぶん苦笑まじりではあるものの、あくまで藩主の側室に対する姿勢を崩さぬ。

「されど――」

おりうの方が、もどかしげに身をよじる。織部正が吐息まじりに口をひらいた。いくらか皮肉めいた口調で告げる。

「卒爾《そつじ》ながら、何ごとでござりましょうや」

それを聞いた瞬間、おりうの方はかえって押し黙ってしまう。入れ違いのように、内記がふしぎなかたちに口角を上げた。その表情のまま、なぜか新三郎を見据えてつぶやく。

「いや、兄上が腹を召されるはいつか、とのお尋ねでござってな」

腰から下が畳のなかに沈みこんでゆく心地がした。すぐそばで父のものらしき呻き声が耳朶に刺さったが、面を向けることすらできない。

「双方談判の上、和合相ととのわすべきものなり」

内記が書状の文言を諳《そら》んじた。ややあって、低くこもった声を発する。

「いかにも、仰せの通りいたすでござろう。かの者さえ始末していただければ」

突然、獣の吠えるような声が座を覆った。おどろいて目を向けると、いつの間にかおりうの方が膝をつき、顔を覆うことも忘れて泣き声をあげている。呆然と見つめる新三郎の耳に、叫びまじりのことばが飛びこんできた。

「こ、殺してくだされ……早う早う」

そこまでいって絶句し、あとは苦鳴のごとき声をほとばしらせる。内記以外の男たちは、いちように全身を凍りつかせていた。

掌が気もちのわるい汗にまみれている。泣き伏すおりうの方を見つめながら、喉の奥が痛いほど干上がってゆくのを感じていた。

目のまえの女人から、剝き出しの憎悪と嘆きが放たれている。ふくよかな軀が裂け、傷口から血の匂いさえただよってくるようだった。震える肩に、険のある伊之助の相貌がかぶさってくる。

あの男の死をかほどまで嘆くものがいる、ということがひどくふしぎに思えた。死んで当然とまでは思わぬにしても、漆原伊之助その人を悼む気もちは端からなかったといってよい。ゆくたてを考えれば、とりわけおのれが冷徹というわけでもないだろう。それでいて、おりうの方の振る舞いを目にすると、今まで見ていたものがとつぜん裏返されたような不安に見舞われるのも事実だった。

内記が娘の肩に手を置き、何ごとかささやきかける。最初、否むようにこうべを振っていたおりうの方が、じき力尽きた体でうなだれた。ややあって、うっそりと膝を起こす。そのまま虚ろな面もちで座を見回すと、足早に部屋を出ていった。

そのさまを見届けた内記が、喉の奥から低い声を洩らす。

「黛と漆原はお家のかなめ……争うことなど、あってはならぬ」

言い置いて目を閉じる。どこかで聞いた文言だと思った。焦燥にまみれた心もちで脳裡をまさぐるうち、頭のなか一面に桜の天蓋がよみがえる。鹿ノ子堤で伊之助たちとの悶着《もんちゃく》をおさめたときの言いようではなかったか。いかなる腹づもりで発したのか、当の内記はおのれのことばを反芻するように、瞼の奥をぴくぴくと動かしていた。

「ゆえにこそ」次席家老が唇をひらく。にわかにけわしい口調となってつづけた。

「黛の方々にも相応の痛手を引き受けていただかねば」

「痛手――」

おのれが発したはずの声が、遠いところで響いていた。呆然となりながらも、相手は端からこれを狙っていたのだとどこかで気づいている。

裁きに持ち込まれれば、漆原の分がわるいことは承知していたのだろう。そのうえで、あえて不穏ともいえる挙に出たものらしかった。おりうの方の宿下がりも、たくらんでのことに違いない。わが血を引く者ながら愛妾《あいしょう》と若ぎみを人質に取ったかたちだった。そのうえ、重臣どうしの争いがおおきな騒ぎとなれば、公儀の目にとまらぬものでもない。藩侯ならずとも穏便におさめたいと考えるのはしぜんだった。山城守正経は、いまも身をちぢめながら、ことの成りゆきを窺っているのだろう。

――このままでは。

磊落に笑う壮十郎の面ざしが頭の奥をよぎる。縋るように父へ目を飛ばしたが、瞼を閉じ、口もひらこうとせぬ。憤りに似た思いが胸の底ではげしく渦を巻いた。これではまるで、内記に負い目でも持っているように見える。

――負い目……。

脂汗がにじむ額をこすりながら、舅の話を思い出した。次席家老はおのれの孫にあたる又次郎を擁立すべく画策しているという。むろん穏やかならざる話であり、公となればそのままには捨て置けぬ。今なら漆原の急所というべきものであるはずだった。

舅の横顔に視線を這わせる。もともと釣り合いのわるい顔がいっそう歪み、病んだ獣のごとく見えていた。

――親父どの。

申し訳ございませぬ、と心のなかで手を合わせた。舅がながい刻と力をついやし、探りつづけてきた事柄である。軽々しく用いてよいわけもないが、いま切れる札は、これだけだと思えた。

「漆原さまは」かすれた声を振りしぼると、内記が瞳を開いてこちらを見つめた。気圧されそうになる心もちを奮い立たせて言い放つ。

「――恐れ多くも又次郎さまを擁し、何ごとか企《たくら》んでおるやに聞き及びまする」

「なに」

「新三郎っ」

栄之丞と舅が驚愕と焦燥にまみれた声をあげる。新三郎は内記に向かって、そのままにじり寄ろうとした。そのとき大きな手が伸び、さえぎるように面前で掌をひらく。うっと呻いて、とっさに目を走らせた。

手のぬしは清左衛門だった。頬のあたりを強張らせ、目を伏せている。父上、とつぶやいたはずの言葉が喉の奥で消えた。つぎの瞬間、次席家老が腹の底からふとい笑いを洩らす。

「この漆原内記をゆすろうとは、なんとも末たのもしいご子息ではある」

新三郎は声もなく相手を見つめた。仔細は分からぬものの、なにか重大な失策をおかしたことだけは感じている。氷が張っていると信じて踏んだ湖面に、音を立てて罅《ひび》が入ってゆくような心地だった。

内記が厚い唇をひらく。口のなかで白い糸のごときものが尾を引いた。

「お父上もわれらが一味でござるよ」

放たれた言葉が、錆び刀のような重さで胸を刺した。振り向くことさえ忘れて居すくまっていると、苦渋に満ちた呻きがこぼれる。おそるおそる仰ぐと、清左衛門が蒼《そう》白《はく》ともいえる顔色で面を震わせていた。かたわらでは、おどろくほど無防備な驚愕を顔に貼りつかせ、織部正が父の全身を見据えている。

舅と父は、ふたりして漆原の目論見を阻むべく動いていたはずである。まことですか、と問いたかったが、声が出てこない。するうち、清左衛門がおもむろに口をひらいた。

「殿のご内意じゃ」

声をあげるものはなく、葉ずれの音だけがあたりを覆っている。だれが発したものか、あふれた吐息が畳に吸いこまれていった。

「すでに前渡しも受けとっておられる。今さら手を引くわけには参りませぬな」

まるで好々爺《こうこうや》のごとく、にこやかな笑顔となって内記がいう。なんのことかと惑ったが、

「そうか……」

苦しげに発せられた栄之丞の声を耳にした途端、白い光のようなものが脳裡を横切

っていった。

——靖どのだ。

栄之丞と靖姫との婚儀は、黛の後ろ盾を得るため藩主が持ちかけたものなのだろう。輿入れが現実のものとなったのは、父が又次郎擁立を受け入れた証しにちがいなかった。

靖のおだやかな面ざしが瞼の奥に浮かぶ。そのような事情があって黛へ輿入れしたことなど知るはずもない。くわえて、靖は世子である右京正就と同腹だった。兄を廃嫡するたくらみの一端を自分がになっていると知れば、平静ではいられまい。

「いずこから聞かれた話かは知らぬが」内記が、肥えた腹を今いちど揺する。「おかげでまだ、さぐりの糸が清左衛門どのには届いておらぬと分かった……いや、かたじけない」

そらとぼけてはいるが、むろん大目付たる黒沢織部正の内偵というくらいは察しがついているはずだった。もはや隠しても詮ないと見極めたのだろう、肩を落とした舅が、口惜《くちお》しげにつぶやく。

「ばかな……談合をかさねたは海老塚のはず」

なぜこのようなことになったのか、信じられぬという面もちを隠せずにいる。家老のひとり海老塚播磨の駕籠が漆原の屋敷へ頻繁に出入りしているという話は、新三郎も聞かされたことだった。

内記が腹の底から愉快げな笑声をほとばしらせる。

「黒沢織部正ともあろう者が、たわけたことを……海老塚など、ただの数合わせ」

見張りの目をくらますため、海老塚の屋敷を中継ぎに用い、そこから駕籠に乗った
清左衛門を送り出していたという。

――では、しばしばお帰りが遅うなったのも……。

父が不在だった夜の記憶が押し寄せてくる。みやと臥所《ふしど》でかさなりあった日も、帰宅時に倒れた折も、栄之丞に招かれたときも、父は漆原邸で内談をかさねていたのやもしれぬ。これまで過ごしてきた日々の繕いがほどけ、その向こうからひどく澱《よど》んだ匂いがただよってくるようだった。

嚙みしめた奥歯が音を立てる。おのれごときが太刀打ちできる相手ではなかったが、気づくのが遅すぎた。次兄を救うどころか、内記の掌中にすっぽり取りこまれてしまっている。

次席家老がゆったりと首を動かし、こちらを見つめた。

「新三郎どのと申されたか……これで得心なさったでござろう。われらと黛はお家の両輪」ことばを切り、にわかに野太い声となって発した。「痛みすら分かちあわねば」

「それで兄を――」

咎めるような声を漏らすと、内記の面からやにわに表情が抜け落ちた。見つめているうち、こめかみに太い筋が浮かぶ。毒々しいほど顔が赤くなり、肩のあたりが小刻みに揺れた。

「わるいか」それまで保っていた悠然たる風情が、一瞬にしてかなぐり捨てられる。震える声をたたきつけた。「伊之助を……倅を殺した者を、のうのうと生かしておいてたまるか」

新三郎はことばを失った。熱く濁った風が正面から吹きつけてくるような心地に見舞われる。

兄の死をもとめるのは家の体面を保つためと思っていたが、目のまえの男を突き動かしているのは、まじりけのない憎悪と復讐《ふくしゅう》の念だったらしい。路上に撒《ま》かれた臓物の匂いを吸ったような気がした。

長兄と舅は、心もちをくだかれてしまったかのごとく、呆然と眼差しを落としている。新三郎を咎める気配はなかったが、そのことがかえって深く胸をえぐった。

——おれが、すべて明るみに出してしまったのか……。

気がつくと、父がひどく透き通った瞳でこちらを見つめていた。やはり新三郎を咎めるでもなく、たくらみを暴かれ身を縮めるようでもなかった。ただひたすらそこにいるだけの、静謐ともいえるたたずまいに見える。

胸奥からふかい吐息がこぼれ落ちる。新三郎は面を伏せ、白くなるまで拳を握りしめた。

夏の雨

一

「お体が……」

新三郎は絶句した。ことさら声を重くするでもなく、清左衛門が言葉をかえす。

「あと一年は持たぬであろう」

黛屋敷の離れであった。なすすべもなく漆原邸から引き上げたあと、父にうながされるまま、ここへ集ったのである。清左衛門は織部正にも同席を乞うたが、舅はぎらぎらと光る目で父を一瞥《いちべつ》すると、ひとことも発することなく圭蔵を供に帰っていった。

日はすでに暮れ、気の早い梟《ふくろう》がおどろくほど近くで啼き声をあげている。あふれるような月明かりが縁先に坐す人影を障子戸に映し出していた。余人が近づかぬよう、家宰の近江五郎兵衛が控えているのである。

ふたりの息子から困惑と疑念をたたえた視線を向けられながら、父はひるむ気配も見せなかった。おもむろに語りだしたのは、みずからの軀についてである。

いつかの夜、帰り道で昏倒したときは騒ぎとなったが、おなじようなことは以前からあったらしい。お抱え医師の森田《もりた》玄朔《げんさく》にも養生をすすめられていたところ、

「まことに申し上げにくきことながら……」

あるとき、おそるおそるという体で診立《みた》てを告げられた。頭のなかで血の道が切れかかっている。このままお勤めをつづければ、いずれ取り返しのつかぬことになるという。

「さすれば、すこしも早うご隠居なさり、養生専一とするわけには――」

おびえる子どものごとき口調で追いすがった。長兄は黙したまま耳をかたむけている。清左衛門が淡々とした声音で返した。

「黛を先へつなげる算段がさきじゃ」

盟友ともいうべき織部正とともに漆原のたくらみを阻止せんと動いてきたが、形勢は日に日に悪しくなっていた。又次郎ぎみが家督となれば、内記はこの機に乗じて筆頭家老の座をもぎ取ろうとするだろう。それだけならまだしも、理由をつけ、黛の家そのものを潰そうとすることさえあり得た。

さよう頭を悩ませるおり、藩主・山城守から直々に又次郎の後ろ盾となるよう請いを受けたのだった。藩侯は父を抱き込む手を選んだらしい。家督のあかつきには、漆

原内記に一代かぎりの筆頭家老をつとめさせるかわり、みずからの娘を嫁がせようという。

「父上は……黛の楯《たて》として靖を」

栄之丞が呻くような声を洩らす。父がわずかに顎を引いた。

一代かぎりの約束など父も鵜《う》呑《の》みにはしていまいが、姫を娶るとは、黒沢のごとく藩侯の一門につらなることでもある。何人《なんぴと》であれ、たやすく手を出せるものではない。

藩主の申し出は病を知らずにおこなったことながら、父からすればどのような形にせよ、遠からずその座を去らねばならぬと覚悟を据えたところだから、否やのあろうはずもない。賢君との評判は聞かぬ山城守だが、ひとの欲するものを見抜く術《た》には長けているのやもしれなかった。

――それにしても……。

噴きだす思いをこらえかね、唇を嚙みしめる。長兄がやにわに膝をすすめた。

「恐れながら、そも又次郎さまのご家督、いかがかと存じまするが」

冷ややかさを孕んだ声が耳を震わせる。面をあげたのは、それが自分の言いたいことと寸分ことならなかったからである。お抱え儒者・松崎道伯のもとで学んだ史書には、長幼の序をたがえ国をみだした話がいくつも載っていた。遠い世のことと思っていたが、澱んだ雲がにわかに身近へ迫ってきた心地がする。

「かさねて申すが、殿のご意向である」

父が抑揚のない口調でいった。ためらいや後ろめたさの気配は微塵《みじん》もうかがえない。

「されど――」

おもわず発した声が、兄とかさなった。清左衛門は眉をひそめ、かわるがわる息子たちを見まわす。ややあって、思いを断ち切るような表情で口をひらいた。

「織部どのとともに、いやというほどお諌め申し上げてきた。これ以上お気もちにあらがえば、われらがあやうい」

それはならぬ、とつぶやいた声がいつになく重く、低かった。「侍はなにより家をたもつことが肝要……忠も義も、まずは黛が残った上での話じゃ」

「壮を死なせて、でございますか」

栄之丞の瞳がつよい光を帯びる。はじめて聞くほど、はげしい口ぶりになっていた。日ごろの怜悧《れいり》さは消し飛び、勢いこんで上体を乗りだす。「いっそ、われらも屋敷に立てこもり、黛の意地を殿へお見せいたしましょうず」

新三郎は息を呑んで栄之丞を見つめた。皮肉めいた形を取ることの多い唇がひとすじに結ばれ、まるで童のようなまっすぐさで父に詰め寄っている。

抑えようもなく胸が高鳴った。舅やりくの面影が脳裡をかすめたが、強いて片隅に追いやる。黒沢の家を去ってでも、壮十郎を救うために身を挺《てい》せたら、と思った。栄之丞につづいて父へ迫ろうとしたとき、

「うっ」

と声があがって、長兄が横ざまに倒れこむ。

「大兄上――」

急いでにじり寄り、肩を抱き起こした。とっさに何があったのか分からなかったが、兄の面をのぞいて、身をすくませる。唇が切れ、そこから血が流れていた。瞳をあげた先では、父が沈痛な面もちをそらすことなく、拳を震わせている。

父がひとに手をあげるのは見た覚えがなかった。長兄の肩をささえたまま、深い皺の刻まれた眉間を呆然と見守る。

「見損のうたわ」清左衛門の声が、拳よりもはげしく揺れていた。「それでも惣領《そうりょう》か」

「…………」

唾を呑みこんだのだろう、長兄がことばを失ったまま、喉を揺らす。それにかまわず、清左衛門はするどい口調で言い放った。

「さあ父上、どうでも壮を捨てねばなりませぬ、となぜ言えぬ」

栄之丞は大きく瞳をひらくと、背すじを起こし、新三郎の手をしりぞける。唇から

滴る血をぬぐうこともせず、真っ向から父に視線をそそいだ。

「われらは黛家の兄弟――」栄之丞の声はかすれていたが、耳を奪われるほど力づよいものだった。「だれかひとりを捨てようなど、思いも寄りませぬ」

つかのま、父が動きをとめた。長兄がそのまま声を高める。「父上は、あ奴など死ねばよいとお考えですか」

清左衛門の頰が強張り、色をうしなった唇がふるえる。瞳は虚空を見据えたまま動かなかった。先ほどの叱責は嘘かと思えるほど、軀ぜんたいが鎮まっている。ことばもなく見守るうち、父の眼差しをかすかな光がよぎった。

「――子と申すは」ふいに低い声をもらす。「よろこびだけでなく、数多のくるしみも連れてきおる」

栄之丞が打たれたように口をつぐんだ。新三郎もまた、ことばを発せられずにいる。漠然とではあるが、くるしむとは、若いもののすることだと思っていた。大人となり、親ともなれば、そうした心もちに襲われることなどないような気がしていたのである。

父の声が座敷にゆっくりと広がってゆく。

「が、くるしみの多い子ほど、いろいろなことを覚えておるものでな――」

二

　黒沢織部正は湯呑みを手に取ると、音を立てて茶をひとくち啜った。その味をたしかめてでもいるように、無言で宙に目をさまよわせる。見守っていると、

「さようなことを申されたか」

　しばらくして、ようやく、ぽつりとつぶやいた。

　ひらいた窓から、あふれるほどの日ざしが流れ込んでくる。舅が読み書きなどに使う十二畳ほどの一間だった。くっきりと覗く空にはたくましく盛り上がった雲が浮び、風にのって東のほうへ滑ってゆく。新三郎の座からは見えないが、花を落とした梅の木が窓のそばに何本か伸びていて、そのあたりから頰白《ほおじろ》の啼き声が聞こえていた。

「申し訳もござりませぬ」

　新三郎は背すじをのばし、ふかぶかと頭を下げる。父の裏切りもおのれの失態も、詫《わ》びるべきことは限りなくあると思えたが、それ以上ことばが出てこない。膝がしらが、はっきりと震えていた。

　ややあって面をあげると、織部正が力の抜けた笑みをたたえている。もともと老け

て見えるたちだが、さらに十も二十も齢をかさねたようだった。

「清の字とは長い付き合いでな」

湯呑みを置くと、舅が唐突に唇をひらく。清の字とは、父のことだろう。若いころのことを思い浮かべているのかもしれぬ。

「十二、三のころからじゃ」

と織部正はつづける。なぜいま昔話をはじめるのかと訝ったが、このひとが言いたいのなら聞こうと思った。

「道場へ通っていたのだ、そなたと同じ一刀流の峰岸よ」

むろん先代のころじゃが、という舅の声は、耳を素通りしてゆく。父と織部正に古くから親交があることは承知していたが、物ごころついたときにはそれが当たり前になっていたから、取り立ててきっかけなど知りたいとは思わずに来たのだった。おそらく兄たちもおなじに違いない。

それより驚いたのは、父が通っていたという道場の名である。兄たちふたりは富田流の影山道場だから、自分はちょっとした気まぐれで峰岸へ遣られたものと思っていた。

不審がおもてに出たのだろう、舅はにやりというふうな笑みをつくった。少しだけ精気を取りもどしたように見える。あれで若いころは、清の字も利かん気のつよい男でな、といった。

黛家の子弟はもともと影山道場へ通うのが常だったが、少年だったころの父は頑としてこばんだらしい。自分でさがしてきた道場に入門したいと譲らなかった。

「つまりは手のかかる童ということよ」

舅は、さもおかしげに笑った。新三郎は相槌《あいづち》を返すのも忘れて耳をかたむけている。穏健な執政という印象のつよい今の父からは、思いもつかない話だった。そもそも父にせよ舅にせよ、子ども時分があったということは分かっていても、実感をともなって想像するのはむずかしい。いま現在の切所《せつしょ》をどう切り抜けるべきかという思案も頭に伸しかかっていたが、話を途中で止めるには興味のほうがまさった。

親も根負けしたかたちで父の強情さが通り、峰岸へ通うこととなった。少しだけ先に入門していた織部正とは、なぜか馬が合い、付き合いがはじまったという。

「わしは童のころからこの面相であったし、黒沢は、よくもわるくも一目置かれておる家での」

あらためて織部正のおもてを見やる。新三郎はとうに慣れ、むしろ親しみさえ覚えているが、左右の釣り合いもわるく、たしかに悪相といってよかった。そのうえ藩主一門につらなる血筋とあっては、気軽に声をかけてくる者もそうはいないだろう。舅にとって、はじめての友垣が父ということらしかった。

ふと思いついて問うた。

「どちらがお強かったのですか」

「そは、言わぬが花よ」

舅はそう言って、いま一度笑声をあげた。それに驚いたわけでもなかろうが、頬白の飛び立ってゆく音が耳にとまる。

――そういうことか……。

兄ふたりは家の慣例どおり影山にあずけたものの、末子の番となって、おのれの若き日を思い起こしたのだろう。圭蔵自身に関心はなかったはずだが、黒沢にともなってよいと告げたのは、織部正との関わりも頭をよぎったからかもしれない。

父と舅の交誼《こうぎ》は、家を継ぎ、お役に就いてからもつづいた。妻女をはやく亡くすという不幸にまでそろって見舞われたのは皮肉というほかないが、筆頭家老と大目付として、大過なく藩政を執ってきたといえる。又次郎擁立の動きをいちはやく察した舅が相談を持ちかけたのもむろん父であったし、ともにその企てをとどめようと心を合わせていたはずだった。

そこまで語ると、織部正の眉間がひときわ強く歪む。舅の全身から、抑えようもない無念が流れ出してくるのを感じていた。

「……申し訳もございませぬ」

新三郎はいま一度、ふかく腰を折る。そのまま、頭をあげることができなかった。夏の庭を微風が通りすぎてゆく。葉擦れの音にまじって、濃い緑の香りが漂ってきた。

ふっ、と息がこぼれる気配に引きずられ、額を起こす。織部正のおもてに、あきらめとも自嘲ともつかぬ色がただよっていた。

「ふしぎなことじゃが……清左どのを憎いと思う心もちが、いまひとつ湧いてこぬ」

齢をとったということかの、と舅が苦笑した。応えられずにいるうち、真顔にもどって語を継ぐ。「正だの義だのを人へもとめるには、いろいろなものを見過ぎた」

「…………」

「清左どのはどこかで諦めたのだろう」

さらりとした口ぶりだったが、そのことばがするどく胸に突き立ってくる。

「これ以上、諫言申し上げれば、黛へのお覚えが悪《あ》しゅうなる――そう思いはじめた頃合いで、殿から、いや漆原から手が差し伸べられたのやもしれぬな」

忌々しいが、たしかに侍はおのが家を保つことこそ肝要、と吐き捨てるふうにいってから、舅は新三郎の瞳を覗きこむようにした。

「漆原の勝ちよ。わしが清左どのに疑いの目を向けぬことをたくみに用いた。してやられたというほかない。無念ながら、ご家督は又次郎さまに決まるであろう」

「……黛の父とは、向後いかがなされますので」

胸へ湧いた問いを、思い切って口にする。織部正が絞りだすように声を発した。

「友垣というわけにはいかぬだろう」

舅の臓腑《ぞうふ》がそのまま外気へさらされたようで、こちらの胸裏までひりひりと痛んだ。心なき問いと知りながら、違う答えを聞きたくて口にしてしまったのかもしれぬ。おのれの幼さが悔やまれ、唇を嚙みしめた。

「じゃがな」舅が重い吐息をついた。「清左どのが、わしを出し抜き、ほくそえんでおるわけでないことくらいは分かる。ながい付き合いゆえな」

「は――」

呻くような声を返すと、織部正はひどくおだやかな面もちとなってつづけた。

「人と人との仲は、そうしたものであろう。どこかで袂《たもと》を分かったとしても、それまでのすべてが嘘になるわけではない」

まあ、いずれ横っ面のひとつくらいは張ってやるつもりだがの、といって舅が笑った。安堵と痛みの入りまじった思いが胸を浸す。目のまえのひとが、大きなものを失ったことだけは分かっていた。

三

季節はずれの雨が幾日か降りつづき、下城する足どりにも難儀をおぼえるほどとなっている。このまま帰宅しようかと思ったが、足はすでに辿りなれた道をえらんで楢《なら》山町《やまちょう》へ向かっていた。

壮十郎の裁きはふたたび開かれぬまま、半月ほどがすぎている。収賄の嫌疑を受け、屋敷に留め置かれている久保田治右衛門も同様だった。兄のほうも気にかかるが、上役のことも頭から離れぬ。むろん対面など許されるわけもないにせよ、外からようすを見るだけでもと思い、時おり足を運んでいるのだった。

かたわらを歩む圭蔵の口からやるせなげな息がこぼれ、雨に溶けていく。ところどころ出来た水たまりに、傘をひろげた自分たちの姿が映っていた。

楢山町は中級藩士の屋敷が固まる一郭で、久保田の住まいは大きな通りから幾筋か奥へ分け入ったところにあった。いささか分かりにくい場所だが、何度か来ているため迷うことはなくなっている。

新三郎は脇道へ身をひそめ、五間ほど先にある久保田邸の門を見つめた。傘にはじける雨音が、やけにはげしく耳を打つ。

まだはっきりした処分が下されているわけではないから、一見して変わったようすは窺えない。屋敷うちはひっそりと静まりかえり、ひとの気配は感じられぬが、それは周囲の家もおなじだった。何も知らずに通りかかれば、気に留めることもなく行き過ぎるだろう。

雨のせいか、夏とも思えぬ寒さだった。圭蔵も時おり、ぶるっと身を震わせている。それでいて、もう引き上げたいというふうな素ぶりは見せなかった。

「すまんな、付き合わせて」

われしらず、沈みがちな声が洩れた。圭蔵が白い歯を見せてこたえる。

「帰ったら一杯呑ませてくだされ……この季節に燗酒《かんざけ》が呑みたくなるとは思いませなんだ」

まったくだ、と返すまえに背すじが跳ねる。久保田邸の門がひらき、藍色の帷子を着た女が現れたのだった。うかがうように辺りを見まわしてから、小走りにこちらへ駆け寄ってくる。圭蔵が油断なく身がまえた。

「まことに失礼とは存じますが、黒沢新三郎さまでいらっしゃいますか」

近づくと、すこし息を切らしながら女が呼びかけてくる。声もなくうなずくと、安心したようにふくよかな頬をほころばせた。目を惹くほどうつくしいわけではないが、柔和な顔立ちをしている。齢は三十手前というところだろう。

「久保田の家内でございます」

口早に告げ、いつも恐れ入ります、とささやき声でつづけた。

「ご存じでしたか――」

口ごもりながらいうと、目を伏せぎみにして返してくる。

「女中や中間が、買い物に出るおり幾度かお姿を目にしておりまして……。久保田に知らせたところ、それは黒沢新三郎であろうと申しました」

人目に立たぬよう心がけていたつもりが、まったく用をなしていなかったらしい。久保田の内儀にそうしたつもりは微塵もあるまいが、あらためておのれの至らなさを突きつけられた思いだった。漆原の急所を刺すつもりで、かえってこちらの身動きが封じられてしまったのも、詰まるところそれが原因であろう。

――未熟は罪だ。

唇を嚙みしめると、それには気づかぬ体で久保田の内儀が微笑を向けてきた。

「きょうは、傘の音がする、もしや黒沢ではないかと申しますので、ご挨拶に罷《まか》り越しました」

「傘の……」

居室に端座し、瞑目《めいもく》して戸外のさまをうかがう久保田の姿が脳裡をかすめる。わずかな雨音の違いから、ひとが佇んでいると察するのは慧眼《けいがん》というほかないが、それほどにひっそりした刻を過ごしているということでもあった。爛《ただ》れたような痛みを胸奥に感じる。四つになるという、やんちゃ盛りの子はどうしているのだろうと思った。

「久保田さまは、お変わりございませぬか」

雨音に掻き消されぬよう声を高めた。内儀が眉を曇らせながら発する。

「はい、達者でおりまする……じつは、お伝えするよう言いつかったことがございまして」

「うけたまわります」

新三郎は背すじをのばし、唇を引き結んだ。

「じき酒のうまい季節になる」夫がいった通り繰り返そうとしているのだろう、内儀が柔らかそうな頰を引きしめ、心もち低い声で告げた。「いずれ一献酌み交わそう、と」

拍子ぬけしたような思いで立ちつくした。わざわざ伝えるほどのこととも思えなかったが、内儀のおもてにただよう懸命な色を見るうち、久保田のことばが胸のふかいところに下りてくる。

――その日がくるまで、もうここへは来なくてよいとおっしゃっているのだ。

圭蔵のほうを振りかえると、おなじことを考えたらしく、力づよく頷きかえしてくる。新三郎は内儀にむかって、はっきりとした声音でいった。

った。


「……その折には、お好みの銘柄をご用意いたします、とお伝えください」

「はい、あれで甘めのお酒が好みでございまして」

ささやくようにいって、内儀がおだやかな笑みを浮かべた。つられて、こちらも唇もとがほころぶ。久保田さまも、奥方にはこうした顔を向けられるのだろうか、と思った。

屋敷へ近づくころには雨もあがったが、あちこちにできた泥濘《ぬかるみ》が急になくなるはずもなく、歩をすすめる難儀はたいして変わらなかった。大気にふくまれた湿り気が軀のあちこちへまとわりついてくる。

「あの方は、お前の女房に似ていたな」

黙っているのにも飽きて、ふと思いついたことを口にした。圭蔵がにやっと唇を曲げる。

「それがしも、さよう思っておりました」

笑声を返しそうになった喉が、次の瞬間、ぎゅっと窄《すぼ》まった。

――あれは……。

自邸からすこし離れた四つ角に、いくつかの人影がたたずんでいる。黒沢邸の門前をうかがっていることは明らかだった。みな侍らしいが、どの男も匂い立つような焦燥を隠しきれておらず、落ち着きなく動きまわっている。

遅れて向こうもこちらを認めたらしい。わらわらと塊がくずれ、急ぎ足で近づいてきた。圭蔵の身ごなしが厳しさをはらんだものに変わる。新三郎もすばやく大刀の柄へ手をのばした。

圭蔵がひと足まえに出るのと、

「ご舎弟――」

一団から声のあがるのが同時だった。かすれた響きが、雨あがりの夜気に吸い込まれてゆく。

そう呼ぶ相手は限られている。目を凝らし、濃さを増す夕闇の向こうをうかがうと、やはり花吹雪の面々に違いなかった。ながいこと待っていたのだろう、畳んだ傘を持ってはいるが、皆いちように腰から下を雨の色に染めている。

「いかなご用向きでござろうか」

圭蔵がことばの調子をゆるめることなく告げた。なかから丸顔の若侍が進みでて、強張った声をかえす。

「これをご覧いただきたく」

おずおずと差しだした手に紙片が握られている。圭蔵が眉をひそめて、こちらを振りかえった。

この男たちも兄のことを忘れたわけではなかったのだ、と思うと、すこしは胸のざわめきが落ち着くのをおぼえる。新三郎は一歩まえに出て、男たちのほうへ手をのばした。

——小兄上への文か。

四

朝の光が六畳ほどの小部屋を照らし出している。着流し姿の壮十郎は、思ったより血色がいいように見えた。

差し控えの前に久保田が下していた命によって、評定所から黛邸へ移されたのである。厠《かわや》以外は部屋から出ることもままならぬが、次兄は意に介するようすもない。

「いこう迷惑をかけてしまったな」

声にも悪びれる風はなかった。むしろ、こちらの唇もとが震えを帯びている。新三郎は口調がみだれぬよう、ことさら声を低めていった。

「めっそうもない」

「傷はその後、大事ないか」

次兄はおだやかに告げ、右腕のあたりへ視線を向けてきた。ふと気づいたという体で、鼻を動かす。「膏薬の匂いか」

「はい、舅どのが」

それはよかった、とつぶやく兄の声を、湧き出したことばで遮ってしまう。「あのとき、わたくしが斬られなければ、小兄上は……」

「どうせ、いつかは抜いていた。それはまことだ」こともなげに返してくる。「鼻つまみ者どうし、やりあうほかない」

胸の奥に冷たい柱が突き立つようだった。花吹雪の面々がおのれへ会いにきた件を伝えようと膝を寄せたとき、

「――らしくないことをいう」

とつぜん外から声が投げられる。障子戸がひらき、目がくらむほど強い日ざしが飛びこんできた。一拍おいて戸が閉められると、やけにしらじらとした光がふたたび室内を満たす。

入ってきたのは栄之丞だった。藍色の袴をまとい、肩衣も身につけている。これから登城でもするような装いだった。

「ようやく三人そろったな」

よく透る声で長兄が告げた。壮十郎が鷹揚に頷きかえす。栄之丞は音も立てずに近づき、弟たちのあいだに腰をおろした。

「父上と靖もすぐに来る」このひとにはめずらしく、どこかやわらかな声音でつづける。新三郎は、おもく湿った布で喉をふさがれるような心地がした。

――まるで、名残りを惜しむようではないか。

胸がさざめくのを抑えられない。当の壮十郎は動じた気配もなく、しずかに長兄を見つめていた。

お待ちを、という叫びが零れそうになる。今すぐなにかを留めたかったが、どうすればよいのか分からなかった。と、その思いを察したように無骨な手がのび、新三郎の右腕をおさえる。傷がうずき、わずかに顔をしかめた。

「おっと、すまなかった」

壮十郎が苦笑し、手を離そうとする。すばやくその拳を追い、つよく握りしめた。次兄はつかのま戸惑うような表情を浮かべたが、すぐに唇もとをゆるめ、されるがままになっている。

はじめて目にするような心地で、兄の掌を見つめる。おどろくほど大きく、熱かった。その熱さを記憶へ刻もうとしている自分に気づき、息がみだれる。

「――失礼いたします」

障子戸の外から女の声が響く。自然な口ぶりを心がけているようだが、明るさとやわらかさを失うまいという覚悟がはっきり感じられた。

栄之丞が応えをかえすと、膝をついた靖がおもむろに戸を開く。その後ろに、白茶けた顔色の清左衛門がたたずんでいた。新三郎はその表情を正視できず、目を伏せてしまう。いつも気まずげに父と対していた壮十郎のほうが、いまはおだやかな笑みをたたえていた。

「不自由はないか」

息子のかたわらに腰を下ろしながら、清左衛門が声をかける。父と次兄がならんでいるさまを見るのは、ずいぶん久しぶりのことだった。壮十郎が幾分あらたまった口調でこたえる。

「おかげさまを以ちまして」決まりわるげにはにかむと、いつもの調子にもどって付けくわえる。「酒がないのはこたえますが」

「運ばせよう」

即座に父がこたえた。迷いのなさに、おもわず額をあげる。清左衛門はいっさいの感情をうかがわせぬまま、新三郎の眼差しを受けとめていた。

壮十郎が、ぽつりと言い添える。

「かなうことなら、父上と一献酌み交わしたく存じまする」

清左衛門が唇を嚙みしめ、膝がしらのあたりへ目を落とした。が、すぐに面をおこすと、しずかな声で告げる。

「ああ、そうしよう」

お持ちします、とささやき、靖が腰をあげようとする。新三郎は、「いえ、それがしが」と発して引きとめた。立ち上がると、まぶしいほどかがやく障子をわずかに開ける。紺茶色の小袖をまとった女中が縁側にひかえていた。

「酒をたのむ」みじかく言ってから、思い出したように付けくわえる。「天之河がいいな」

かしこまりました、とこたえて女中がおもてを上げる。蒼ざめた面もちを、おときが懸命にほころばせようとするのが分かった。

五

「なにやら粋なことをしたようだな」

栄之丞がそう囁いたのは、ふたりして兄の居室へ引き上げたあとだった。女中たちも下がらせ、差し向かいで盃をかさねている。天之河は壮十郎たちに出したもので最後だったらしい。喉を滑り落ちる酒がひどく苦いのは、銘柄が違うためばかりでもないようだった。靖もひとあし早く自室へ下がったが、父と壮十郎はいまだにあの部屋で酒を酌み交わしている。

「……恐れ入ります」

明かしてよいのかためらいもあったが、惚《とぼ》けたところで無駄だということは分かっている。ああした機会もあるのではないかと思い、家宰の近江五郎兵衛に頼みこみ、女中として控えさせていたのだった。

おときが酒肴《しゅこう》をささげて入ってきたときは、次兄もおどろきを隠せなかった。とはいえ、むろん言葉など交わせるわけもない。最初の一献をおときがそそいだのへ、

「――すまぬな」

みじかく告げるのが精一杯だった。が、そこに何かしらの思いが込められていることは新三郎にも伝わった。女には尚更《なおさら》だったろう。声を発さぬまま、おどろくほど整った礼を返したのである。しばらくたって気づくと、おときの姿は屋敷のどこにもなかった。

「壮のやつ、ああいう女が好みだったのだな」

長兄がいつになく砕けた調子でつぶやく。新三郎の面にちらりと目を向け、世間話でもするようにいった。「兄弟そろって女中びいきか」

うつむきがちになっていた背筋がびくりと痙攣する。おそるおそる顔をあげ、長兄の面ざしをうかがった。

「それは……」

何のことでしょうと言いたかったが、やはりごまかしきれるとは思えない。細い息とともにことばを吐きだした。「まこと、恐れ入りましてござりまする」

「見てりゃわかる」栄之丞がやけに伝法な口調でかえしてくる。やはり常のままではいられないのだな、と思った。

「で、みやとは続いているのか」

かぶりを振り、手短かにいきさつを話す。〈曾茂治〉で行き合ったことに話がおよぶと、さすがの兄も驚きの声をあげた。

「それはまた面妖《めんよう》だの」眉を寄せてつづける。「……が、まあ、どうにもしようがあるまい」

はい、と小さな声でこたえると、

「兄弟とは、しんそこ厄介なものだ」栄之丞が頰のあたりをゆがめて洩らす。それでいて、どこか愉しげな響きがまじっていた。「妙なところばかり似る」

長兄の言わんとしていることが、さっぱり呑み込めない。こうべをかしげていると、栄之丞がにがい笑みを口辺にただよわせた。

「おれも女中好みらしくてな」

えっ、と声をあげそうになる。むろん、黛家にも女中はあまたいるが、長兄がだれかと通じている気配など感じたことはなかった。われながら迂闊《うかつ》と呆れながら、それらしき年ごろの女を何人か思い浮かべる。

「まき、ですか。それとも、あや」

不躾《ぶしつけ》と知りながら、問わずにいられなかった。栄之丞が、わずかに面映げな表情で頭を振る。

「はずれだ」

「では――」

戸惑ったような声をこぼすと、くすぐったげな笑みが返ってくる。

「すぎだよ、黒沢の。ほら、文を届けてもらったことがあるだろう」

今度は声が洩れるのをおさえられなかった。長兄はかまわず言葉をかさねる。

「あの夜、茶屋へ呼びだして切れてもらったのよ。靖との婚儀がまとまりそうだったからな」

はじめは死ぬだの何だのごねていたが、十両つつんだら、途端に機嫌がよくなってな、と苦笑する。

「どうぞ末永くお睦《むつ》まじゅう、などと抜かしやがった」

つかのま壮十郎のことも漆原伊之助のことも頭から消し飛び、ここ一年ほどのゆくたてがすべて幻であったかのごとき心地になってしまう。隠しようのない驚愕があらわれていたのだろう、長兄のほうが、かえって訝しげな面もちとなった。

「そこまで驚くとはな」

「はい、いえ……」

心もちが剝きだしとなり、ことばが滑り出てくるのを留められぬ。「大兄上はてっきり、りく殿と──」

それを聞いた刹那、栄之丞がはじめて見るような啞然とした表情を顔に貼りつかせる。ややあって、堪えられぬといった体で笑声をこぼした。

「おれのお古をあてがわれた気分で鬱々としていたのか。それはまた、なんとも気の毒だったな」

ずいぶんな言いようだとは思ったが、おどろきのほうが胸を浸していて腹も立たぬ。が、女の頑《かたく》なさがあらためて胸をよぎった。

「ですが……」

おぼえず首をひねってしまう。栄之丞は、いたずらっぽい口調になってつづけた。

「むこうがおれをどう思っているかは知らん。それは、お前がどうにかしろ」

どうせおれたちの婚儀に気もちなど関わりない、とにわかにさめた口ぶりとなる。

「どんな意地を張っているのか知らんが、りく殿とて、それくらい分かっていよう」

それになと、ふいに真顔となって付けくわえる。

「おれは、ああいう澄ました女は苦手なんだ」

「澄ましてなど」

つい庇《かば》うふうな調子になった。少女のころの面影が、今いちど瞼の裏をよぎる。長兄が含み笑いのようなものを口辺にたたえ、こちらを見やっていた。

「まあ、どちらでもいい」銚子へ手をのばし、新三郎の盃に酒をそそいでくる。

「――きょうは、三人で話せてよかった」

さきほどの光景を思い浮かべているのだろう、栄之丞の瞳にどこかはかなげな光が覗いていた。

「ええ、じきにまた……」

いいさして、息を呑む。つねと同じく怜悧な風をくずしてはいないが、長兄のこめかみがはっきりとわなないていた。

それを見つめるおのれの拳も、われしらず震えはじめている。雨に濡れながらたたずむ男たちの姿が、なぜか脳裡にちらついていた。

六

少しずつ暑熱がやわらぎ、秋めいたものが大気へふくまれるようになっている。気がつけば、下城する道すじに桔梗《ききょう》が青みがかった花弁をひらいていた。圭蔵は非番で、供は口数のすくない中年男だったから、ほとんど言葉を発することもなく歩いている。ときおり新三郎が溜め息をもらすと、うかがうように面を向けてきたが、やはり尋ねてこようとはしなかった。

「すこし寄るところがある」

岐《わか》れ道に差しかかったところでいうと、男はとくに不審を抱いたようすもなく屋敷のほうへ去っていく。いくぶん前かがみになった背が夕日のかがやきに呑まれ、塗りつぶされたように消えてゆくのをぼんやりと見送った。

くだんの一膳飯屋へおもむいたときには、すでにあたりが薄闇に閉ざされている。日あしも早まってきたようだった。

戸をあけると、いらっしゃい、と親爺《おやじ》の胴間声《どうまごえ》で告げられる。つかのま違和感をおぼえたが、すぐに、おときがいないのだと気づいた。

が、見渡す間もなく、新三郎に目をとめた花吹雪の面々が小上がりから降りてくる。なかのひとりが勘定をすませると、なんだ客じゃねえのかと親爺がぼやいた。

「おひとりですね」

暖簾をくぐって外に出るや、丸顔の若者が念を押す。見ての通りだ、とこたえた。新三郎よりふたつみっつ上というところだろう。屋敷の近くで待ち受けていた折も先頭に立っていたから、いまは花吹雪をまとめる立場にいるらしい。名は笹崎五郎八《ささざきごろはち》と聞いた。物頭《ものがしら》の三男坊だという。

案内された先は、以前とおなじような裏長屋だったが、場所は目抜き通りをはさんだ反対がわで、距離もだいぶ離れていた。それなりに用心はしているらしい。

「ご用意いただけましたか」

戸のうちに入るやいなや、腰を下ろすのも待てぬといった風情で笹崎がいった。新三郎は無言のまま、折りたたんだ奉書紙を懐から取りだす。笹崎は押しいただくように受けとると、おもむろに開いた。うむ、と呻きを洩らして身を乗りだす。ほかの者も額をよせて左右から覗きこんだ。

屋敷の間取りらしきものが細めの線で描かれている。新三郎自身が筆をとってしたためたものだった。部屋数は二十以上あるが、なかでも小ぶりな一間だけが黒く塗られている。

「ここに……」

言いさして、笹崎が唾を呑みこんだ。新三郎は眼差しをあげて頷きかえす。その部屋に壮十郎が軟禁されているのだった。先日、父と酒を酌み交わした一間である。

雨上がりの夜にあらわれた花吹雪の一団が持ちかけたのは、黛の屋敷から壮十郎を逃がし、遠国《おんごく》へ落ち延びさせるという計画だった。あの日渡された紙片に趣意がしるされていたのである。

自室でその書状に目を通したときは、いかにも無謀な企てと感じた。漆原内記やおりうの方が、逃げましたで承知するとは思えない。黛の家も無傷というわけにはいかぬだろう。そもそも、落ち延びたあとどうやって生計《たつき》をたてていくのか、などすこし考えただけでも難しいことだらけだった。

といって、しりぞけるなど思いも寄らぬ。壮十郎に差しのべられた手を断ち切ることはできなかった。

花吹雪の無思慮に巻きこまれているのは分かっていたが、さまざまなものに搦《から》めとられた父を見ていると、思慮など何ほどのものかという気になる。いずれにせよ、ひとたび果ててしまえば、取り戻しようのないものがあるのだった。

何日か眠りのあさい夜をすごしたあと、ご賛同いただけるなら黛邸の見取り図を頂戴いたしたく、という添え書きにしたがい一膳飯屋を訪れたのだった。反対されると分かっていたから、圭蔵にもこのことは話していない。

「まことに、かたじけのうございます」

笹崎が丁重に頭を下げた。他の者たちもそれにならい、ふかぶかとこうべを垂れる。

が、つぎの瞬間、花吹雪の面々はいちように身をすくめ、けわしい顔となった。新三郎の指がのび、笹崎の手から図面を取りあげたからである。そのまま、ふたつに引き裂く。

「いったい……」

一座のうちから剣呑さを孕んだ声が洩れた。なかには大刀の柄に手をすべらせようとする者さえいる。

「これは要《い》らないものです」

新三郎は、ひとことずつ区切るように発した。

「ですが――」

身を乗りだした笹崎を制するようにして、唇をひらく。自分のものとは思えぬほど、落ちついた声がこぼれ出た。

「わたしも同行させていただきますから」

針のごとく細い月に時おり雲がかぶさり、ただでさえかすかな光がさえぎられる。灯《あか》りもなく進んでいるため、小走りの足もとがおぼつかなく傾《かし》ぐこともたびたびだった。

雲の隙間から洩れたかがやきが、眼前に横たわる海鼠塀を仄白《ほのじろ》く浮きあがらせる。新三郎が歩みをとめると、花吹雪の者たちもそれにならった。そろって息をひそめ、行く手をうかがう。

黛邸の裏塀だった。三十間はあろうかと思われる長さだが、つい半年前まで起居していた屋敷だから、その向こうがどうなっているかはたやすく見当がつく。こちら側から入れば、壮十郎が幽閉されているひと間には、ほどもなく辿りつくはずだった。

笹崎たちの企てはやはり危なっかしいもので、深更、裏口の戸を打ち破って押し入るつもりだったらしい。ただでさえ閑静な一郭だから、そのようなことをすれば、ただちに人が集まってくるだろう。今日の昼間、見舞いの名目で新三郎が差し入れを届け、ちょっとした隙に裏口の閂《かんぬき》を外しておいたのだった。

むろん面会は許されなかったが、次兄の好物である青い蜜柑《みかん》を持参することに不審は抱かれなかったらしい。

「よろこぶであろう」

そうつぶやき目を伏せた清左衛門は、頰から顎へかけて削げたようにやつれ、病がすすんだのではないかと案じられた。侍は家のことを専一に考えるもの、といったのは父自身だが、だから何も感じぬということではないらしい。さらなる心労をかけると思えば胸が疼かぬわけではないものの、

――だから小兄上が死んでいいはずはあるまい。

いま一度おのれを奮い立たせた。

「ご舎弟――」

笹崎が指示を乞うようにささやく。うなずいて、人さし指を正面に向けた。わずかながら差しかける月光に、ひとの背丈ほどもある樫《かし》の戸が浮かび上がっている。新三郎は先に立って一歩踏みだした。花吹雪の面々が、音もなく後へつづく。みな息を詰め、声をころしていた。

なんの変哲もない木戸がやけに大きく、けわしいもののごとく感じられた。瞼を閉じ、震える指さきをのばす。背後で笹崎が唾を呑む音が聞こえた。

「え――」

気づいたときには呻き声をあげている。一拍はやく木戸がひらき、内がわから滑り出た手が新三郎の腕をつかんだのだった。

あわてて振りほどこうとしたが、相手の拳は小ゆるぎもせぬ。花吹雪の一団から、うわっという叫びがあがり、はやくも逃げだそうとする者さえいるようだった。

「留まれ」

塀のうちから、するどい声が放たれる。発せられた場所からして、拳のぬしとはべつの相手だと分かった。同時に、どちらの正体も見当がついている。

「離せ。逃げはせぬ」

押し殺した声でささやくと、糸がほどけるようにして指が離れる。ぎいと音を立てて木戸がひらかれ、面を伏せたままの由利圭蔵があらわれた。居どころをうしなった猫のごとく、さびしげでどこか拗ねた気配をただよわせている。

つづいて、もうひとつの人影がつづく。声で察しはついていたが、栄之丞の長身が、か細い月明かりに青白く照らし出されていた。すべてを見透かすような眼差しを受けとめきれず、足もとに目を落とす。

「壮は来ない」

栄之丞がぽつりと言った。新三郎は、はじかれたように顔をあげる。

「来ない……」

繰りかえした声は、老人のごとく掠れていた。長兄がゆっくりと頷きかえす。軋む音まで聞こえるかのような、おもい動きだった。

花吹雪のくわだてを見抜いたのは圭蔵だという。新三郎はむろん黙っていたが、ながい付き合いだから、すぐに察しがついたらしい。止めても聞くわけはないと考え、栄之丞に相談を持ちかけた。それとなく様子をうかがい、こよい決行と見さだめ待ち受けていたのだという。

「今夜のことは、あいつに話した」

栄之丞が誰にともなくつぶやく。雲が動き、ととのった面ざしが影にかくれた。闇の底から響く声に、木犀《もくせい》の匂いがまじっている。「どうでも生き延びたいなら、手を貸そうと言ったが」

「…………」

「ただ笑っていた――言伝《ことづ》てがある」

「言伝て……」

こぼれた言葉は、自分のものとも思えぬほど弱々しかった。長兄の声が大気をふるわせる。

「馬鹿なやつらの面倒をたのむ、だそうだ」

背後で笹崎たちが喉を詰まらせた。が、それを合図にしたかのごとく、新三郎は駆け出している。兄と圭蔵を押しのけ、邸内に飛びこんだ。そのまま奥の庭を突っ切り、建物へ向かって走る。かたく閉ざされた雨戸に縋りつき、拳で打ちたたいた。屋敷の者に聞こえるかもしれぬ、という考えは頭から消し飛んでいる。

「新三郎――」

「殿っ」

長兄と圭蔵が追いすがるのと、

「兎か」

雨戸の向こうから、太い響きが洩れるのが同時だった。新三郎は見えぬ姿に向かって声を張り上げる。

「小兄上っ、今すぐ、わたしといっしょに来てくださいっ」まるでそこへ穴を穿《うが》とうとでもするように、右の掌を雨戸に押し当てた。「どこかへお連れします」

「どこかとは、どこだ」

落ち着いた声が返ってくる。新三郎はおもわず絶句した。

「江戸へ……そうだ、江戸へ参りましょう。わたくしもご一緒します」

低い笑声が闇の向こうで響く。諭すような口調で壮十郎が告げた。

「どうやって生計《たつき》を立てる……いや、黛や黒沢はどうするのだ」

「それは」

雨戸へ当てた手に力が籠もる。古い杉の板戸が軋むふうな音を立てた。その音にまぎれぬ、力づよい声が耳朶を刺す。

「――黛の弥栄」

「え」

新三郎は顔をあげた。次兄の言葉がさっきよりも近いところで聞こえる。縁に膝をつき、顔の高さを合わせたのかもしれなかった。含み笑いのような声が戸の向こうから聞こえてくる。

「おれも、ようやくそこに加われそうだ」

「小兄上がいなくなることが弥栄ですかっ」

大声をあげてはいけないと分かっていたが、とどめることができなかった。あるいはこの屋敷の者すべてが、気づきながら姿をあらわさぬのではないかとさえ思える。

「結果としては、そうだ」

しずかな声とともに、雨戸の一部ががたりと鳴った。次兄がそのあたりへ手を置いたのだと分かる。新三郎もおそるおそる、そこに掌を這わせた。雨戸は厚く、兄の温《ぬく》もりなど伝わるはずもなかったが、せめてそうして手を合わせていたかった。

「おれがそうなる以外、黛を救う手立てがあるはずもない」

「…………」

「父上にはご心労ばかりおかけしてきた。最期くらい――」

「最期っていうなっ」

絞りだすように叫ぶと、背中から力が抜け、膝をつきそうになる。背後からのびた手が、ずり落ちそうになった掌を雨戸に押さえた。

振り向くと、唇を嚙みしめた栄之丞の顔がすぐ近くにあった。押さえられた掌が、おどろくほど熱い。この板戸をへだてて、兄ふたりの手とかさなっているのだと思った。

「これからは、おれたち二人だ」

栄之丞の声はさえざえとしていたが、息づかいはやはり熱かった。

「……父上のためですか」

新三郎は震える声でいった。栄之丞がかぶりを振ると、それが見えてでもいるかのように、雨戸の向こうで次兄がつぶやく。

「父上が守ってこられたもののため、かな」

どこか微笑をふくんだ声だった。顔をあげると、栄之丞が目だけでうなずきかえしてくる。長兄は、ひとりごつようにいった。

「このあいだは、あさはかなことを言った」そのまま、爪先に目を落とす。「父上は、きっと壮のことをいちばん……」

その先は声に出さず呑みこむ。新三郎は息を詰めて長兄の面を見つめた。考え抜いたということだろう、眼差しにはいささかの迷いもうかがえない。

足もとがふらつきそうになっていたらしい、気がつくと圭蔵の両手がおのれの肩をささえていた。悲しみとも怒りともつかぬものが肚の奥でゆらめいたが、全身に力が入らず、振り払うこともできない。

「お心にそむき、申し訳もございませぬ」

耳もとで圭蔵がささやく。急に十も二十も齢を重ねたような響きだった。

その瞬間、軀の隅にうずくまっていた心もちが、覆いを取り除けられたかのように飛び出してくる。

――なんだ、これは……。

胸の奥から湧き上がるものを目の当たりにして、立ちすくむ。頭の芯がくらむようだった。

新三郎は、なにかを否むように、はげしく首を振った。が、次の瞬間、にわかに総身から力が抜ける。圭蔵の腕をすりぬけ、両手と膝をついて蹲った。全身が溶け、霧になってしまったようで、嚙みしめている唇以外はおのれの軀から手ごたえがなくなっている。

雲がやぶれ、かすかな月光が降りそそいだ。吹き抜ける風が冷たさを増している。夏はすでに跡形もなく消えていた。

虫

一

いらっしゃいと口にしかけて、おときがことばを呑みこむのが分かった。ろくに目も合わさず小上がりへ進んだ新三郎は、そのまま物憂げに腰をおろす。店のなかは相変わらず町人や足軽でごった返していたが、とくにこちらへ注意を向けてくるものはなかった。

「ひとりなの」

近づいてきたおときが、案じ顔でいった。

「酒くらい、ひとりで呑める」

返した声が、自分でも驚くほどすさんでいる。おときはそれ以上たずねるでもなく、天之河でいいね、とつぶやいて板場のほうへもどっていった。

突きだしの白和《しらあ》えと徳利をはこんでくると、物言いたげな眼差しでこちらを見たが、声はかけずに離れてゆく。そのことに、どこか救われるような思いも抱いていた。

手酌で天之河を猪口にあけ、ひといきに呑み干した。まろやかで熱いものが舌から喉をすべり、軀の奥に落ちてゆく。うまい、と感じるおのれが忌々しかった。その心もちを振りはらうように盃をかさねる。一本目はすぐ空になり、呼ぶまでもなくおときが次の徳利を持ってきた。問いかけるような、見守るような色が瞳に浮かんでいる。

「呑みすぎだよ」

などと諭《さと》されるのかと思ったが、女は無言のまま踵をかえした。目をやると、新しい突きだしが卓のすみに載せてある。食べ物も胃の腑に入れておけということらしい。焼き茄子《なす》に味噌を塗っただけのものだが、山椒《さんしょう》でも混ぜているのか、かすかにぴりりとした味が利かせてある。酒と肴の釣り合いなどまだ分かりもせぬが、天之河のふくよかな風味にしっかり寄り添っているようだった。

気がつけば、三本目の徳利をかたむけている。おときは、ずっとこちらをうかがっていたが、やはり止めようとはしなかった。

いつの間にか、店のなかから客の姿が消えている。霞んだ目を凝らすと、しまわれた暖簾が土間の卓に載せられていた。板場から出た親爺が、渋面をつくってこちらを見やっている。とうにお開きの時刻となっていたらしい。

腰をあげようとしたが、足さきに力が入らなかった。にじって小上がりから下り、どうにか草履をつっかける。滑るようにおときが近づき、肩をささえた。髪油の匂いが鼻腔を突き、つかのま酔いがさめる。

懐から銭を何枚か取りだし、そばの卓に置いた。

「釣りはいい」

呂律があやしいまま言うと、おときが思わずという体で笑声をこぼした。

「足りないって」

残りはつけにしとくから、といって表戸をひらく。侍のやけ酒ははじめて見たぜ、と親爺のぼやく声が背後で聞こえた。

外へ出た途端、ひやりとした夜気が頬をかすめる。いつのまにか木犀の香りが強まっているように感じた。足どりはおぼつかず、顔も火照るように熱かったが、軀の芯だけがどこか冷えている。

「案外つよいんだね」

町の入り口に向かって足をすすめながら、おときがいった。店を出たときのまま肩を貸している。新三郎は袴姿だから、さぞ目を惹く道行きだろうが、すでに遅い時刻となっているせいか、行き交う人通りはほとんど絶えていた。

「あれだけ吞んだのに、とりあえず歩けてる」

女がことさら軽い口調を心がけていることは、すぐに分かった。新三郎はつよくかぶりを振る。

「いっそ蹲って吐きたかった」

なにがあったの、とは聞かなかった。唇からこぼれたのは、

「言いたいなら聞くよ」

ということばである。女の声はすこし掠れていたが、同時にひどく柔らかかった。その手ざわりに操られるごとく、切れ切れに語りだす。おときは無言で耳をかたむけていたが、時おり小刻みに軀を震わせるのが分かった。

「おれは――」呻くような響きが喉を突いて出る。「しくじって、ほっとしたんだ」

あのおり新三郎が感じたのは、意外なまでの平らかさだった。認めたくはなかったが、それは安堵と呼ぶ以外ないものである。壮十郎を救いたいという気もちに嘘はなくとも、企てが頓挫して、どこか平安な気もちを抱いているのもまことだった。

おときが足もとに目を落とす。歩みを止めぬまま、ぽつりと発した。

「みんなそうさ」

「ちがう」言いながら、抑えようもなく声がふるえている。「あんたにそう言ってほしくて、ここへ来たんだ……そんな自分がたまらなく厭《いと》わしいのに、それでも来た」

「そこまで分かってるんだね」やるせなげな溜め息がもれた。「もういいんだよ」

そのまま俯《うつむ》いたきり、顔をあげようとせぬ。息がみだれているらしく、肩がはっきりと上下していた。

「あのひとは、いのちをどう使ったらいいのか、分からないんだ」

女がひといきに告げた。

――この身、いかにして使うたものか……。

いつだったか、古ぼけた長屋のうちで壮十郎の洩らした声が耳朶の奥をかすめる。こうとしかならぬ、と次兄はつぶやいたのだった。みずからに言い聞かせるような口ぶりで女がつづける。

「やっと、使い道を見つけたのかもしれない」

「そんな……それでいいのか」

おのれの声が縋るような響きを帯びていることに気づいた。おときがゆっくりと面を向けてくる。熱い息を感じるほど近くに、女の顔があった。切れ長の瞳が月光を撥ねかえし、きらきらと光っている。

「――いいわけないだろうっ」

ふいに叩きつけるような声が返ってきた。おもわず身をすくめると、それにつれて女の軀もかしぐ。左の脇腹に、やわらかな重みがくわわった。

もつれそうになった足をもどして、おときが唇をひらく。

「でもね」つめたい月光が、いくぶんやつれた面もちを浮き上がらせた。「寝ると、あたしの奥に流れこんでくるんだよ。このひとは、どこにも行くところがないんだって」

「行くところ」

呆然と繰りかえし、立ちつくした。おときが唇もとにはかなげな笑みをたたえたまま、おもむろに身を離す。

――え？

次の瞬間、ほっそりとした腕が新三郎の背を抱いた。どうしていいか分からず身をすくめていると、胸のあたりでささやくような響きがこぼれる。

「勘違いしちゃいけないよ。そういうつもりじゃないから」

「……分かっている」

かろうじて応えた声は、それでも少し震えていた。おときの顔はおのれの胸にうずもれていて見えない。痩せた肩だけが、白っぽい光のなかに浮き上がっていた。兄はこの肩を抱き、抱かれていたのだなという思いが胸をよぎる。

「震えてる兎をぎゅっとしたくなったのさ」

腕をほどかぬまま、おときがぽつりと言った。

「ずいぶんな言われようだ」

ぎこちない苦笑を返すと、女もすこしだけ笑った。そのまま、意を決したような口調になって告げる。

「ひとつだけ、あのひとに伝えてほしいことがあるんだ」

二

玄関さきへ見送りに出たりくが、もの言いたげにしていると気づく。新三郎は草履に足を通しながら、うかがうような視線を這わせた。その気配を察したらしく、ためらいがちな声がこぼれる。

「あの、お怪我のほうは……」そこまでいって、ととのった面ざしが俯いた。

「ええ、大分とふさがりましたが」口調が他人行儀なのはいつものことだが、声に戸惑いの色がまじってしまう。毎朝の見送りで、決まりきった挨拶以外のことをりくが口にするのは初めてだった。かたわらに控えたすぎも、眉のあたりにかるい驚きを漂わせている。

「それは、よろしゅうございました」

安堵めいた吐息をもらすと、いってらっしゃいませ、と素気ない調子にもどって両手をつく。どことなくこそばゆい思いを抱きながら、玄関を出た。当惑が顔に残っていたらしい。待ち受けていた圭蔵が、面を見るなり訝しげな色を浮かべた。

「なにかございましたか」

「日々、数え切れぬほどある」

受け流すと、首をひねっただけで、それ以上尋ねてはこなかった。

とうに暑さの去った空ははっきりと高さをまし、ところどころ鰯雲《いわしぐも》が浮いている。植え込みの木槿があわい紫の花をひろげていた。

――女という生きものは、分からんことだらけだな。

歩きながら、知らず知らずそんなことを考えている。おときやりくもだが、長兄とのことを微塵も匂わせぬすぎの振る舞いもふしぎだった。あるじが栄之丞に惹かれていたくらいは察していただろうが、後ろめたい風もなく甲斐甲斐《かいがい》しく仕えている。勤めぶりに懈怠《けたい》が見えるわけでもなかった。

思いはしぜん、みやのほうへも向いてしまう。〈曾茂治〉での邂逅《かいこう》以来、消息は途絶えたままだった。胸の奥処《おくか》に乾き切らぬ傷をかかえている心地だったが、評定所が見えてきたところで、

――いまは、小兄上のことが先だ。

気もちを構えなおす。黛邸への討ち入りから二十日ちかく経っているが、あいかわらず動きらしきものはなかった。漆原内記といえど、最後の線は踏み越えがたいのか

もしれぬ。あるいは、このまま刻が過ぎてゆくのではないかという気にもなってい
た。面会もままならないが、今のうちに、おときの言伝てを次兄に伝えねばならぬ。

門をくぐって評定所の玄関さきに入ると、同輩のひとりが床板を踏みならして駆け
寄ってくる。

とっさに息を呑んだ。同輩の顔は蒼さを通り越して綿雪のように白く、紫色となった唇がわななないている。

「久保田さまが……」

言いさして相手が絶句する。式台からあがることも忘れて棒立ちになった。圭蔵も足もとを塗りかためられたかのごとく動けずにいる。

今暁、まだ夜が明けるかどうかの頃合いで城から上使がつかわされ、有無をいわせず切腹を命じられたのだという。久保田は籠居していたひと間で自裁し、すでに検分も終わっているらしい。

剛直そのものというべき面ざしと、内儀のやわらかな笑みが頭のなかでまじりあい、立っていられなくなる。上がり框に手をつき、かろうじて上体をささえた。

――四つになる倅がな。

めずらしく顔をほころばせた上役の声が、耳の奥で繰りかえし響いている。気がつくと、とめどなく指さきが震えていた。

やはり呆然と立ちつくしていた圭蔵が、にわかに踵をかえし、駆け出してゆく。いつの間にか、門のあたりから騒然とした気配が押し寄せてきた。

新三郎は引きずられるように腰をあげた。おぼつかぬ足どりで外へ出ると、門のあたりに人だかりが出来ている。舞い上がった砂埃が朝の光に照らされ、いくさ場のごとき喧騒《けんそう》が渦巻いていた。

――いったい……。

眉を寄せ人垣を透かし見るうち、外から何かの鳴り渡るような音が轟く。その禍々しさに身を竦めたとき、あつまっていた人々がいそいで脇へ寄り、道を開けた。

竹づくりの駕籠をかついだ中間たちが、地を踏みしめながら近づいてくる。先ほどの響きは、この者らが立てる足音だったらしい。駕籠は唐丸《とうまる》と呼ばれる質素なもので、上からかけられた覆いが紐《ひも》で幾重にも縛られていた。

「えっ――」

おぼえず呻き声があふれる。中間たちのあとから、見なれた顔があらわれたのだった。

いちだんと髪が白くなったため見まがいそうになったものの、黛家の家宰・近江五郎兵衛である。こちらに気づきはしたようだが、沈痛な面もちをうつむかせたまま、目を合わせようとせぬ。

とっさに駆け寄ろうとした新三郎のまえに、長身の背が立ちふさがった。大兄上、と発するより早く、栄之丞がこちらを振りかえり、促すふうに彼方へ目を飛ばす。まわりの者がいっせいに低頭し、さらに大きく道がひらいた。

ひとあしひとあしを地へ刻みつけるように歩んでくる人影がある。その姿がはっきりかたちを結ぶまえに、身震いが全身を覆っていた。

漆原内記が恰幅《かっぷく》のよい軀を揺すりながら近づいてくる。いちはやく新三郎をみとめたらしく、大げさなほどの笑みを向けてきた。まるでその視線から庇おうとでもするかのように、圭蔵が立ちはだかる。次席家老がそちらへ目をやり、唇を曲げて笑った。周囲の人垣はとうに崩れ、内記と新三郎たちだけが、正面から向き合うかたちとなっている。

どこか遠いところから、鶸《ひわ》のさえずりが聞こえてくる。それを合図としたかのごとく、内記がやにわに脇差を抜き放った。周囲に重いどよめきが湧きおこる。圭蔵が腰のあたりへ手をのばし、すばやく身がまえた。内記は苦笑を浮かべると、手ぎわよく駕籠にかけられた紐を断ち切り、覆いを取り除ける。

昂然《こうぜん》と面をあげた壮十郎の姿が竹組みの隙間からうかがえた。駕籠の見すぼらしさとは裏腹に、瞳がきらきらと輝いている。新三郎に目をとめると、すがすがしいまでの微笑を送ってきた。

ござる」

「お目付の方々《かたがた》」内記が声を響かせて告げる。「ここな科人をお裁きあれ——上意で
胸のあたりを、ぞっとするほど冷たいものが吹き抜けてゆく。むらがった同輩たち
も、戸惑うような怯えるような眼差しを互いに向け合っていた。目付筆頭たる久保田
が自裁に追いこまれ、指図を下すべき者がおらぬ。のみならず、これ以上、黛と漆原
の私闘に巻きこまれることをおそれる気配が濃くただよっていた。

「いかがなされた。裁きは方々のお役でござろう」

内記が挑発するごとき口調でいった。そうしながら、かすかな笑みをふくんだ瞳が
新三郎を追っている。

気がつくと、同輩たちの目もおのれに集まっていた。動悸《どうき》が速まり、握りしめた拳
に汗がにじむ。

——おれが……。

兄を裁けるのかと問うた。ひたすら熱を増してゆく胸のうちで、懸命に思いをめぐ
らせる。久保田亡きいま、壮十郎に心を寄せる目付はおのれ以外ない。同輩たちのよ
うすを見れば、それは明らかだった。

——ここで罪なしとなれば、おおやけに小兄上を救える。

みだれる呼吸を鎮められぬまま、顎をあげて空を仰ぐ。高く蒼い天を、鳶が一羽、

翼をひろげて渡っていった。すこし遅れて、甲高い啼き声が耳の奥で響く。

そのまま瞳をおろすと、駕籠のなかの壮十郎と今いちど目が合った。ひどくやさしげな顔で笑いかけてくる。

その笑みに導かれるようにして、一歩踏み出した。内記を見据えると、干上がった喉を振り絞る。

「そのお役、それがしがお務めいたすでござろう」

三

初秋の陽が差しこむ広間に、十人あまりの影が居流れている。上座に腰をおろした新三郎は、三間ほど離れて壮十郎と向き合い、見届け役を命じられた重臣たちが左右に分かれ座をしめていた。父と舅はあいだにふたり置いて坐していたが、たがいに無言のまま瞳をそらしている。その前列にひとりだけ腰を下ろした漆原内記が、射すくめるような視線で場を見渡していた。

余の者は入室を禁じられているが、閉ざされた襖の向こうで栄之丞が息を凝らしていることは分かっていた。圭蔵はそこに加われる身分ではないから、おそらく庭の隅にひそんで室内の遣りとりに聞き入っているのだろう。

「はじめに伺うておくが」黒沢織部正が唇を嚙みしめながらいった。「この裁き、まことに殿の思し召しでござるか」

「ご念にはおよばぬ」漆原内記が鼻を鳴らすようにしてこたえる。

「脅しまがいの振る舞いでもぎとったものであろう」舅が悪相をさらに歪めて吐き捨てた。「不忠きわまる」

動じる気配もなく、平然とした声が返ってくる。

「こは心外。忠たらんと欲すればこそ、こうしてことを収めようとしておる」

「さよう、喧嘩両成敗はご公儀の大法でもござれば」

座敷の反対側から、海老塚播磨が、したり顔で分け入ってくる。内記がじろりとそちらを見据えた。

「かたじけないが、お口添えは無用」にべもない口調で告げる。海老塚は背すじを縮めてうつむいた。そのかたわらで尾木将監が、なかば瞼を閉じて遣りとりに聴き入っている。父はひとことも発さぬまま、壮十郎の面を見つめていた。

家老たちの声が耳を素通りしてゆく。いま自分のいる場が現実とは思えず、目が覚めれば、兄弟三人で花ざかりの堤を歩いている気さえした。軀が宙に浮くような心地とともに、ただひとつのことだけを考えつづけている。

――なぜ、急に動いたのか。

その疑問が頭から離れぬ。兵乱も辞さずという構えを見せた漆原内記だが、その後はふしぎなほど目立った動きがなかった。あるいはこのまま刻がすぎてゆくのか、と思っていた矢先だったのである。

見るともなく、開いた障子戸の向こうに目をやる。庭の中央で、曼殊沙華《まんじゅしゃげ》が赤い花弁を覗かせていた。そのまわりに飛び交う影は蜻蛉だろう。見なれた秋の光景といってよかった。

おぼえず、ふかい溜め息がこぼれ出る。

——斬り合いがあった折はまだ夏だったな。

そう思った瞬間、首すじに冷えた布でも当てられたように身がすくんだ。

——四十九日だ。

頭のなかでとっさに指を折る。落ちついて勘定することもできぬが、間違いはない。漆原伊之助が落命して、今日で四十九日のはずだった。

血祭り、ということばが頭に伸しかかってくる。漆原内記は、最初からそのつもりで久保田や壮十郎に手をつけなかったのだろう。その日を迎えるやいなや、おさめていた牙を剝いたということらしい。

——だが……。

裁きというかたちに持ち込めれば、壮十郎を救う余地も出てくる。久保田のように問答無用で始末しなかったのは、柳町での騒ぎが家中へ知れ渡っているからだろう。先夜の企てが潰《つい》え観念しかけていたが、闇しかないと思っていた行く手に薄日が差した心地だった。

——よし。

かるく唇を嚙んで壮十郎に向きなおった。いくらか痩せはしたが頰の色はつややかで、あたらしく染め抜かれたとおぼしき紺の袴をまとっている。遊里で喧嘩を繰りかえしていた男とは思えぬ涼やかさだった。

——こうとしかならぬ。

とつぶやく兄の声は、いまだ耳の底から消えてはいないが、

——まだ間に合う。

そう信じたかった。あとはどうにかして、おときからの言伝てを知らせねばならない。

裁きの段取りはもう身についていた。書き役をうながし、調べ書を受けとる。もっとも、あらためて目を通さずとも、あの日のことは隅々にいたるまで諳んじられるはずだった。

「……これより、黛壮十郎儀にたいする裁きを執りおこなう。わが兄なれど、役儀によりことばをあらためる」

おごそかに告げると、次兄がうやうやしげに低頭する。赤く咲き乱れる曼殊沙華も、居並ぶ家老たちもどこかへ飛び去ってゆくようだった。

「過日、柳町の曾茂治なる料亭で、漆原伊之助儀と刃の沙汰に及びしこと、間違いないか」

「いかにも左様でござりまする」

「その結果、伊之助を殺害《せつがい》せしことは、いかに」

「相違ございませぬ」

壮十郎が淡々とした口調でこたえた。新三郎は、ゆっくりとうなずき返す。むろん、それ自体は否みようのない話である。この点を覆そうとは思っていない。

ここからだ、と発したくなるのを呑みこんだ。おもむろに声を高める。

「そこもとは、当夜なにゆえくだんの料亭へ足を運ばれたるか」

次兄がいぶかしげに首をひねる。新三郎は、はやる心もちをかろうじて鎮めた。

花吹雪の面々から知らせを受けたことは分かっている。相手の名を問うたところで、やはり答えはしないだろう。が、それでよかった。次兄が仲間をかばうさまを、いま一度おおやけの場で見せようと思ったのである。久保田のごとく、いま座につらなる面々にもなにかが伝わるはずだった。

「さ、述べられよ」

わずかに上体を乗りだしてうながす。が、壮十郎は戸惑った風情のまま、かるくこうべを振った。

「遊里へおもむくは、酒を喰《く》らい女を抱かんがため。ほかに何がござりましょうや」

座のなかから、わざとらしい失笑が洩れる。海老塚があげたものらしかった。新三郎の背をつめたいものが走り抜けてゆく。

「酒を呑むために上がったと申すか」

「いかにも」

壮十郎がいったとき、がさっという音が立った。おもわず目を向けると、清左衛門が蒼ざめた面もちで肩を落とし、畳に手をついている。倅同士の遣りとりに、ことば以上のなにかを感じ取ったのだろう。舅は心もちのうかがえぬ眼差しで父を見つめていた。

「当方の調べによると、そこもとは知友から報《しら》せを受けたとなっておるが」

「知友……」ひかえめながら苦笑めいた声をこぼす。「それがしは、つねに一人《いちにん》。友垣など思いもおよばぬことにて」

おのれの顔から血が引いてゆくのが分かった。唇が震え、舌が口蓋に貼りつく。

――ぜんぶ抱えこんでゆくおつもりか。

黛家のみならず、花吹雪の面々までいっさい巻きこまず、捨て石になるつもりなのだろう。おときが言うように、それがいのちの使いどころと肚を据えたのかもしれなかった。その証しに、次兄の表情はおだやかで、いっそ清々《すがすが》しいとさえいえるほどである。

が、新三郎の身内には、むしろ憤りと呼べるものが湧き上がっている。

——おのれのいのちなら好きにしてよいのか。

そう思えてならなかった。すべてをかなぐり捨て、取りすがってきた男の姿が頭の隅にちらつく。婿入りまえ、久保田の裁きに立ち会わせてもらった折のことだった。たしか山路といった男は、居もしない息子の話を捏《こ》ねあげてまで生き延びようとしたのである。あの折は、見苦しさに戦慄すらおぼえたものだが、死に急ごうとする壮十郎を目の当たりにすると、なぜああして生にしがみついてくれぬのかと感じてしまう。

焦りにまみれる胸のうちを奮い立たせようとして、おときの顔を思い浮かべた。背を抱かれた腕の感触まで生々しく甦《よみがえ》ってくる。

——小兄上は、かならず連れて帰ってやる。

女の面影に語りかけ、あらためて唇を引き結んだ。降りそそぐ日ざしは知らぬ間に傾きを変えている。東から差しこんでいたはずの光が、いまは畳の上にまっすぐな影を落としていた。

「されば、知友の件はひとまずおくとしよう――当夜、伊之助は〈曾茂治〉で狼藉をはたらいておった」いいながら漆原のほうへ目をやったが、顔色ひとつ変えていない。その面ざしへ叩きつけるように、語を継いだ。「相違ないな」

「はて」壮十郎が面をあげ、はきとした口調で切り返す。「それがしはあずかり知らぬことにて」

胸のうちで、おおきな鼓動がひとつ鳴った。首すじがつめたくなり、気もちのわるい汗が滲み出る。

「そこもとが駆けつけたとき、曾茂治の者どもは無体《むたい》な目に遭《お》うていたはず」

落ちついて口にしたつもりだったが、声に震えがまじるのを止められなかった。

「伊之助はそこもとをおびき寄せるため、わざと騒ぎを起こしたものであろう」

居並ぶ面々のなかから、呻き声のようなものが洩れる。誰があげたかは分からぬが、新三郎が漆原方の非を明らかにするつもりだと察したのだろう。

が、壮十郎は戸惑うような面もちさえ浮かべて、かぶりを振った。

「酔うておりましたゆえ、おぼえておりませぬ」

新三郎は絶句した。酔い交じりで振るえる太刀筋でなかったことは、おのれが誰よりも知っている。視界の片隅で、漆原内記が片頰をゆがめて笑った。

「酔うていた、と……」

それだけをどうにか発する。はっ、と応えて低頭した壮十郎が、腹に響くほど太い声をあげた。

「さんざん呑んだあげく、あの店に上がりこみましたところ、くだんの漆原と出くわした次第」

「……………」

ことばを失っている新三郎にかまわず、次兄がつづける。

「彼《か》のものとは、かねてより因縁浅からぬ仲。酔うたはずみで喧嘩におよびましてござりまする」

「喧嘩――」

呆然となって繰りかえすと、

「さよう。喧嘩でござるよ」

とつぜん内記が謡《うた》うような声を発した。「喧嘩、喧嘩、喧嘩両成敗」

「漆原どのっ」

遮るような声が二つかさなった。発した清左衛門と織部正が顔を見合わせ、父のほうがひと膝すすみ出る。「裁きの途中でござる。お控えめされ」

「これはご無礼を」

むしろ愉快げに返して、次席家老が口をつぐむ。しらじらとした沈黙が座に広がっていった。

「……身どももあの場におったが」新三郎はかろうじて声を絞りだす。「酔うているようには見えなんだ」

「面に出ぬたちでござれば」

次兄が平然とこたえた。腹の奥から、なにかが込み上げてくる。それは悲しみとも怒りともつかぬ蠢《うごめ》きだったが、戸惑うほど熱いことだけは確かだった。

「――なぜ嘘をつくっ」

新三郎が声を高めると、列座のなかに、ふたたび重いどよめきが奔《はし》った。次兄が、それを掻き分けるようにしてことばを放つ。

「この黛壮十郎、ただの横着ものなれど、今日まで嘘だけはつかずに参りました」言いさして、どこかはかなげな笑みを浮かべる。「そうして気づけば、ここに座っておりまいた」

清左衛門が上体を揺すりながら、おのれの膝を握りしめる。新三郎はすがるような声でいった。

「そなたの子にも、さよう告げられるのか」

次兄がはっと息を呑むのが分かった。それまで崩さなかった恬淡《てんたん》とした佇まいに、どこかほころびが生じたように感じる。

それがおときからの言伝てだった。三月になるという。いつだったか一膳飯屋を休んでいたのは、つわりのためだったらしい。

「今さら知らせて、どうなるものでもないけどね」

と女はいったが、その楔《くさび》を次兄の心もちに打ち込みたかった。

清左衛門と織部正は不審げな面もちで新三郎を見やっていたが、余の者は壮十郎の身辺など知るわけもないから、とくに波立つようすもなく裁きに耳をかたむけている。漆原内記だけが、内心をうかがわせぬまま腕を組み、瞑目していた。新三郎は、重い扉をこじ開けるような力をこめ、ことばを発する。

「いまいちど聞く。そなたは――伊之助の狼藉をとどめんとしたのではないか」

風が吹き渡り、曼殊沙華の赤がさざめくように波立つ。放心した面もちとなっていた壮十郎の上体が、小刻みに揺れた。昂然とあげていた額が、はじめて伏せられる。見守るおのれの軀も、痙攣するかのごとく震えていた。動悸だけが耳の奥で大きく響く。刻がただ、おだやかな流れのように身をかすめ、滑りおちていった。

ふいに壮十郎の瞳が横に動いたかと思うと、すぐさまこちらへ向き直る。今なにを見た、とざわめく胸のうちで考える間もなく、清左衛門がふと呻き声を洩らした。

――父上になにか伝えたのか……。

背すじを支えきれなくなり、手をついた。それを合図としたかのように、次兄が唇をほころばせる。

「左様りっぱな男ではありませぬ」透き通った声が広間に染みとおっていった。「喧嘩しか能のない、鼻つまみ者でござりまするよ」

「……そうでないことくらい知っている」声にしたつもりだったが、聞こえた者がいたかどうかは分からない。目に映るすべてのものが、はげしく明滅した。

気がつくと、布地がやぶれるかと思うほどつよく袴を握りしめている。口のなかに血の味がひろがったのは、唇のどこかを嚙み破ったのかもしれなかった。

面をあげると、おのれにそそがれた次兄の視線とぶつかる。はじめて会うひとかと思えるような、おだやかで、ふかい眼差しだった。

「兎……いな、黒沢新三郎どのに、ひとつだけ願いの儀がござる」

壮十郎がしずかな微笑を洩らす。うなずくのも忘れ、次兄の唇が動くのをただ見つめた。

「すまなんだ、とお伝えくだされ」

それがしの妻子に、と付けくわえた声が、はっきりと揺れている。瞳の奥に、何かをうながすような光がまたたいていた。新三郎は、坐したまま一歩あとずさる。

「――いやだ」

喉の奥に押し込むような声をあげ、はげしくこうべを振った。次兄が哀《かな》しげに眉を

寄せ、ゆるやかな波のごとく膝をすすめてくる。堪えきれず目を逸らすと、

「新三郎っ」清左衛門が腰を浮かして発した。「もうよい、わしが」

「いや、わしが言おう」織部正が膝を起こしながらいった。はじめて真っ向から父の面を見据え、その上体を押しとどめるように手を伸ばす。

ふたりの声はどこか遠くで聞こえていた。部屋ぜんたいが雲につつまれたようで、何ひとつはっきりと見えぬ。すべてを否むように、いま一度おおきくかぶりを振った。

端然と坐す次兄の姿だけが、くっきりと目に入る。その瞳は、大きな動物のようにどこまでもやさしかった。こちらを見つめ、力づよく頷いてみせる。喉の奥がひゅっと鳴った。

「黛壮十郎儀――」自分のものとも思えぬ声が引き出される。もう震えてはいなかった。「喧嘩両成敗のご定法《じょうほう》により……」

おもわずことばが途切れる。はげしく打つ胸を押さえながら、絞りだすようにいった。

「切腹申しつける」

承知つかまつって候、と発した次兄の姿は、もう見えなかった。

襖の開く音につづき、栄之丞の声が響く。駆けこもうとして、控えていた役人に阻

まれたらしい。揉《も》み合う気配を感じるうち、視界が暗くかすんでいった。

どれほど刻がたったのか、われにかえると、部屋のなかがいちめん赤く染まっている。開け放たれたままの障子戸から夕日が差しこみ、畳に朱の照り返しをひろげていた。


裁きの座に沈み込んだまま、放心していたらしい。気をうしなったわけではないのだろうが、その間の記憶は頭のどこをさぐっても見あたらなかった。

庭先では、落日にあぶられた曼殊沙華が燃えるように輝いている。やはりあれから一歩も動いていないようだった。

霞んだ視界に人の影はうかがえない。父や舅たちも残らず消えていた。小兄上は、と思った瞬間、背後にかすかな息遣いを感じる。とっさに背すじが強張った。

振りかえると、おどろくほど近くに漆原内記が腰を下ろしている。向きなおる間もなく、立ち上がって正面にまわってきた。きらめく夕日を背にして腰を下ろす。まぶしさにまぎれて表情は見さだめられなかったが、ひどくゆったりした笑みを浮かべているように思えた。

「――わしが憎いか」

内記が平坦な口調で告げた。溟くしずんでいた胸のうちに、熱いものが噴きだす。わななく唇から押し殺した声が洩れた。

「……憎くない、と言わせたいのでござるか」

「まさか」

目のまえにいる相手が、意外そうな声をこぼす。ことばを失う新三郎を尻目に、なぜか右手の親指をのばして畳の縁をおさえた。そのまま、指先をこちらへ近づけてくる。不覚にも気圧され、のけぞりそうになってかろうじてこらえた。

奥歯を噛みしめ目を凝らすと、みじかい親指の真ん中に、黒い点のようなものがうかがえる。一匹の羽虫がそこに貼りついているのだった。

「つぶした虫の怨《うら》みなど、気にかけるものはおらぬ」

頭の奥に針で刺されたような痛みがはしり、われしらず腰のものへ手を這わせていた。そのままの体勢で相手の面にするどい声を叩きつける。

「兄が虫かっ」

「いかにも」内記は動じた気配もなく、おのれの言を反芻するように幾度となくうなずいた。「むろん、そこもともだ」

唾を呑んで身を震わせた。憤りで熱くなっていたはずの指先が、にわかにつめたくなる。内記がやるせなげな声でつづけた。

「そして、もっともちっぽけな虫が、死んだ倅よ」

呆然となって身をよじらせた。それにかまわず、次席家老は茜色に塗られた室内を見渡し、ひとりごつ。

「黒沢はよい買い物をした」唇もとが大きくひろがり、肥えた顔が野犬のごとき面つきになった。とてもそうは見えなかったが、笑みを浮かべたらしい。「さすが織部正」

「…………」

「みな諦めた」内記は唇をねじるようにして、ことばを押し出す。「当人はむろんのこと、お父上も舅御《しゅうとご》も」そこまでいって、大きくこうべをめぐらす。右手のほうへ面を向けたかと思うと、そのまま庭先にするどい眼差しを飛ばした。「そこにおる二人も」

はっとなって内記の視線をたどる。あのまま立ち尽くしていたのだろう、隣室との境にどす黒い面もちをたたえて栄之丞がたたずんでいた。曼殊沙華の向こうに立ちつくす圭蔵がぴくりと身をすくめたのも、かろうじて目にとまる。

「あがいたのは、そこもとだけ」

次席家老は、笑みらしきものをただよわせたまま発した。「久保田の邸をたずねたのみならず、兄上を力ずくで救おうとした」

おぼえず息が詰まった。黒一色に塗り固められた胸のなかで、なぜ分かったのかという問いが意味を持たないことだけは感じている。臓腑まで見透かされたような心地におそわれ、背すじが震えだした。が、漆原はとくに誇るでもなく、淡々とつぶやく。

「きょうも、ぎりぎりまでしがみついた……おのれの未熟を振りかざし、見苦しいほどに」

「――未熟は悪でござる」なにかを断ち切るように応える。爛れたかと思うほど喉の奥が痛んだ。「それだけは知り申した」

「ほう」内記がつかのま、虚を衝《つ》かれたごとき表情をたたえた。「その通りじゃ……未熟であるうちはな」

ことばの意味はつかめなかったが、ひとつだけ分かったことがある。この男に傷ひとつつけることとさえ、今のおのれには手にあまる振る舞いなのだった。

ふいに衣擦れの音が起こる。面をあげると、漆原内記が立ち上がって、こちらを見下ろしていた。表情をたしかめるまえに、ゆっくりと背を向ける。低く重い声で、誰にともなくいった。

「おなじことなら、強い虫になられるがよい」

そう告げると、あたりを睥睨《へいげい》するごとく瞳をめぐらす。そのまま、ゆったりとした足取りで遠ざかっていった。肉の厚いうしろ姿が、残光を浴びて燃え立つように浮き上がっている。見守るうち、その背が小さくなり、朱色の日ざしに溶けていった。

力がいちどきに抜け、顔をあげていられなかった。膝のあたりへ目を落とし、赤い光ににじむ拳をぼんやりと見つめる。

「強い虫――」

何かへ刻むように、ひとことずつつぶやく。庭の奥で高まる蟋蟀《こおろぎ》の声だけが、なぜかはっきりと聞こえていた。

第二部 十三年後

異変

一

あちらでございます、と案内の百姓がしめした小屋を目にして、黒沢織部正は声を呑みこんだ。

敷地だけは百坪もありそうだったが、南から西にかけて鬱蒼《うっそう》とした杉木立ちに覆われ、奥に垣間見える小屋へはほとんど日が差していない。かたわらに控える由利圭蔵が、これはまた、と押しころした声でつぶやいた。

木立ちを掻きわけてゆくと、すぐ近くで蜩《ひぐらし》が身を揺するようにして啼いている。いちいち枝に引っかかるので、編笠《あみがさ》をかぶっていられなかった。

顎にかかった緒《お》を解くと、額の汗をぬぐって笠を小脇にかかえる。お気をつけなさって、と百姓がいったのは、枝で目を傷つけぬようにということだろう。四十がらみの小男で作蔵《さくぞう》と名のっていた。うなずきかえし、木漏れ日を浴びながら歩をすすめる。濃い緑の香が鼻先へせまってきた。

ようやく小屋のまえに出ると、圭蔵がそろそろと戸に手をのばす。ふいに、新三郎と名のっていたころの記憶が脳裡をかすめた。実家で女中をしていたみやの在所をたずね、やはりこのような農家にたどりついたのである。無人の屋内へ踏みこんだときの感覚が目のまえの光景に重なり、知らぬ間に息を詰めていた。

かるい驚きの声があがり、われにかえる。圭蔵がわずかに右足を踏みだし、身がまえるような姿勢をとっていた。手をかけるまえに、戸が開いたらしい。

「お待ち申しておりました」

小屋のなかからあらわれたのは、織部正よりいくらか年上と見える武士だった。まとった帷子《かたびら》は色あせ、顎や頬に無精ひげが散っている。ふたりにむかって低頭すると、なかへ招じ入れるように体をひらいた。

圭蔵が先に立って入り、織部正がつづく。農家らしい大きな土間に入ると、耳もとをかすめて蠅《はえ》が飛び去っていった。昼日中にもかかわらず、屋内はおどろくほど暗い。蒸し暑い大気のなかに、鼻を突くような匂いが籠っていた。

上がり框のところに作蔵を待たせ、先導されるまま奥へ進む。ひと足ごとに廊下が悲鳴のような音をあげた。

暗がりにようやく目が慣れてきたころ、くだんの武士がおもむろに足をとめた。行く手が襖か何かでさえぎられているらしく、そのあたりにひときわ濃い闇がわだかまっている。ためらいがちに伸ばした指先が横へ流れ、にわかに視界が白くなった。縁側に面した障子戸は開け放たれており、そこだけ切り取られたような庭の景が目に飛びこんでくる。聳《そび》えたつ欅の葉陰をすりぬけ、夏の光がまだらに降りそそいでいた。部屋の中央には床がのべられ、掛けた布団がはっきりと盛り上がっている。

先導してきた武士が、喉の奥で震える声を呑みこんだ。男は佐倉新兵衛《さくらしんべえ》といい、かつて世子の座にあった右京正就の側仕えである。十年以上まえに廃嫡されたあと、静養の名目で主従ふたり、ここ赤岩村《あかいわ》に籠居を命じられたのだった。

赤岩村は国ざかいに近い山里で、日々の食物は作蔵ら近隣の百姓が運ぶきまりとなっていた。生活《たつき》に窮することはないものの、世捨て人という以外ない暮らしである。家臣や領民からも、ほぼ忘れられた存在だった。

その右京がみまかったという知らせがあったのは、一昨日のことである。佐倉新兵衛からの急報を受け、月番の目付たる織部正が駆けつけたのだった。

織部正は室内に進み入ると、夜具のかたわらにひざまずいた。圭蔵と新兵衛も、背後でやはり膝をつく。鼻腔を刺す臭いは強かったが、ためらうことなく遺骸のほうに指をのばした。

顔にかけられた布を取り除くと、蒼白くたるんだ面ざしが天井を仰いでいる。佐倉とおなじ三十なかばのはずだが、知らなければ年齢を推し量ることはむずかしいだろう。ひどく老いているようでもあり、まだ成年に達していないようにも見える。ふしぎなことだが、いのちが消えると同時に軀から齢《よわい》の抜け落ちる者がいる。そうした骸《むくろ》は、いくつか目にしたことがあった。

瞳を凝らし、今いちど遺骸の面を見守る。額や頬が黄みがかっているのは、肝の臓が弱っていたためだろう。もともと酒を好む方だったと聞いているが、廃嫡ののちはさらに酒量が増えたのかもしれなかった。われしらず嫂《あによめ》の靖に似たところを探していることに気づいたが、同腹にもかかわらず、そうした印象はない。もっとも、靖は無沙汰のまま六年もまえに亡くなっている。まこと似ているかどうかなど、はっきり言えるわけもなかった。

「ご無礼つかまつる」

織部正は亡骸《なきがら》に向かって一礼すると、布団を腹のあたりまでずらし、寝衣の前をくつろげた。すでに軀のあちこちが固まっているため、すべて剝ぎとることはできぬし、そこまでするつもりもない。ほどなく城下から医師が到着し、くわしい検分をすることになっていた。

くすんだ締まりのない肉体が、つよい陽光にさらされる。織部正は目を細め、水すましが川面《かわも》をすべるようにして、乾いた肌のようすをあらためた。しばらくそうして骸を見つめていたが、やがて、

「……不審はないようでござりまするな」低めた声で告げる。骸に衣を着せると、元どおり夜具をかけ手を合わせた。佐倉に向きなおり、ふかぶかと腰を折る。

「永《なが》のお勤め、ご苦労でござった」

相手は表情をうしなったまま、かたちだけ低頭する。総身から力が抜け落ちているようだった。十年以上にわたる籠居が突然おわりを迎えたのだから、無理もない。

「貴殿の向後については、じきお沙汰がござろう」

いって、おもむろに立ち上がった。圭蔵が一拍おくれて、それにならう。

「まこと慌《あわただ》しき次第なれど、われらは、これより戻りまする」

座りこんだままの佐倉を見下ろして、つづける。「いそぎ、ご家老に復命せねばなりませぬゆえ」

「ご家老……」佐倉の瞼が痙攣するように動き、瞳の奥に烈《はげ》しい火のごときものが熾《おこ》った。織部正は、その焰《ほのお》へ立ちはだかるようにして声を高める。

「さよう、筆頭家老の漆原内記どのでござる」

二

その場所へ差しかかると、いつもひとりでに手綱を引いてしまう。織部正は栗毛《くりげ》の脚を止め、花の落ちた桜樹がならぶ鹿ノ子堤を見渡した。眼下には、神山領をつらぬく杉川の流れが横たわっている。その水面は斜光を呑みこんで湧き立つようにかがやき、直視できぬほどまばゆかった。

「ここまで戻ると、ほっといたしますな」

馬首をならべて圭蔵がいう。

ああ、とこたえて腹心ともいうべき男の顔を見やった。同い年だから三十を過ぎたはずだが、いまだにどこか少年じみた面影が残っている。騎乗をゆるされる身となって五年ほどしか経っていないものの、筋がよかったと見え、こたびの道中でもあやういところはなかった。

「新三郎さまや鈴《すず》さまがお待ちかねでございましょう」

圭蔵がつぶやく。が、まことは、わが家のことを思い出したのだろう。十二歳をかしらに三人の子が待っているのだった。

鈴は娘の名だが、新三郎とは十歳になる長男のことである。少年だった頃おのれの使っていた名だが、命名したのは舅だった。いまはお役をしりぞき、隠居して全楽《ぜんらく》と号している。

てっきり、黒沢家代々の名である〈茂太郎〉をあたえるものと考えていたが、

「そは、わしの幼名でもあるゆえ」

と異なことを告げた。

「なにか差しさわりでも――」

三男でもないのにと不審に思って問うたところ、舅は相変わらずの悪相をばつわるげに歪ませた。

「この子も、年ごろになれば悪さのひとつふたつはするであろう。そなたらも、つよう咎めねばならぬ。さすれば、なにやらおのれが叱られているようで、身の置きどころがあるまい」

大真面目にこたえたものだから、夫婦ふたりして笑声を抑えられなかった。

妻とは、むろんりくのことである。婚礼をあげた当初は頑強といえるほどに拒まれ、いずれ黒沢を去らねばならぬかとまで頭の隅にちらついたが、次兄の壮十郎が腹を切ってからしばらくして、まことの夫婦となった。

まだ新三郎を名のっていた織部正が、あれ以来ろくに食事も摂《と》らず、死人《しびと》のごとき体で日々をやり過ごしているものだから、さすがに放っておけなくなった。あれこれ世話を焼けば、少しずつでもへだたりが縮まってくる。するうち、とうとうということになったのだった。

女中のすぎは前後して嫁にいった。夫は親類すじにあたる足軽らしい。会ったことはないが、熊のようにもっさりした男で、口が利けぬかと思うほど寡黙だという。

——大兄上とは似ても似つかぬではないか。

話を聞いて思ったものだが、ふしぎなことに夫婦仲はきわめて円満という。子も毎年のようにさずかり、男女あわせて五人におよぶ。

ときどき旧主であるりくのところへ機嫌うかがいにおとずれるが、栄之丞とのことはおくびにも出さぬ。ふたりが何やら楽しげに話しているところへ出くわすと、こうべをかしげたくもなるのだった。が、その一方で、

——みな、似たようなものか。

と感じもする。結局なにもなかったとはいえ、りくが長兄に思いを寄せていたのはまことに違いない。その心もちが消え去ったのかどうか知るよしはないし、消せと思っているわけでもなかった。おのれのうちにも、消えぬ面影があるからだろう。

圭蔵と馬首をならべて堤のうえを駆けてゆく。桜の時分には、馬を走らせるなど思いも寄らぬほどの人出になるが、いまは行き交う影もほとんど見えなかった。

湿った風に頰をさらしながら、城の方角へと向かう。つよい西陽《にしび》をあびて、五層の天守が茜色にそまっていた。ときおり小高い木々にさえぎられるものの、姿をあらわすたび、より巨大な影となって頭上へのしかかってくる。幾日か離れただけで、はじめて見るもののように感じられるのがふしぎだった。

めざす屋敷は三の丸へ入ってすぐのところにある。重臣たちの住まいが軒をならべ

るあたりだが、自邸に帰るわけではなかった。それは復命がおわったあとの話である。

構えの大きな屋敷がつづくなかでも、ひときわ目につく長屋門が、周囲を圧するごとく聳えている。くろぐろと塗られた欅材から、いまだかすかな芳香さえただよってくるようだった。下馬した圭蔵がおとないを入れると、ことさらかしこまった体でなかに通される。織部正の名を聞いて顔を強張らせるのは、この家の門番にかぎらなかった。

圭蔵を控えの間に待たせ、奥の一室へ案内される。縁側に差しかかったとき、真正面から降りそそぐ夕日に、つかのま目がくらんだ。庭の蛍袋が、毒々しいほどにあかく染まっている。

通された部屋の障子戸にも、熟柿《じゆくし》のような色が広がっていた。気づかぬうちに、少しずつ日あしが速まっているらしい。

――十三年になるのか。

出された茶をふくみながら思った。壮十郎が腹を切ったのは、今日とおなじ、まばゆく朱をおびた夕日の差しこむ頃合いである。近ごろはさすがに間遠《まどお》となったが、いっとき、このようなきらめきを目にするたび次兄のことを思いだし、足もとがさだまらぬ心地に見舞われていた。

われしらず重い吐息を洩らしたとき、縁側を踏む足音が近づいてきた。おや、とわずかな違和感をおぼえた刹那、おもむろに障子が開く。

「お役目、ご苦労でござった」

織部正が低頭すると同時に、男がひとり入ってくる。足音がちがう、と感じたのはやはり正しかった。相手は胡瓜のように細長い顔をしており、目鼻も小ぶりであるため、ひどく窮屈な面ざしとなっている。

漆原内記の嫡子・弥四郎だった。兄・伊之助が不慮の死を遂げたため跡継ぎとなったのである。いまだ家督を譲られておらぬため出仕はしていないが、父の年齢を考えれば、その日も遠くないはずだった。

「それで――」

弥四郎は性急な調子で口をひらいたが、すぐに何か気づいた体で語を継いだ。「ご無礼いたしした。父はいま灸《きゅう》の途中でございまして、じき参りまする」

「お待ち申しましょう」

落ち着いた声で告げると、相手はいくぶん不服げにかぶりを振った。

「まずは、それがしが承りまする」

織部正は顎を引いて、居住まいをただした。

「医師の検分を待って調べ書を挙げまするが、それがしの見たところ、不審はござりませぬ」

「さようでござるか」弥四郎が安堵めいた吐息を洩らした。「それは重畳《ちょうじょう》」

途端に朗らかとさえいえる口ぶりになってつづける。

「又次郎さまの件もござる……妙な噂がたっては厄介ゆえ」

妾腹の次男・又次郎は、十年以上まえに将軍へのお目見えをすませ世子として認められた。そのため今は江戸にいるが、本藩から妻をむかえる話がすすんでいると聞く。神山藩は百年以上まえに成った分家で石高も十万石ほどながら、本家は日の本有数の大藩である。十八歳という年齢でもあり、本家の後ろ盾まで得れば、こちらも遠からず代替わりがあっておかしくはない。

「噂と申しますと」

直截《ちょくせつ》に問うと、弥四郎はどこか怯えたような表情で肩を竦ませた。

「たとえば……右京さまのご逝去に不審あり、というような」

「かりに何かしら囁かれたとて、所詮は根もなきこと。捨て置かれてよろしいかと存ずる」

織部正がことさら鷹揚にいうと、相手は気づかわしげに眉をひそめた。

「仰せの通りなれど、何であれよからぬ風聞は避けたいもの」

「いかさま」

うなずこうとして、眼差しが縁側のほうに逸れた。耳慣れた足音が、床板を踏みならすような勢いで近づいてくる。待つほどもなく、障子戸がいきおいよく開かれた。

「織部どの」すっかり白髪となってはいるものの、漆原内記の声は精気に満ち、足どりにもあぶなげがない。六十も半ばとなったはずだが、頬はつやつやと光り、白髪をのぞけばとくに変わったところも見られなかった。つい最近も、若い側女《そばめ》を持ったと聞いている。

よく肥えた軀が、弥四郎の横にどっかりと腰をおろす。「お待たせして申し訳ござらぬ。齢をとると、軀の具合をたもつのにも手間暇が要るものでしてな」

「お心がけ、感服つかまつりました。それがしも胆《きも》に銘じるでございましょう」

あらためてこうべを下げると、弥四郎に伝えたことを今いちど告げる。内記は目をつぶって聞き入っていたが、話がおわると、

「右京さまはまことお気の毒というほかないが、胡乱《うろん》な気配がなかったは、せめてもの幸い」

倅とおなじようなことをつぶやく。そのまま、みずからに確かめるふうな調子でいった。

「いらざる波風を立ててはならぬ」

横目で倅を見据える。声のおごそかさに、弥四郎がたじろぐ体で腰を浮かせた。

「心得ており申す」

織部正がきっぱり応えると、老人がはじめて唇《くち》もとをほころばせる。不似合いなほどおだやかな声でささやいた。

「頼みにしておる」

弥四郎がわずかに頬をゆがめたが、織部正は気づかぬ風で手をつく。

「恐れ多いことでございます。変わらず身を尽くす所存にて」

ではそろそろ、と告げて腰を起こす。その動きをとどめるように、内記が掌を上げた。

「右京さまのことは」

「は――」

今いちど膝をそろえて発する。筆頭家老は瞳にどこか窺うような色を浮かべていった。「兄上にも知らせねばなるまい」

家督を継ぎ、清左衛門を名のっている長兄のことだった。父の死後、筆頭家老の座には内記が就いたため、次席家老をつとめている。右京とは亡妻を介して義兄弟の仲といえるから、折にふれて生活《たつき》の品を送っていたと聞く。織部正から、あらためてその死を伝えよと言いたいのだろう。

「まことに申し訳なき次第なれど、その儀は何とぞご容赦を」

はっきりとかぶりを振った。内記が眉を動かし、刺すような視線を向けてくる。織部正は平坦な口調で語を継いだ。

「兄とは、ながらく私の付き合いを断っておりますゆえ」

「……さようであったな」

老人が二、三度ふかくうなずき返すのを確かめて、今度こそ立ち上がる。かさねて呼びとめようとする気配はなかった。

三

ご無礼つかまつりまする、と障子の向こうから若い声が呼びかけてきた。りくの話をとどめて応えると、戸が開いて近習《きんじゅう》の向井《むかい》大治郎《だいじろう》が跪《ひざまず》く。まだ少年といってもいい面ざしに、どこか不安げな色が漂っていた。

「いかがした」

「お約束なしで来られた方が」

「ほう」

来客はめずらしくないが、いきなり訪ねてくる者はさすがに稀《まれ》だった。りくも戸惑いの気配を隠せずにいる。近ごろ臥《ふ》せりがちな舅の具合について話していたところだから、なおさらだろう。

「で、だれだ」

大治郎が告げた名に、おもわず眉をひそめる。妻になだめるような声をかけて立ち上がった。

「すまぬが、つづきはあとで聞かせてくれ」

承知いたしました、と応えてりくが腰を折る。ふたつ齢上だが、若いころ家中の評判だった風姿には目立ったおとろえもなかった。

客間に入ってゆくと、縁側から差しこむ光が相手の姿を浮きあがらせている。こちらに気づくと、背中が見えるほどふかく頭を下げてきた。つかのま首をかしげたのは、午後の日ざしに照らされた男の顔が、記憶にあるものと重ならなかったからである。

「その節は、まことにかたじけのう存じました」

声を聞き、ようやくそのひとに違いないと分かった。

「いや、勤めなれば」

淡々と応えて腰をおろす。

男は赤岩村で右京正就の側仕えをしていた佐倉新兵衛である。旧主の弔いをすませ、城下に戻ったことは知っていた。村で会った折は憔悴《しょうすい》がはげしく、くたびれはてた老爺じみていたが、いまは髭も剃り、こざっぱりした袴までまとっている。三十半ばと聞く齢相応の精気が匂い立っている。


「お役に就かれたと聞いたが。たしか道中奉行でござったかな」

何くわぬ声でいったが、むろん役目がら詳細なところまでつかんでいる。

大名の正室と世継ぎは江戸で暮らすのが定めだから、右京もとうぜん江戸育ちであった。新兵衛は江戸家老の次男だったものを、とくに見いだされ側仕えに任じられたのだった。そのままいけば次代藩主の片腕ともなっていたろうが、僻村《へきそん》で十余年を送ったうえ、あるじをうしない放りだされたことになる。月並みながら、不運という以外ことばが見つからなかった。

家はすでに長兄が継いでいる。ただの部屋住みにもどされても仕方ないところだが、慰労のつもりか藩侯のお声がかりで務めを与えられたのだった。

参勤交代の差配が道中奉行の役向きで、江戸と国もとの往復も多い。双方を知る佐倉は適任だと思えた。禄高《ろくだか》は百五十石程度だが、次代藩主の側近という幻を忘れるなら、それなりにありがたい計らいともいえる。

「はい、来月江戸に戻りまするゆえ、ご挨拶にまかりこしました」

いって湯呑みを取りあげ、ひとくちに啜った。さして高値《こうじき》でもない茶だが、ふしぎなほど旨《うま》そうに飲んでいる。赤岩村ではろくに茶も飲めなかったのだな、と思いいたった。

捨て扶持は与えられていたし、黛家からも折にふれて心づくしが届いていたはずだが、いわば島流し同然の身だから不自由は多かったろう。十年しのんだ末、一から出直しを命じられた男の心底は、かかえきれぬほどの無念に満ちているはずだった。

「江戸が懐かしゅうござろう」

いうと、佐倉がやるせなげな笑みをこぼす。

「妻や子にも、すっかり忘れられておりましょう」

「お子がおわすか」

「はい、十三になる息子がひとり」

道で会ってもわかりませぬ、とつぶやく。こちらも言葉が見つからず、押し黙ってしまった。

しばらくは、ふたりとも無言で茶を啜っていたが、ややあって佐倉がそろそろと唇をひらく。

「お医師の検分は、いかが相成りましたでしょうか」

織部正は片方の眉をわずかに上げ、うかがうように相手を見つめた。むろん、右京の亡骸をあらためた医師のことを言っているのだろう。

「とくだんの不審なし、と聞いておりまする」

そう応えると、佐倉は胸のまえで腕を組み、額を伏せた。やがて、浅黒い面をゆっくりとあげる。こころなしか、頰のあたりが強張っているようだった。

「じつは、お耳に入れておきたいことがござりまして」

「申されよ」

問う声もいくぶん鋭さを帯びる。追われる獣のような身ごなしで、佐倉が膝をすすめた。

「右京さまが身罷《みまか》られる二刻ほどまえのことでございますが」

赤岩村の籠居をたずねてきた武士がいたという。やはり例の作蔵が案内してきたのである。生活《たつき》の品を届ける使いをのぞけば、まず来客などない暮らしだから、めずらしいことだった。

三十前後かと思えたが、問うても、名のらぬままである。それではお目通りをゆるすわけにいかぬと言ったが、騒ぎを耳にした右京から声がかかった。意外にも、

「会おう」

という。なおいぶかしいことには、佐倉すらまじえず居室で男と向き合っていた。なにかあればただちに踏みこむつもりでいたが、けっきょく何ごとも起こらず、半刻ほどして相手はそのまま辞去したという。

「その後しばらくして、にわかにお苦しみあそばし――」

佐倉が唇を嚙みしめる。

「あの折はさようなこと申されなんだが」

織部正が疑わしげな声を洩らすと、

「そのことでござる」

むしろ勢いこんでつづけた。「山荘を引き払うべく、右京さまお身まわりの品々をあらためましたところ、七玉《しちぎょく》の硯《すずり》が失せておることに気づきまいて」

「七玉……」

その名はむろん知っていた。代々神山藩の世子たる者が所持する重宝である。呼び名の通り、玉でつくられた硯で、表面から発する光沢が七色に輝いて見えるため名づけられたと聞く。本来なら、廃嫡されたおり又次郎にゆずるべきものだが、父・山城守としてもさすがに忍びなかったのだろう。そのまま右京の手もとに留めおいたと見える。

「それで」織部正は吐息をついて、佐倉の面を見つめた。「いま申されたこと、いかがつながるとお考えですかな」

「右京さまが亡くなられたは」けわしい眼光をたたえて、男が唇をひらく。「毒を盛られたためではないかと」

「――毒」

ことさら平板な調子でかえす。佐倉がうなずいて、声をひそめた。

「硯のかわりに、見覚えなき螺鈿《らでん》づくりの小箱が残っておりました」

なかみは空だったが、かすかに甘い匂いがただよっていたという。

「つまり、隙を見て硯を盗んだうえ、持ち来たった毒菓子などを勧め参らせ……というようなことでござろうか」

問いかけると、わが意を得たりというように佐倉が身を乗りだす。昂奮《こうふん》した口ぶりで言い放った。

「おそれながら右京さまのお命と七玉の硯、ともに入り用な御仁は限られておりましょう」

織部正はことばを返すことなく、腕を組んだ。互いに考えをめぐらすような間が空き、静けさのなかに秋蟬の啼き声が忍び入ってくる。庭のほうから流れこむ微風にも、木犀の香りがまじっていた。刺すほどにつよい佐倉の視線を眉間のあたりに感じる。

「……お話はたしかに承った」

ややあって、そう応えると、佐倉が勇躍した風情で腰を浮かした。そのまま、しびれを切らしたように言い放つ。

「して、かの者の人相でござるが」

「――が、その件は、口外を控えられるべきかと存ずる」

織部正は重々しい口調でさえぎる。眉を寄せた相手へ、押しかぶせるようにつづけた。「軽々しき振る舞いは、貴殿自身のためにならぬ」

微笑さえたたえて、目のまえの顔を見つめる。佐倉が唇のあたりをぴくりと震わせた。織部正は詰め寄るふうに上体を寄せ、眼光に力を籠める。相手がぐっと息を呑むのが分かった。

やがて佐倉が観念したように視線を逸らす。無念げな声が、肚の底からこぼれ出た。

「……世人の噂はどうあれ、よもやと思うておりました」

それにはとりあわず、お送りせよ、と声をあげる。次の間につづく襖が開き、圭蔵が姿をあらわした。虚脱したように立ち上がる佐倉を、玄関さきへ先導する。

差しこむ日ざしが、いつの間にか傾きはじめている。待つほどもなく戻ってきた圭蔵が、庭に背を向け、あふれるような光のなかに腰を下ろした。不服げな色が、面にはっきりと塗られている。織部正は、素知らぬ体で告げた。

「いまの男に見張りをつけておけ」

圭蔵が瞳を見開き、背すじを強張らせる。念を押すような口調でいった。

「見張りでございますか」

「そうだ。みだりに妄言《もうげん》を広められては困る」

妄言、と喉の奥で圭蔵が呻く。つよい西日が、たくましい横顔をまぶしく照らしだしていた。が、眉をひそめているのは、そのためばかりではないだろう。

「出過ぎた言いようとは承知しておりますが」ようやくあげた声にも憤るような色がふくまれている。「なおざりにしてよい話とは思えませぬ」

織部正は、はっきりとかぶりを振った。

「なればこそ、取り上げるわけには参らぬ」

「――漆原どのをお守りするためでございますか」

無言のまま、圭蔵の面を覗きこんだ。厚い肩のうしろで、庭の萩が茜色に染まっている。

佐倉が口にした右京のいのちと硯云々《うんぬん》が、漆原一党を指すことは分かっていた。織部正は唇もとに苦笑をきざむ。

「益体《やくたい》もないこと。すでに、又次郎さまのご家督さだまって久しい。まことに畏れ多きことながら、右京さまのお命や硯などなくとも、かの御仁の天下は小揺るぎもせぬ」

言い捨てて相手の姿を見据える。圭蔵が思いのほか激しい声をあげた。

「漆原さまも、はや六十なかば。いかにご壮健であろうと、先は見えておりまする。

小さな石でも、積み重なれば足もとが危うい。今のうちに取り除かんとしても、ふしぎはございませぬ」

「控えよ」織部正は厳しい声で制する。「仮に右京さまが毒を盛られたとして、端から漆原さまの差し金と見るは、目付のお役にあるまじきこと」

圭蔵がはっとなって身をすくめる。手をつき、うなだれるように肩を落とした。

「まことにご無礼いたしました……されど」

そこまでいって口をつぐむ。ややあって、切れ切れにことばを洩らした。

「口惜《くちお》しゅうございます――と、殿が」

「漆原の走狗《そうく》と呼ばれていることか」

自分でもはっきり分かるほど落ちついた声になっていた。圭蔵が上げかけた面を伏せ、膝を握りしめる。拳がふるふると揺れていた。「それはあまりとして、懐刀などと申すものは数知れず」

「そちらの方がまだよいな」

おどけた口調で返したが、圭蔵は面もちを固くするだけだった。

いま言われたようなことは、むろん承知している。そうした評判を決定づけたのは、五年まえ、御納戸頭の小木曾《こぎそ》靫負《ゆきえ》を御家断絶に処した折だろう。長年にわたり城下の豪商から金品を受けとっていた男だが、かねて反漆原を標榜《ひょうぼう》していた人物でもあった。いわば黛党の一翼とも成り得たのである。

織部正はそれを承知で断をくだした。じっさい小木曾が消えたことで黛の勢威はおおきく失墜し、いずれはという声もあった長兄の筆頭家老就任も、それ以来、沙汰やみとなったままである。

「このようなことお耳に入れるは憚りあれど」圭蔵が意を決したように面をあげる。「いずれ兄上さまを廃して家老の座に直る腹づもり、など心なき妄言を申すものまで」

「今日はどこもかしこも妄言だらけじゃの」

もう一度、戯《ざ》れ言《ごと》めかしてつぶやいたものの、相手の表情は強張ったままだった。織部正は、そのまま、ひとりごつようにささやく。

「三男坊の味噌っかす」

いぶかしげな眼差しを浮かべる相手にかまわず、語を継いだ。「おれもおまえも、そう見られてきた」

圭蔵が眉をひそめたまま、うなずきだけを返してくる。織部正は、真っ向からその瞳を見据えた。

「そのふたりが家老と側近なら、わるくない話だろう」

圭蔵が、耐え切れぬとでもいうふうに目を逸らす。朱をふくんだ光が精悍な相貌を照らしだした。

織部正は、その横顔を見るともなく見つめていた。ともに過ごした刻《とき》のながさが、今さらのように胸中をよぎる。喜びとも痛みともつかぬものが湧き上がってくるように感じたが、それが何か確かめる間もなく消えていった。

四

藩主・山城守正経は、顎のたるんだ顔を物憂げに伏せながら、調べ書に目を通している。〈仕置帖《しおきちょう》〉と呼ばれる目付すじの記録で、右京正就の死について織部正が探索の結果を記したものだった。すでにおおよそのことは伝えてあるが、この帳面を藩侯の供覧に呈して、はじめて落着となる。そば近くに坐す漆原内記と小姓以外には余人の姿もなく、二十畳敷きの広間はやけにがらんとしていた。

「おそれながら肝ノ臓、甚だお弱りなされて候……」

山城守は声にして一節を読み上げると、ふう、と息をこぼして調べ書を内記のほうに差し出した。膝行《しっこう》した老人が帳面を受けとり、くだんの箇所に目を落とす。満足げにうなずくと、手を伸ばして織部正に返してきた。

「お役目、ご苦労に存ずる。文書蔵へ収めておかれるがよろしかろう」

織部正は容儀を正して腰を折ると、おしいただいた帳面を懐におさめた。

「……嫌なところが似るものじゃ」

山城守がつぶやくようにいった。五十なかばとなった藩侯自身、肝の臓の具合がよくないと聞いている。たしかにいまも、はっきり目につくほど額や頬が黄みがかっていた。

「殿はますますご壮健におわしましょう」

漆原が野太い声で告げたが、山城守は気弱げな微笑を浮かべるだけだった。

「織部はいくつになったか」

ふいに藩侯が問うた。つかのま唐突さに戸惑ったが、心もちは分かる気がする。右京の件から話柄を逸らしたいのだろう。こちらも、ごくさりげない口調でこたえる。

「三十をひとつ出ましてございます」

「あっぱれ丈夫《じょうふ》となったの……清左もさぞ喜ぶであろう」

恐れ入ります、と発した声に、山城守のつぶやきが重なる。「生きておれば」

上目遣いにうかがった藩侯の瞳が、うるんだように揺れていた。いま山城守がいったのは、むろん十年以前にみまかった父のことである。かねて覚悟していた通り、あの翌年に世を去った。

織部正に事寄せてはいるが、右京正就を思いだしたに違いない。洩れ聞くところによると、ここしばらくは食事もろくに摂らず、臥す日が増えているらしい。妾腹の次男を溺愛した結果うまれた渦に、今さらながら恐れをなしているのかもしれなかった。

「――ご無礼つかまつりまする」

よく透る声が座に流れたかと思うと、藍色の肩衣をまとった武士が、かたわらに腰をおろす。

長兄の黛清左衛門だった。かつては栄之丞を名のっていたが、亡父のあとを継ぎ、次席家老の座についている。織部正より六つ齢上だが、涼やかな面ざしは若いころとかわらぬ。むしろわずかに恰幅がよくなった分、より人目を惹く風姿となっていた。

織部正は黙礼して膝を起こそうとしたが、

「まだよかろう」

山城守が大仰な身振りで手をあげ、引きとめる。あるいは、気をきかせて清左衛門を呼び出したのかもしれぬが、兄とは、役向き以外でことばを交わさぬようになって久しかった。

清左衛門も気まずげに黙りこみ、織部正と内記をかわるがわる見やっている。ややあって観念したらしく、役儀のことについて語りはじめた。

刈り入れはこれからだが、おおよその見込みは立っている。清左衛門は居住まいをただすと、予想される収穫高や各村の様子について述べはじめた。帳面を広げてはいるものの、いちども目を落とそうとしない。すべて頭に入っているらしかった。

「ゆえに、おおむね案ずべきところはないと思われまするが、ただ一点」

杉川の上流にある平九郎堤《へいくろうづつみ》が先月の台風で決壊し、あたりの村々に大きな被害が出ている。一刻もはやく修繕すべきと愚考つかまつりまする、といって締めくくった。

最後に結論めいたことを付けくわえたのは、報告が山城守の耳を素通りしていると分かっているからだろう。藩侯は、大儀であった、と微笑をたたえると、

「ところで、本日は言い渡すことがある」

こころもち背すじを伸ばして告げた。織部正と清左衛門が、そろって一礼する。が、右京の話はおわったばかりである。ほかに思い当たることはなかった。

山城守はことさら咳ばらいをもらすと、かすかにいたずらっぽい表情を浮かべた。おぼえず首を傾げたところへ、

「黒沢織部正――」

めずらしく、いかめしげな声が投げられる。

「はっ」

みじかく応え、上畳《あげだたみ》をうかがった。山城守はにこやかな面もちとなって、ひといきに発する。

「つね日ごろの精励にくわえ、こたびのはたらき、まことに大儀」唾を呑んだらし

く、皺の多い喉が大きく揺れた。「ゆえに今般、大目付のお役に任ずるものである」

　肚の奥から声が洩れそうになった。大目付は黒沢の家職だが、義父が隠居した七年まえからは、漆原の親類すじにあたる人物がお役に就いている。十三年前のいきさつからして、おのれに回ってくるのか否かも定かではなかった。

「おどろいたかの」

　漆原内記が愉快げにいった。そちらへ面を向けて首肯《しゆこう》する。

「黒沢の父がお役をたまわったのも、ようよう三十なかばと聞いておりますれば」

「さはいえ、引けは取るまい」藩侯が機嫌のよい声をあげ、長兄のほうに目をやった。「――のう清左」

「いかにもと存じまする」

　事前に話を聞いていた様子はなかったが、長兄はおどろく気配も見せず、淡々とうなずき返した。そのまま、唇もとに皮肉めいた笑みを刻んでつぶやく。

「漆原どのも、さぞ心強う思し召しておられましょう」

　内記が鼻白んだような表情になって眉を寄せた。織部正はゆっくりとこうべを動かし、兄の面を差し覗く。いくぶん茶色がかった瞳が、しずかに、だがしっかりとおのれを捉えていた。

　織部正は無言のまま、清左衛門の姿を見つめつづける。藩侯が落ち着かなげに上体を揺らしたが、剣を抜いて正対してでもいるように、兄から視線を逸らすことができなかった。

静寂が広がるなかに、椋鳥のものらしい啼き声がまじる。秋めいた大気に、どこかひややかなものがふくまれていた。夜になれば、寒さすら覚えるかもしれない。

畳に差す日ざしが、か細く震えているように見える。いつの間にかずいぶん遠いところへ来たな、と思った。

襲撃

一

織部正は編笠の陰から古びた店がまえを見つめた。立ち寄るのは久しぶりのことで、今年に入ってからは、はじめてだったろう。気になりながらも役目の多忙さにかまけて足を運べずにいた。

が、店のたたずまいには、とくに異なるところも見受けられない。建てつけのわるい戸口はそのままだし、藍色の暖簾も変わることなく夜の風に吹かれていた。

その暖簾を搔きあげると、片隅に染め抜かれた文字が目に入る。おのれの眉がかすかにゆがむのが分かった。幾度おとずれても、この暖簾をくぐるときの痛みが消えることはないが、間が空いたのでなおさら強く感じたのだろう。

背中を押されるようにして指先を戸にかける。力を入れると、軋むような音とともに視界がひろがっていった。

魚が焼ける匂いと酒の香が入りまじり、全身をつつむ。入ってすぐのところにある卓では、職人風の男たちが、うかがうふうな眼差しでこちらを見上げていた。

編笠を脱ぐと、はずむような足どりで少年がひとり駆け寄ってくる。

「いらっしゃい」

いいながら、奥の小上がりを目でしめした。うなずいて、まじまじと少年を見つめる。

「背が伸びたな」

「でも、三吉《さんきち》はもっとでかいんだ」

むろん会ったことはないが、同い年の友垣だと聞いた覚えがある。悔しげにぼやく頭に手を置き、ひとりごとめかしてつぶやいた。

「あと何年かは伸びるだろう」

うれしげに顔をほころばせて板場へもどっていく少年と入れ替わりに、すっきりと痩せた女が突き出しと猪口を持ってあらわれる。小上がりに腰を下ろした織部正を見て、案じ顔になった。

「すこしお痩せになりましたね」

「肥《ふと》る暇もなくてな」

いいんだか悪いんだか、と笑いながら、おときが向かい合わせに座って天之河を注いだ。ひさしぶりに呑む酒が、じっくりと熱く喉を灼《や》く。

そういうおときも頰にすこし肉がついた程度で、躯つきに変わったところはうかがえない。こちらも肥る暇のない類なのだろう。

「お忙しいのに、月々のものはちゃんと届けていただいて」

あらたまった口調で告げながら、女がふかぶかと頭を下げた。おのれが来られないときは、近習の向井大治郎に託している。くわしい事情は知らせていないから、さぞ不審に思っているだろうが、いやな顔ひとつせず使いを果たしていた。

「わずかばかりのことだ」

それは本当のところで、織部正がおときに届けている金は、年に三両というところである。女中の給金とほぼ同じだから、母子ふたりがそれだけで食っていけるわけもないが、女がその額を望んだのだった。

「鐚一文《びたいちもん》もらってたまるか、って言いたい気もあるんだけどね」もう十年以上まえになるが、当時まだ新三郎と名のっていた織部正にむかって、おときは苦笑まじりにそういったのだった。

「子どもを飢えさせるような意地なんて、ないほうがいいのさ」

とりあえずそれくらいあれば、残りは稼げるだろうという目算らしい。頑なではない意地の立て方が、この女らしいと思った。

あれからほどなくして壮十郎との子を生んだおときは、そのままこの一膳飯屋ではたらいていたが、年を取り動けなくなった親爺から店をゆずられ、その後もどうにか切り盛りしている。壮太《そうた》と名づけられた少年は、時おりあらわれる織部正になついていたが、せいぜい五十石程度の身上《しんしょう》だと思っているらしい。じつの叔父であるとは明かしていないし、父がだれなのかも伝えていなかった。それを決めたのは、おときである。

「なんでも正直に話すのがいいとは限らないって」

すべてを告げれば、壮十郎の最期にも触れざるを得なくなる、ということだろう。兄が切腹してから半年以上、織部正は抜け殻のようになっていた。この店をおとずれたのは、翌年になってからのことである。店に入っていきなり目に飛びこんできたのが、赤子を抱えてはたらくおときの姿だった。

罵られても泣かれても弁解じみた真似だけはすまい、と思いさだめて出向いたのだが、そうしたことは起こらなかった。実の兄を死に追いやった男として、黒沢新三郎の名は城下に知れ渡っていたから、耳にしていないはずはない。が、おときはひとことも触れなかったのである。織部正はそのとき意を決して、ほそぼそとでも母子を見守っていたいと伝えたのだった。

「ああ、そうだ」なにごとか思い出したらしく、おときが少し声をひそめた。「このたびは、おめでとうございます」

ますます肥れなくなりますね、といって笑った。むろん、大目付就任のことだろう。

「耳が早いな」

そう応えたものの、意外ではなかった。柳町には武家も数多出入りしているし、店同士のつながりもあって、家中の噂ばなしがおどろくほど洩れてくる。酒と女を目のまえにすると、だれでも訳知り顔にあれこれ語りたくなるものらしかった。

「みな、どう言っている」

聞いてはみたが、実のところさほど関心があるわけでもない。ただの世間話だった。おときもそこは分かっているらしく、いたずらっぽい笑みを浮かべながら、ささやいてくる。

「いよいよ鞘なし織部が大目付か、桑原桑原ですとさ」

苦笑しそうになって、声を嚙み殺す。鞘なしというのはいつの間にかつけられた渾名《あだな》で、納刀するときおのれの鞘まで斬ってしまうほど鋭いという意味らしい。いつも抜き身を下げているような男ということだった。

そうした評判には、やはり小木曾放逐の件が大きく影響しているのだろう。実家の不利もかえりみず不正をあばいた良吏、と賞する声はわずかで、恐れ憚るような目を向けられることが増えた。じっさい、目付のお役に就いてから取り潰した家は十軒を超える。鞘なしの名も的外れというわけではない。

一方で漆原の走狗だの懐刀だのと呼ばれることも多くなった。どうもろくな渾名がない、と失笑したくもなるが、われながら不思議なほど、そうした声は気にならぬ。唐《から》の聖天子でさえ、民草《たみくさ》からはさぞ言いたいことを言われていたに違いない。まして兄殺しのおれが、というわけだった。

しばし無言となって、盃をかさねる。おときも黙ったまま、天之河を注ぎつづけた。甘さのなかに苦みのまじった舌ざわりは、少年だったころ、はじめてこの店で呑んだときから変わらないように思える。

「これ、どうぞ」

板場から出てきた壮太が、卓の上に小鉢を置く。ねぎのぬた和えだった。甘く酸い香りが鼻腔をくすぐる。さっそく口にふくんでみると、ねぎの青さと酢味噌《すみそ》の豊かさがたくみに絡み合い、とろけるような風味が生まれていた。

「うまい」

溜め息まじりの言葉が、とっさに口を突いて出る。壮太が、ぱっと面をかがやかせた。

「おれが作ったんだ」

少年が誇らしげに告げる。ほう、と洩らした声に感嘆の響きを聞き取ったのだろう、無邪気に顔をほころばせた。

――小兄上とおなじ笑みだ。

あたたかさと苦みの混じりあった思いに全身が浸される。壮太は得意げな面もちとなって、おときににじり寄った。

「約束だぜ」

「分かってるよ」

いなすように笑う横顔を見ながら首をかしげていると、

「いえ、新三郎さまが気にいったら、店の献立にくわえてくれと申しましてね」

おときがくすぐったげにいった。こちらも笑って、

「では、次からも全部うまいと言わねばな」

というと、少年が面映げに首すじを掻きながら板場へもどってゆく。齢のわりに肩幅の広い後ろ姿を見送って、

「今日はそろそろ引き上げるとしよう」

おもむろに腰をあげた。隠居した舅が、近ごろ臥せりがちになっている。そのことが、いつもどこかしら気にかかっているのだった。

おときも引き留めはしない。うなずいて、そのまま戸口まで送ってきた。壮太は板場でなにか作っているらしく、またどうぞ、と威勢のいい声だけをかけてくる。

「つぎにお見えのときは、もう少し肥えてきてくださいまし」

「お互いにな」

軽口を交わしながら表に出る。おときは大門のところまで行くといったが、

「冷えるゆえ、よい」

やわらかくしりぞけ、戸を閉めた。こうべを下げた女の姿が、瞼の底に残る。

じっさい、秋のはじめにしては思いのほか夜気がつめたくなっている。織部正は溟《くら》い虚空を見つめながら、指さきで摘まんだ暖簾の隅に目をやった。

まださほど古びてはいない藍色の布に、

〈壮〉

という字が白く染め抜かれている。いまは、これが店の名まえなのだった。おとずれた時に覚えた痛みが、今だけは懐かしさのようなものに変わっている。おときや壮太がすこやかであるさまを目にしたためかもしれなかった。

懐手になって爪先を踏みだす。行き交う酔客のなかにも、背をちぢめ掌に息を吹きかけながら歩く姿が目についた。

「…………」

大門のほうへ十歩ほど進んだところで足を止めた。さりげなく大刀に手を伸ばし、編笠の下からあたりへ眼差しを走らせる。

何者かがおのれを見つめているような心もちに襲われたのだった。油断なく視線を巡らし、道ゆく人々や柳並木の後ろをくまなく窺う。が、それらしき影は目につかなかった。

——気のせいか。

と思いかけ、かぶりを振る。気のせいというものはない、と舅に教えられてきた。感じたことには必ず訳がある、というのが、いまは全楽と号する義父の言いようである。

とはいえ、どれほど注意を張り巡らしても、やはり目に留まるものはない。いつまでも花街の大道でたたずんでいるわけにもいかなかった。

振り向いて、小さくなった〈壮〉の戸口に目をやる。町の灯にぼんやり浮かぶ暖簾を見つめると、織部正は吐息をついてふたたび歩きはじめた。

二

床の上に身を起こした舅は、織部正が差しだした重湯の椀を受けとると、ゆっくり口もとにはこんだ。が、ひとくち啜ったかと思うと、かたわらの盆にもどしてしまう。

「――すまんな」

わびる声も弱々しくかすれていた。父の背を支えるりくが、いたましげに面を伏せる。

おじじさま、と声を発したのは、足もとに控える新三郎だった。

「もう召し上がらぬのですか」

五つになる妹の鈴がじっとしていられず、立ち上がりそうになるのを押さえながら、祖父に案じ顔を向けている。

織部正はなだめるような視線を息子にそそぐと、

「お口にできる分だけでよろしいかと存じまする」

さりげない口調で義父にささやく。うなずきかえす動作も大儀げだった。

開け放たれた障子の向こうから、秋の日ざしがこぼれ入ってくる。庭先では、義父の丹精した萩が白い花弁を陽光にさらしていた。どこからか耳障りな啼き声を響かせているのは、小啄木鳥《こげら》だろう。夕方近くなると冷気がつのるものの、義父の望みもあり、日中はなるべく障子戸を開けるようにしていた。

舅は今年のはじめごろから床につく日が増え、秋の深まりへ歩調を合わせるかのように病勢がつのっていた。もともと痩せていた軀から脂や水気が失せ、蟬の抜け殻かなにかのごとく見える。医師の診立てでは、はっきりどこが悪いというわけではないものの、ただの暑気あたりなどでないことは誰の目にもあきらかだった。

織部正も刻をつくっては義父の病間へ足をはこぶ。今日のように妻子をともなう折が多かったが、ひとりで訪れることもある。眠っているときは、しばらく寝顔を見て引きあげるだけだが、それでいっこうにかまわなかった。ほの白い光に浮き上がる面ざしを見つめていると、ふしぎと心もちが鎮まってくる。おのれのためにしていることなのかもしれなかった。

ときに獰悪《どうあく》とも見えた風貌から日に日に険しいものが抜け、皺ばんだ肌が透きとおってくる。そのさまを見つめていると、

——遠からず、いなくなるのだな。

はっきりした予感のようなものを抱いた。悲壮さは薄かったが、それは血がつながらぬからというわけではない気がする。実父よりもむしろ舅と接した刻のほうがながく、濃いものだったと思える。この老人の背を追うことで、おのれはどうにか人がましくなってきたのだった。

それでいて痛みのようなものが強くないのは、義父がすでに生への執着を手放しているからだろう。庭の花がある時はらりと散るごとく、すでに役目は終えたとでも言いたげな静けさが全身を覆っていた。

「…………」

なにごとか舅がささやき、りくがかわいた唇に耳を近づける。織部正には空気が抜けるような音しか聞こえなかったが、妻ははっきりとうなずき返していた。父の背に手を添えると、そろそろと横たえ、夜具をかける。枕に頭を乗せた瞬間、舅が胸の浅いところで息をついた。

「すこし休むと申されました」

夫の目を見ながら告げる。それがいいだろう、といって子どもたちを立たせようとすると、

「旦那さまは残るように仰せです」

りくがためらいがちに続けた。鈴が、

「ちちうえだけずるい」

と声をあげたが、新三郎ににらまれて口をつぐむ。本音は退屈していたところだろうから、それ以上不平をいうこともなく、兄に手を引かれて出ていった。立ち去りぎわ向けたりくの眼差しが不安げなのに気づき、だいじょうぶだというふうに首肯してみせる。

妻子の足音が遠ざかってゆくと、にわかに静寂がひろがっていった。木々が微風にそよぐ音まで、はっきりと耳朶を打つ。庭の隅で咲く鶏頭の赤さに目を奪われかけたが、

「……引き留めてしもうたの」

思いのほか力強い声に引きずられ、面を向けた。

半眼になった舅がこちらを見上げている。かすかに唇もとがねじれていた。笑っているつもりらしいが、かえって悪相になるのは元気なころと変わらぬ。

「今日はさして急ぐ用もありませぬゆえ、大事ございませぬ」

しずかに返すと、

「新三郎」

とつぜん野太い声が発せられる。いきなりのことに戸惑っていると、

「呆けたわけではないぞ、さよう呼びたくなったまでじゃ」

いたずらっぽい口調で告げた。

おもわず笑みをたたえながら、膝をすすめる。舅の目が、いつのまにかはっきりと開いていた。やわらかな日ざしが、ふかく黒い瞳を照らしだし、老いた猫のように見える。しろく粉を吹いた唇がひらくと、わずかに喘《あえ》ぎまじりの声が洩れた。

「いまでも覚えておる」

なんのことか分からなかったが、無言のまま、促すふうに顎を引いた。舅がうなずいて、つづける。

「花見のおり――」

そのことばを耳にした瞬間、織部正の総身が動きをとめた。脳裡には、すでにいちめん桃色の天蓋が広がっている。見澄ましたかのように、舅が語を継いだ。

「そなただけが、真白《ましろ》に見えた」

荒い波が背すじを走りぬけてゆく。一瞬だけ、息がとまった。

いま口にしたのは、十七歳の春、鹿ノ子堤で漆原一党に遭遇した折のことだろう。あのとき義父は姿をあらわさなかったが、じき着くはずだと聞いた覚えはあった。近くまで来たところで騒ぎを望見したのかもしれぬ。

「真白……」

意味はつかめなかったが、噛みしめるように繰りかえした。枕に頭をあずけたまま、そうだ、と舅がつぶやく。遠くを見るふうな目になっていた。

「洗うて日に晒《さら》した布のようであったな。ほかの者には、すでに何かしら色があったが、そなただけなかった」

「空っぽだったということでございましょう」

韜晦《とうかい》まじりに苦笑すると、病人のものとも思えぬつよい声がひびく。

「空っぽでいられる者など、そうはおらぬ」

どこか懸命な色をたたえて、こちらを見据えてくる。隠居してから初めて見るような眼光のするどさは、息苦しささえ覚えるほどだった。

「……それでわたくしを」

たしかめるようにいうと、

「さよう」

染めてみたくなった、といって驚くほど楽しげに笑った。

「そなたを迎えたことは微塵も悔いておらぬが」つかれをおぼえてきたのか、義父の声がはっきりと揺れる。止めるべきかと思ったが、ことばが出てこなかった。舅の唇が動くのを、そこだけべつの生きものでもあるかのように、ただ見つめている。

「もし壮十郎をもろうていたら、その後のさまざまはなかったやもしれぬと……近ごろそのようなことを思いもする」

なにかをえらぶとは酷《むご》いものじゃ、とひとりごち、胸の奥から重い息を吐きだした。

そのことは、一再ならずおのれも考えた覚えがある。とはいえ、次兄の死が義父のせいであるわけもなかった。そこにあるのは、解きがたく絡みあった不幸というものである。

舅もそのようなことは分かっているに違いない。それでいて、いのちの果てが近づくにつれ、もしかすると、が脳裡をよぎってしまうのだろう。

行き場のない思いをやり過ごすように、庭へおもてを向けた。黄昏《たそがれ》を孕みはじめた陽光が、萩の花弁をほの赤く染めている。その色が目に滲み入るほどあざやかだった。

かたわらで舅が呻き声を洩らす。振り向くより早く、

「漆原の走狗」

いって、笑みらしきものを唇もとに刻んだ。「それもよかろう……つぎは、あの御仁に染めてもらうか」

「恐れ入りまする」背すじを伸ばし、あらためて低頭する。空気が抜けるような音を立てて、舅が笑声をこぼした。わずかながら部屋のなかが冷えてきたように感じる。そろそろ障子を閉めたほうがよさそうだ、と思った。縁側にむかって腰をあげようとする。

ふいに痩せた指がのび、拳をつかまれた。

はっと顔を向けると、舅が枯れ枝のごとき腕をのばしている。庭の隅で山鳥の飛び立つ音が聞こえた。やはり小啄木鳥だろうが、姿までは見えない。

「新三郎――」

かすれた声が、いま一度ひびく。「渡しておきたいものがある」

掌をあずけたまま、老人の面を見つめた。乾ききった肌が流れ入る日ざしに照らされ、老木のごとく見える。おのれに向けられた瞳は、齢を経た獣のように深く淡かっ

た。

するうち、舅の眼差しがおもむろに動き、部屋の隅を示した。視線をたどると、文机の脇に漆塗りの小箱が置かれている。問うような目を向けると、舅がそっとうなずいてみせた。

三

「お若い方が増えると、胸が躍りますな」

齢のわりに色艶のよい頬をゆるめて、尾木将監がいった。

「いかさま」

漆原内記が鷹揚にこたえる。それを確かめた上で、海老塚播磨が同意というふうに顎を引いた。

「若輩者なれば、くれぐれもお導きを」

織部正は畳に手をつき、ふかぶかと一礼した。執政たちが思い思いにうなずきかえしたが、兄だけは眉ひとつ動かさない。

神山藩では、大目付に執政会議への参加がみとめられている。藩祖・玄龍公がさだめたもので、もともと大目付だった黒沢家へ藩主家から養子が入ったことをきっかけにしていると聞く。密室の談合となりがちな場を掣肘《せいちゅう》する意図だろう。とはいえ家老ではないから政《まつりごと》を左右する権限は持たず、立ち会いの意味がつよい。

「まずは堤の件についてじゃ」

ひとつ咳ばらいをすると、内記が帳面に目を落としながら告げる。

「修繕を急がねばなりませぬが、費《つい》えが足りませぬ。一刻も早うお回しいただきたい」

清左衛門が即座に応えた。

領内を貫流している杉川は開幕当初しばしば氾濫を起こしたが、鹿ノ子堤が築かれてのち、城下の被害は目に見えて少なくなっていた。が、今年は上流の平九郎堤が夏の台風でやぶれ、流域の村々が濁流に呑まれている。治水は長兄の職掌であり、こたびも普請奉行の上に立って修築をすすめていた。

海老塚播磨が膝を叩き、苦々しげに顔をしかめる。

「村々から火急の取り立てをおこなうしかござるまい」

「否」長兄が厳しい声を発する。「収穫がふいになったところもあり、むしろ年貢の減免こそ欠かせぬと存じまする」

たちまち渋い表情となった海老塚が、鼻を鳴らす。

「堤の補修に、少なく見ても五万両はかかり申す。そのうえ年貢まで減免しておっては、来年の政が立ちゆきませぬ」

「百姓がつぶれても政は立ちゆかぬ」

清左衛門がすげなく言い放つ。海老塚は内記の引き立てによって勘定奉行から家老へ抜擢《ばってき》された人物で、藩の財政を一手に握っている。もともと吝《しわ》いたちだったと聞くが、役目がら拍車がかかったというところだろう。一文たりとも余計に出したくないという心もちが、脂の多い頬にありありと浮かんでいた。

ふたりの遣り取りをうかがっていた内記が、ことばを投げる。

「――三分ほど減らしてはどうじゃ。いくらかでも少なくなれば、百姓衆の気もまぎれよう」

「三分……」

期せずして、長兄と海老塚の声がそろう。たがいにとって満足のいく方途ではなかったろうが、それならやむを得ぬという空気が滲んでもいた。

堤の件は、そこまでとなったらしい、清左衛門が気を取りなおした体で、つぎの話柄を持ち出す。年来の懸案となっている藩校創設に関することだった。内記もその件は承知しているらしく、他藩の例をいま少し調べるよう尾木将監に指図する。

織部正は、はじめて臨む執政会議のさまを、外国《とつくに》のようすでも目にする思いで見つめていた。筆頭家老の座について十年あまり、漆原内記は藩の政をことごとく掌握しているらしい。

——父も、かようにして国を取り仕切っておったのだろうか。

つかのま、もの思いにとらわれていると、

「——織部どの」

呼びかけられ、おぼえず肩が跳ねた。声のしたほうへ面を向けると、内記が赤ら顔に笑みをたたえ、厚い唇をひらいている。

「いかがじゃ、ここまで何か申されることはござらぬか」

監察の立場から発言せよということらしい。こちらの器量をはかるつもりもあるのだろう、さりげない口調ではあるが、瞳の奥がするどく輝いていた。織部正は、いくばくかの間をおいて声を発する。

「……ご執政方の遣り取りを間近で拝し、当家の行くすえも安泰と、こころを強ういたしまいた」

当たり障りのない世辞と取られたらしく、家老たちはとくべつ注意をはらうでもなく、かたちだけ耳をかたむけていた。ふと生じた静寂のなかに秋蟬の啼き声がまぎれこむ。織部正はその音へかぶせるようにしていった。

「又次郎さまのご婚礼とどこおりなく相済みましたなら、家中の者ども、さらに安堵いたすでござろう」

世子となった又次郎には、本藩から正室を迎える話が進んでいた。日の本有数の大藩である本家から嫁を取れば、その権威は弥《いや》が上《うえ》にも高まるだろう。

内記が満足げな声を洩らす。

「さよう、来春には輿入れの運びとなろう」

「そは重畳」

すかさず海老塚がいった。尾木将監も、賛意をあらわすように幾度となくうなずいてみせる。

「――されば、かの噂、無根であることをはっきり家中に示さねばなりませぬな」

ふいに冷ややかな声が投げられる。はっとして仰ぐと、清左衛門が端然とした居住まいを崩さぬまま、一座を見渡していた。

「噂とは何ごとでござろう。それがしは、とんと存ぜぬのだが」

内記が重々しい声を響かせる。さきほどの笑みは、とうに消えていた。海老塚があわてた風情で腰を浮かせ、将監はにわかに瞼を閉じて、腕を組む。長兄はかすかに唇の端をあげると、斬りつけるような口調で告げた。

「右京さまご他界にまつわる話でござる」

「ほう」

筆頭家老の頬がぴくりと震えた。風がそよいだらしく、窓の向こうから葉ずれの音が聞こえてくる。乾いた草の匂いが大気に混じっていた。清左衛門がおもむろに膝をすすめる。

「それによると、かの御方がみまかられたは――」

「その件につきまして」

池の面へつぶてを投じるようにして、織部正がいった。長兄もふくめ、満座の目がこちらにそそがれる。

右京毒殺の噂が城下に広がりはじめていることは聞いていた。側仕えだった佐倉新兵衛はすでに国もとを離れているから、かの者が喧伝《けんでん》しているとも思われない。廃嫡された世子への同情があらぬ憶測を生んでいるのかもしれなかった。織部正は座につらなる面々を見渡し、唇をひらく。

「大目付として申し上げますれば、いささかの不審もござらぬ」ことさら平坦な声を発し、清左衛門のほうに向きなおる。「いかな噂がありましたとて、ことごとく妄説というべきでござろう」

「……妄説な」

皮肉げな笑みをたたえたまま、長兄がつぶやく。その眼光はどこまでも鋭く、肺腑《はいふ》に突き立つようだった。織部正も、眼差しを逸らすことなく向かい合う。将監や海老塚が、息を詰めてこちらをうかがっていた。

ややあって、清左衛門がひとことずつ確かめるように語を継ぐ。

「相違ないか」

「ご念におよばず」

ひくい声で応えると、長兄が鼻白むような吐息を洩らした。内記がわずかに面を伏せ、ほくそ笑むように唇もとをゆるめる。啼きやんでいた秋蟬の声がふたたびあたりを震わせ、やけにつよく耳を打った。

四

織部正の下城がいつになく遅い時刻となったのは、それから数日後のことである。秋の日はとうに暮れ、肌寒さを孕んだ夜気が忍び寄っていた。

向井大治郎の掲げる灯火に先導され、石畳を歩く。圭蔵は先に帰していた。長男が風邪をひき、高い熱を出していると聞く。下城までお待ちいたしますと言い張るのを、強いて帰宅させたのだった。

大治郎が時おり不安げに振りかえってくるから、よほどむずかしい顔をしているらしい。ふたりとも黙って歩くうち、三の丸に入って重臣屋敷の立ち並ぶ一郭に近づいていた。

下城が遅れたのは、藩侯に呼ばれたためである。どこで聞きつけたのか、右京の死にまつわる噂について尋ねられたのだった。

「毒を盛られたなどと申すものがおるとか……」

顔を強張らせ、縋りつかんばかりにして声を震わせる。なにかに怯えているかのようだった。

「先だってご上覧に供しました調べ書の通りでございます。断じてさようなことは」

きっぱりと告げたが、たやすくは安堵できぬらしい。いささか度をうしなっており、蔵におさめられた調べ書を今いちど持てとまで言い張る。蔵の番はすでに下城した時刻でもあり、辛抱づよく宥《なだ》めた。おりうの方からお出ましを乞う使いがあらわれたため、ようやく解放されたが、このぶんでは、近いうちまた呼ばれることになろう。

家中に少しずつ、くだんの噂が広まりつつあると見てよい。又次郎の婚儀をひかえ、いらざる動揺は望ましくない。漆原内記としては、小さな火のうちに消しておきたいところだろう。その役目をになうとすれば、大目付たるおのれということになるはずだった。

思いにふけっていた織部正の足がぴたりと止まる。大治郎が、おそるおそるという体で振りかえった。若者の動きを目で制し、夜の奥をうかがう。

次の瞬間、大治郎の口から、驚きと恐怖の混じりあった叫びが闇のなかに響きわたった。

路地から飛びだした編笠の武士が若者のかたわらをすり抜け、織部正めがけて駆け寄ってくる。月光のかがやきをはじいたのは、剝き出しの刀身に違いなかった。

とっさに抜いた切っ先が、胸元に迫る一撃をかろうじて撥ねかえす。対手《あいて》の打ち込みは重く、肘から先が痙攣するようにしびれた。つづいて閃めいた剣先が袖口を裂き、二の腕に熱い痛みが走る。揺らぎそうになる上体をどうにかとどめ、疼く腕をあげて八双にかまえた。傷口から溢れた血が腕を伝い、滴ってゆく。対手もやはり八双のかたちをとり、油断なくこちらの動きを見据えていた。

立ちすくんでいた大治郎が、我にかえって腰のものを抜き放つ。が、大刀をささえる両手が夜目にもはっきりと震えていた。対手が笠の奥で嘲笑まじりの舌打ちをこぼす。早めに始末をつけようということだろう、一歩踏み出したところで、はっと爪先を止めた。

彼方から、闇を払うような足音が近づいてくる。織部正も身がまえたが、すぐに屋敷の方からだと気づく。目を凝らす間もなく、疾走する圭蔵の姿が月明かりに浮かび上がった。あるじの切所《せっしょ》をみとめたらしく、血相をかえてさらに足をはやめる。

思わぬ援《たす》けに動揺したのか、編笠の男が唸るような声を洩らした。その影が動くよりはやく、駆けこんできた圭蔵が重い一撃を浴びせる。受けはしたが、対手は大きく体勢をくずした。いそいで背すじを起こそうとするところへ、圭蔵が切っ先を叩き込む。

肉が裂ける音にまじり、絶叫があがった。取り落とした刃が甲高い響きを立て、編笠の影が倒れこむ。全身の強張りがひといきにほどけたらしく、大治郎がくずれるように腰をついた。織部正も吐息をつき、抜いたままになっていた大刀を鞘に納める。

「お怪我は」

圭蔵が懐から布切れを取りだし、二の腕の傷に当てた。忘れていた痛みがもどってきたが、どうにか笑みと呼べるものを浮かべる。

「お前がいないと思って、なめられたらしい」

圭蔵も笑いかえそうとしたようだが、蒼白な唇がわずかに歪んだだけだった。ひとを斬るのは初めてのはずだから、無理もない。織部正の帰宅が遅いので気になり、屋敷を出たところで大治郎の叫び声が聞こえたのだという。

「最初から、それがしがお供しておりますれば――」

傷をおさえながら、圭蔵が視線を逸らす。その横顔に向けて、大事ないと告げた。

座りこんだままの大治郎が、唇を嚙みしめて俯く。斃《たお》れた影を見やって圭蔵がささやいた。

「お心あたりは」

「ありすぎる」

苦笑を浮かべ、ことさら大仰にこうべを振った。じっさい、おのれの大目付就任をこころよく思わぬ者など、腐るほどいることだろう。先日、おときの店を出るとき感じた気配はこの男だったのかもしれない。

ようやく立ち上がった大治郎が骸に近寄り、震える手つきで編笠を取る。死骸を見たのはむろん初めてなのだろう、喉の奥でちいさな呻き声を嚙み殺した。

圭蔵が骸の面を見やり、首をかしげる。知らない相手だという意味だろう。織部正は倒れたままの影に近づき、月明かりに浮かぶ顔を透かし見た。顎の張った中年男である。冷たい光に照らされ、その面はひときわ蒼白く感じられた。見つめるうち、しぜんと声が洩れる。

「小木曾……」

五年まえ、汚吏として御家断絶の処分をくだした御納戸頭の小木曾靫負だった。その件をきっかけに、漆原の走狗と呼ばれるようになったのである。顎から頰にかけて無精ひげに覆われ、要職にあった男とも思えぬが、見紛《みまが》うはずもない。

「いったい――」

事情を察したのだろう、圭蔵が困惑に満ちた声をあげた。大治郎は様子がつかめぬらしく、怯えたようなしぐさで、かわるがわるふたりを見やっている。

二の腕の痛みがふいに甦ってくる。足もとに垂れた血のしずくを、月光がくろぐろと照らしだしていた。

秋の堤

一

背丈を越えるほどの薄《すすき》を掻き分けてゆくと、じきにせまい河原へ出る。ごつごつした石の転がる辺りをよろけながら進み、どうにか水際に辿りついた。

五間幅くらいと思える川面が、曇天の下に重い流れをたたえている。さほど濁っているわけではないが、降りそそぐ光が乏しいため、涙く沈んで見えるのだった。岩に当たる飛沫《ひまつ》の白さが、かえって寒々しく感じられる。

「手ひどくやられておるの」

漆原内記が上流の方角を見やり、腹にひびく声で嘆息を洩らした。数間先で堤が大きく崩れ、土くれや流木が裂け目に向かって流れ込んでいる。まるでさんざんに斬りさいなまれた骸のようだった。大量の土砂が盛り上がって行く手をふさぎ、これ以上は近づけなくなっている。

「今いちど嵐が来れば、目を覆うばかりの有りさまとなりましょう」

織部正は間を置かず応えた。台風の季節は終わりに近づいているが、気をゆるめるには早い。まんいち大水でも起これば、手のほどこしようがなくなるだろう。

目のまえに横たわるのが、先だって執政会議で俎上《そじょう》にあがった平九郎堤である。城下から三里ほど離れたあたりで、築かれた当時の庄屋《しょうや》から名をつけたと聞く。かなり急な屈曲があり、台風の季節にはしばしば出水が起こる。天狗《てんぐ》の曲がりなどと称されるその部分が、いま織部正たちの眼前にある裂け目だった。

供もいない、ふたりだけの視察である。筆頭家老と大目付らしくもないが、老人がそれを望んだのだった。

同行するようにいわれたのは、十日ほどまえのことである。小木曾靫負に襲撃された件の始末がついた直後だった。大目付の命を狙ったとあれば、ほんらい係累《けいるい》も無傷ではすまぬ。が、当の小木曾がすでに絶家となっていることから、勘定方助役《すけやく》の家へ養子に入った弟は当面の閉門ですませた。

配下の目付たちが我先にという体で襲撃の背景をさぐったが、今のところはっきりした答えは出ていない。小木曾は絶家のあと領内を転々としていたらしく、その間の足取りはつかめていなかった。おのれを処分した織部正が大目付という要職に就いたと聞き、ゆがんだ恨みを堪えきれなくなったのだろうと、おおよそはそうした見方に落ち着きつつある。

内記がふと吐息をこぼしながら、河原の石に腰を下ろす。城からここまで、休みなく馬を走らせてきた。すこし疲れたのやもしれぬ。

老人の背を見下ろすようなかたちで、背後に立つ。眼差しを落とすと、三寸ほどの細長い虫が足もとを這っていた。灰色の体をうねうねと捩《よじ》りながら動いている。

川の面は鈍色《にびいろ》のまま、波打つごとく流れている。心なしか、水の勢いが増したようだった。

――小木曾はどのみち、死ぬ気だったろう。

沈む水面を見つめながら、幾度か繰りかえした思いを呼び起こす。

自身で手を下してはないにせよ、これまで数多の命が消えるのを目の当たりにしてきたせいか、そうした気配を感じるようになっていた。おのれの生に強い執着を持つものとそうでないものの匂いは、はっきり異なっている。小木曾の骸は、いうならば燃え殻に似ていた。

死への恐怖は誰もがひとしなみに抱くとしても、生きたいと思う心もちの強さは、それぞれべつのものらしい。差しのべた手を次兄が取ろうとしなかったのも、要はそういうことだと今は分かっている。磊落《らいらく》な笑みの陰で、ひとしれず擦り減らしていったものがあるのだろう。

であれば生きるとは何か、などと織部正は考えない。考えるに値しないからである。

所詮、個々の生に意味などないことは、いま足もとを這っている虫を見れば分かる。ただいのちをつなぎ、子や孫に伝えることだけが求められているすべてなのだろう。それでは満足できぬのが、おのれもふくめて、ひとという生きものの不幸というべきだった。

——虫……。

目の下で揺れる髷をぼんやりと見つめた。この十三年、世子の祖父として権勢を振るい、巨富を蓄えたと噂される男の髪はすっかり白くなり、背もどこか丸くなったように感じられる。

強い虫になれといったのは、この老人だった。とはいえ、それが何を指すのかは、口にした当人も分かってはいまい。多くの人を死なせれば、なれるわけでもないだろう。

「織部どのは」

内記が重い声でつぶやいた。思いにふけっていたため間が空いたが、さほど刻をおかず、

「はい」

と応えをかえす。薄の穂が風に揺れ、やけに大きな音を立てた。

「恐れながら、殿をどう思われる」

背を向けたまま老人がいう。沈黙していると、つまりご器量のことじゃ、としゃがれた声で付けくわえた。

「おしなべて中道を行かれる方、とお見受けしており申す」

とっさにそう告げる。つまり凡庸ということだが、まれに見る大器、などと空々しい物言いを求められていないくらいは察しがついた。

老人が苦笑めいた声を洩らす。頭上で何か動く気配を感じて面をあげると、鳶が一羽、天の高いところへ弧を描くように飛んでいた。春や夏の盛りにはいたるところで目にするものの、今年はそろそろ見納めだろう。領内巡視の折などは弁当を攫《さら》われぬよう気をくばるのが常だが、ようやく安心して昼食《ちゅうじき》が摂れそうだ、とわれながら場違いなことが脳裡に浮かんだ。

「申すまでもなく、ここだけの話じゃが」言いさして内記が振りかえる。瞳の奥で猛《もう》禽《きん》じみた光が躍った。「殿には、そろそろご退隠いただこうと思うておる」

おぼえず息を詰めた。老人がおのれの様子をうかがっているのは分かっていたが、驚きをおさえることができぬ。

「……それがしなどにお話しあって、よろしいので」

ややあってようやく口にできたのは、ささやくような問いかけだった。内記が唇の端を皮肉げにゆがめる。

「まだ、そこもとにしか話しておらぬ……いや、話せぬというべきかの」

「…………」

ことばを探しあぐねているうち、老人が口中で掛け声のようなものをあげ、ゆっくりと立ち上がる。踵《きびす》をかえし、来た方向に踏みだした。すこし間をおいて付きしたがう。二、三歩あるいてから振りかえったが、足もとを這う虫の姿は、立ち枯れた草に紛れて見えなくなっていた。

薄を掻き分けながら老人が歩みをすすめる。がさがさという音にまじって、世間話めいた口調で発した。

「お子は何人であったかな」

応えるまえに薄の密生がうすれ、ゆるやかな傾斜が目のまえにあらわれる。内記が行く手を見上げ、大儀げに息をこぼした。その背に向かって、ひとりごつように告げる。

「ふたりでござります」

老人がわずかにこうべをめぐらし、うなずきながら問いを重ねた。

「男子かの」

「上が十で男、下が女で五つになり申す」

重畳じゃ、と応えて、内記が土手を登りはじめる。

「子というものは」息を切らしながら老人がつぶやいた。「ときに多くの苦しみを連れて来おる」

つと額を上げ、内記の後ろ姿を見つめた。かつて黛の父がおなじようなことを言っていたと思いだしたのである。清左衛門は、そうした子ほど多くのことが残っているとつづけたが、目のまえを歩く老人から、それ以上ことばは連なってこなかった。

漆原弥四郎の細長い面ざしが脳裡の片隅をよぎる。あの男の話をしたいのかと思ったが、肥えた背は、そのまま足をすすめてゆく。死んだ伊之助の顔は、もう思い出せなかった。この老人も、次兄の風姿を覚えてはいまい。

土手の傾斜は極端にきついこともなかったが、平然と足をはこべるほどでもない。内記の背がしだいに大きく波打っていく。織部正は後ろについて歩を運びつつ、枯れ色の目立つ下草をぼんやり見つめていた。かわいた風が汗ばんだ首すじを撫でて通りすぎてゆく。

拳大のかたまりが転がり落ちてきた、と思った瞬間、前をあるく老人が上体を揺らがせる。足もとの石が崩れたのだろう。いそぎ駆け寄り、厚い肩をささえた。

「かたじけない」

内記がいくぶん決まりわるげにいった。額には大粒の汗が浮かび、羽織の下もじっとり湿っているように感じられる。織部正の瞳をまっすぐに見つめ、目を逸らすことなくつぶやいた。

「――まだわしが憎いか」

つかのまことばを失った。老人の眼差しが、喰い入るごとくこちらの面を捉える。まるで、身をかがめて飛びかからんとする獣のようだった。

ややあって、織部正の唇から笑声めいたものがこぼれる。内記がいぶかしげに眉を寄せた。

「ご無礼つかまつりました」老人の肩からゆっくり手を放し、ふかぶかと腰を折る。

「弱い虫には飽き飽きした、と申せば、お答えになりましょうか」

こんどは老人のほうが失笑を洩らす。まるで禅問答じゃの、とひとりごちながら、肉厚な掌で首すじを叩いた。かつておのれが言い放ったことばを覚えているのかどうか、窺うすべはない。

身をひるがえした内記が、ふたたび土手を登りはじめる。あと二間もすすめば堤のうえに辿り着くだろう。くろぐろとした盛り土の向こうに、あわく霞んだ空が覗いていた。

並木につないだ葦毛《あしげ》の手綱を取ったときには、織部正もいくらか疲れを覚えている。竹筒の水をひといきに飲み干した。

——おや……。

面をあげ、城下からつづく街道を見やる。その方角から馬蹄《ばてい》の響きらしきものが聞こえたように感じたのだった。内記も気づいたらしく、目を細めるふうにして彼方を仰ぐ。

はじめ黒い粒としか見えなかった影が、近づくにつれて、しだいに人馬の姿をかたどってゆく。墨を塗ったようにみごとな黒馬と栗毛の二騎だった。陣笠《じんがさ》をかぶった先頭の人影に目を凝らす。

ほどもなく、織部正たちの眼前で蹄《ひづめ》が止まる。生ぬるい鼻息を感じられるほどの距離だった。

「めずらしいところでお目にかかる」

かすかな冷ややかさをふくんだ声で告げながら、黛清左衛門が鐙《あぶみ》に足をかける。漆黒の馬からひといきに降り、陣笠の庇《ひさし》を上げた。

もうひとりの三十男は家宰の近江五郎兵衛である。先代は数年前に亡くなり、嫡男が跡を継いだのだった。まめまめしい奉公ぶりは父ゆずりと聞いた覚えがあるが、姿かたちはあまり似ていない。丸顔でずんぐりした体軀の先代とことなり、背は清左衛門とおなじくらい高く、面ざしもほっそりとしていた。

「堤の検分にて」

織部正が応えると、ご精励だの、とみじかい声が返ってくる。そういう兄も普請にそなえて下見に来たのだろう。どことなくもの慣れた気配を感じるから、ここへ現れるのもはじめてではないように思えた。

兄が家老職に就いて十年以上になる。意外とも思えたが農政に明るく、いくつか開墾を成功させてもいた。はやくも名家老との評判が立ちつつあるが、平九郎堤の補修をつつがなく終えれば、さらに名は上がるだろう。

「われらはすでに見申した」

老人がどこか誇示するふうな声でいう。長兄はうなずくと、織部正に一瞥をくれただけで、そのまま土手をくだって行った。若い五郎兵衛があわてて跡を追う。

その姿が薄の向こうに隠れると、内記がふかい溜め息をこぼした。参ろうか、という声にはっきりと疲れが滲んでいる。表にはあらわさぬ長兄の精気に気圧されたのかもしれなかった。

織部正は筆頭家老に近づき、手を添えて肥えた軀を駒の背に押し上げた。恰幅のよい軀つきは昔とかわらぬが、てらてらと光っていた頰は乾き、滴る脂がそのまま固まったかのように見える。ささえた感じも、思ったより軽かった。以前はどうだったかと脳裡をまさぐり、この老人に触れるのはきょうが初めてだったと気づく。

馬上となった内記が、織部正をまじまじと見下ろしている。白っぽい唇をひらくと、いくぶんかすれた声が洩れた。

「……頼みにしてよかろうの」

「僭越《せんえつ》ながら」おもてを上げて老人の目を差し覗く。「むろんのことと存じまする」

内記が大きくうなずき返す。射抜くような光をたたえていた瞳が、わずかにやわらいだようだった。

二

ひとくち茶を啜ると、尾木将監はどこか遠いものを見るような目になっていった。

「舅御……いや、全楽どのは、ひところ釣りに凝られたことがござってな」

「ほう」

織部正は膝もとへ茶碗を置き、小ぎれいに整えられた白髪を見つめてうなずいた。

かたわらでは、漆原弥四郎が手持ちぶさたなようすで、空になった茶器をしげしげと眺めている。ふたりして将監の屋敷に招かれたのだった。弥四郎は来春から家老見習いとして出仕することが決まったというから、顔合わせのつもりもあるだろう。

釣りの話ははじめて聞くものである。まだまだ知らないことがあるのだ、と思った。実父にせよ舅にせよ、聞いておくべきことは数多あったはずだが、おおかた胸の奥へしまったままになってしまうらしい。仮にじゅうぶんな刻をかけて語り合ったとしても、すべてを受け取れるわけではなかった。

「失礼ながら、下手の横好きというやつでの」将監がくすりと笑い、ひとりごとめかして付けくわえた。「が、婿を釣る腕はなかなかのようじゃ」

「それも横好きのたぐいでございましょう」

こたえると、老人が楽しげに笑った。すこし風がつよいらしく、締め切られた障子戸がかたかたと揺れる。

耳を澄ましていると、その音にまぎれ、板の軋むような響きが伝わってくる。縁側を踏んでだれかが近づいてくるらしかった。ほどなく小柄な影が障子の向こうにひざまずく。

「ご無礼いたしまする」

呼びかけた声は、まだ子どものものだった。怪訝に思い眉を寄せるうち、将監が応えをかえす。そろりと障子戸が開かれた。

前髪立ちの少年が、おそるおそるという体で入ってくる。十歳を越えたばかりという年ごろに思われた。ひどく蒼白い面ざしが横合いから夕日を浴び、まぶしげに目を細めている。

「倅でござりまする」

将監が幾分ばつわるげにいった。思い起こしたのは、この老人がはやくに嫡子を亡くし、齢を重ねてようやく妾腹に男子をさずかったという話である。

「進之介《しんのすけ》と申します。以後、お見知り置きたまわりますよう」

少年が膝をつき、か細い声で述べながら低頭する。心なしか織部正のほうへ気を取られているように見えるのは、大目付だと聞いて緊張を覚えているのかもしれぬ。畳についた指先も、小刻みに震えていた。

「――こちらこそ、よしなに」

おだやかにいって微笑をかえすと、相手もほっとしたように唇もとをゆるめた。そのまま座にとどまるのかと思ったが、一礼しただけで、そそくさと去ってゆく。もともと挨拶だけということになっていたのだろう、将監も引きとめようとはせず、音を立てて残りの茶を飲み干した。皺ばんだ唇を湯呑みから離し、誰にともなくつぶやく。

「黒沢はむろんのこと、漆原も立派な倅どのにめぐまれ、羨ましいかぎりでござる」

口調がどこかしら翳りを帯びていた。弥四郎が顔を曇らせ、いえ、父にはきつう叱られてばかりで、などと応えるのをよそに、以前聞いた噂を思いだす。尾木家の一粒種は病弱で、はたちまで生きられるか心もとないという。いま目にした少年の印象は、その風聞を裏書きするものだった。老人がやけに差し迫った声音で告げる。

「ゆくゆくは、おふたりが柱ともなって、お家を守《も》り立ててゆかれることでござろう」

「身にあまる――」おことば、と発しかけた唇が動きを止める。かさつき、染みの浮かんだ両腕が伸び、それぞれの指さきで織部正と弥四郎の手首をつかんだのだった。

弥四郎は、ひっという声を呑みこんだまま、身動きもできずにいる。織部正は、空いているほうの腕を腰のものに這わせようとして思いとどまった。目のまえの老人から害意のようなものは感じられない。手をあずけたまま、内心の読めぬ瞳を差し覗いた。

「その際は倅のこと、よしなにお願い申し上げる」

好々爺然とした風情は消し飛び、底光りする眼差しが二人をとらえている。咳《しわぶき》ひとつもためらわれるほどの、つよい視線だった。

「それがしにできることとなれば、いかようにも」

ゆっくり応えると、からみついた指さきが力尽きたふうに離れてゆく。水面に浮いた虫の死骸が、揺らぎながら沈んでゆくようだった。弥四郎も言葉をなくしたまま、慌しいうなずきを繰りかえす。

「……かたじけない」

ようやく将監が絞りだした声は、はっきりと震えていた。

なぜか漆原内記の面ざしが瞼の裏をかすめる。将監よりは五つほど下だったはずだが、老人と呼ばれる年齢であることには変わりがない。

残りの歳月が見えてきたとき、ひとは何を感じるものであろう、と思った。かたわらを見やると、弥四郎がまだぶるぶると身を震わせている。唇の色もすっかり蒼くなっていた。

「そ、そろそろお暇《いとま》いたさねば」

上ずった声で告げ、雪崩《なだ》れるように縁側の方へ駆け寄った。障子戸を開くと、金木犀《きんもくせい》の香りがひといきに流れこむ。床板を踏んで遠ざかる足音に、山鳥の啼き声がまじった。

「ひとつ伺っておきたいことがござる」

織部正がいうと、将監がひどくのろのろしたしぐさで面をあげた。ひとときのあいだに十ほども齢をかさねたふうに感じられる。ひとすじひとすじの皺を数えるように、老人の顔を見つめた。

「黛の兄とはお話しになられまいたか」

子の行く末を託したいという気もちは腑に落ちるものだが、それはおのれでなくてもよいはずだった。

将監が表情の失せた顔で、二、三度かぶりを振る。織部正が今いちど問いを重ねるよりはやく、くぐもりがちな声が洩れた。

「お兄上は――」心細げな年寄りの面ざしは、すでに跡形もない。家老の目にもどっていた。「あやうい」

「あやうい……」

とっさに繰りかえすと、老人が頷きながらつづける。

「鋭すぎるというべきかの。弥四郎どのが引き上げたゆえ申すが、内記どのもよいお齢……このままには済みますまい」

平九郎堤で邂逅した兄と筆頭家老の姿が、胸の奥にちらつく。将監がどこか太々しい笑みを口辺に刻んだ。

「そこへいくと、織部どのは、いちはやく漆原に身を投じておる。先のない身としては、御身に託すが心丈夫」

どう応えるべきか判じかねたものの、

「将監どのに先がないとは思いませぬが、ご子息のことは、きっと心に留めおきまする」

それだけを言い切った。老人が安堵した体で微笑をたたえる。脂の抜けきった肌が、わずかに赤みをおびて見えた。

三

脂粉の香りをさせた女たちが居並ぶと、幇間のような男が仰々しく低頭する。容色だけでなく、三味線《しゃみせん》の腕でもそうはいない面々だということをくどくどと述べ立てた。聞くともなく頷きながら織部正が盃を空けると、かたわらの女がすかさず酒を注《つ》ぎ足す。いちだん下がったところでは、圭蔵がやはり盃を干していた。

ほどもなく、女たちの弾く三味の音《ね》が座敷に流れ渡る。織部正は手をとめ、撥《ばち》と弦の生みだす音色に耳をかたむけた。歌舞音曲に明るいほうではないが、それでも、おやと思わせるほど張りのある響きと感じる。

圭蔵も楽しげに聴き入っているようだった。今日の宴は、この男がいっさいを取り仕切っている。柳町の遊郭でも一、二をあらそう老舗〈蒼月楼《そうげつろう》〉のひと間だった。

「おぼえておられまするか」

と圭蔵が問うてきたのは、舅である全楽の四十九日が明けたころだった。秋のなかばごろ、行灯の火がふっと消えるように世を去ったのである。

「あの世で清左どのに会《お》うたら、どうしてくれよう」

亡くなる二、三日まえ、急に舅が言いだしたことがある。織部正が応えられずにい

ると、

「百万遍あやまってきたら赦《ゆる》してやってもよかろうかの」

口にして、にやりと笑った。こちらも、つい頰をゆるめてしまう。

「あれで意外と気が短《みじこ》うござりますゆえ、半分にしてやってはいただけませぬか」

「いかにも承知じゃ」

舅が大笑したのが、最後にかわした言葉となった。

むろん悲しむ心もちは小さくなかったが、義父が苦しまなかったのは分かっていたし、その死にはなにかを全うしたものが持つ清々しさのような気配さえ感じられた。

それは、りくも同じであったらしい。埋葬をすませた後のことだが、居間でふたりきりになったとき、織部正に向かい、あらためて手をついたのである。

「……ありがとう存じました」

いささか面食らい、妻の顔を覗きこむようにしていると、りくがきれいな額を面映げにあげた。

「出すぎた物言いと承知しておりますが」おそるおそるという体で語を継ぐ。「旦那さまは、まこと父によう仕えてくださいました」

「――さようであろうか」

心もとなげにいうと、りくが力づよく首を縦にふる。

「旦那さまを迎えると決まって、父は十《とお》も若返ったように見えたものでございます」

「ほう」

虚をつかれ、こうべを傾げてしまう。舅は年齢を量りにくい質の人だったから、百歳だといわれれば、そうかと思ってしまう気もした。とはいえ、娘にしか分からぬ移ろいというものもあるだろう。

「この家に入られるまえ、旦那さまは時おり父から教えを受けに通っておられましたが」りくはどこか遠いまなざしになって告げた。「帰られたあと、いつも旦那さまのことを嬉しげに話しておりました」

そこまでいって、心もち顔を伏せる。ややあって、押しだすようにつぶやいた。

「あの……」

つづく言葉を待っていたが、そのまま黙り込んでしまう。促してはみたものの、結局、途切れたままとなってしまった。

その後しばらくして、覚えているかと圭蔵が口にしたのは、若いころ道場の帰り道でかわした約束のことである。いつか柳町へ女郎を買いに行こうというやつだった。

「大殿の四十九日が明けたばかりで、不謹慎とは承知しておりますが、いつかはと思い定めておりました」そういって、ためらいがちに付けくわえる。「大げさに申せば、あの約束はそれがしの生きるよすがでございまして」

「…………」

茜色の光にあふれる川と小さな橋が、瞼をよぎる。

――おれたちが、この先も友垣でいられたら。

と圭蔵はいったのである。自分たちが今そう呼べる間柄なのかはともかく、ながい刻をともに過ごしてきたことだけはたしかだった。

「殿の大目付ご昇進をそれがしの手で祝いたく、幾重にもお願い申し上げまする」

絞りだすようにいって、額がつくほど腰を折る。とくべつ遊所に足を運びたいわけではなかったが、圭蔵にとってその約束が道しるべとなっていたことははっきり伝わったから、付き合おうとこたえた。

店の手配などは、すべてまかせた。何度いっても金は自分が出すの一点張りで、いささか手を焼いたが、とにかく気のすむままにさせようと思ったのである。まさかここまでの上店《じょうだな》とは考えもしなかったが、よすがということばは大げさでなかったということだろう。

三味の音は室内の大気をときに引きしめ、ときに緩めてゆく。まるで虚空が思うさま絞られ、あまい汁のごときものがしたたり落ちてくるようだった。心地よい響きがひと間の隅々まで浸してゆく。

ふと横目で圭蔵を見やる。酒がすすんだのか、ほんのり顔を赤らめ、あるかなきかの微笑をたたえて座敷を見渡していた。

黒沢の家士となるよう声をかけなかったら、この男はどうしていただろうと思った。婿入り先が見つからず厄介叔父のままだったかもしれぬが、剣の腕からして、どこかしら行き先が見つかった目も大きい。どちらがよかったのだろう、という考えがあぶくのように浮かんで消えた。

視線に気づいたらしく、圭蔵がこちらへ顔を向け、笑いかけてきた。その刹那だけ、十七歳の少年へ戻ったように見える。織部正も頬をゆるめて応えた。

やがて震えるような響きを残して弦の音がやみ、妓《おんな》たちはいっせいに頭を下げた。今宵の客がだれか分かっていると見え、ぶじ弾きおえた安堵がどの顔にもはっきりと滲んでいる。

「なかなかの腕前でございましょう」

声を張るようにして圭蔵がいった。織部正は眼差しで同意をあらわすと、妓たちに向かってゆったりと頷いてみせる。

気を張って聴き入っていたのだろう、妓たちが下がると、わずかにつかれを覚えていた。そのせいか、

「次なるは胡弓《こきゅう》の上手にて」

幇間が告げたときには、いくぶんぼんやりしていたらしい。楽器を手にした女が入

ってきたことも、すぐには気づかなかった。
三十前後というところだろう、緑地に蝶《ちょう》の紋様が縫い込まれた小袖をまとってい
る。一礼して腰をおろし、うつむきがちに胡弓をかまえた。
「すでに十年以上、この道に精進いたしおり、柳町でも知られた者にござります」
もったいぶった口調で幇間のいったことばは、耳を素通りしている。女はその口上
を諾《うべな》うでも否むでもなく、ただ微風にそよぐ楓《かえで》のごとき風情で控えていた。すこし痩
せぎみの面ざしだが、瞳につよい力がみなぎっている。楽器をささえる指さきにまで
精気が通っているようだった。
こちらへ向かって黙礼すると、そのまま弓を持った手が動く。弦に触れたとも見え
ぬうち、震えるような音色がこぼれ出た。おもわず上げそうになった声を呑み込む間
もなく、押し寄せる波に身を攫われている。
三味を奏でていた妓たちもひとかどの腕前だったが、胡弓の女が創り出しているの
は、根からことなるものだった。曲調は哀切といってよく、高い音が胸を掻《か》き毟《むし》るよ
うにつらなっているが、そこでつけられた傷痕から、蜜のごとく陶然としたものが流
れ込んでくる。
見えぬ爪が軀の底まで分け入り、埋もれていた数多の記憶を掘り起こす。まるで洞
窟の奥処《おくか》から玉が引きずりだされ、こびりついた泥が洗い流されるようだった。ひと

ときのうちに、ほのかな紅色を帯びた光沢が取りもどされていく。少年だったころと今のおのれが混じり合い、分かちがたく溶けてゆく気がした。

女の指さきは、その間もとどまることなく胡弓の上をすべっている。いくら凝視しても、弓と弦が触れているようには見えなかった。半眼となった表情にもとくべつ変化はうかがえなかったが、頰が上気し、汗ばんでいるのが分かる。軀の奥をまさぐるようにして音色を創り出しているのだろう。でなければ、ひとの芯にとどく音が奏でられるはずはなかった。

力づよい響きが弓のさきから生じ、途切れる気配も見せずにつづいてゆく。織部正はうねりに身をゆだねながら、おのれのうちで高鳴る音を聴いていた。押し寄せるものにあらがうごとく息を詰めたが、女の弓はその間も容赦なく動きつづける。痛みをこらえてでもいるかのように、うつくしい眉間がきつく寄せられていた。音が波騒《なみざい》のごとく近づいては退いてゆく。そこに呑まれたおのれの軀も、苛《さいな》むふうに高く低く弄ばれているのだった。

絶え間なく波が満ち引きを繰りかえす。ひときわ高くのぼった、と感じた瞬間、堪えきれずに大きな吐息をこぼした。それを待っていたかのように、哀しげに鳴りわたっていた音色がやみ、女もこうべを落とす。あたりに少し張りつめていた空気がゆるみ、幇間がおそるおそる座を見まわした。

ずつにぎわいが戻ってくる。いまだ荒々しく上下する細い肩を見つめながら、織部正は圭蔵にささやいた。

「ところで、今宵の相手だが――」

水仙の描かれた雪洞《ぼんぼり》が、まわりにおぼろな光を投げている。灯のゆらめきにつれ、部屋の隅で火影が踊っていた。

織部正はひとりで盃をかさねている。次の間で床の仕度をすませた女中がそのまま酌をしようとしたが、心づけを渡して下がらせた。

銘柄は分からぬが、はじめて呑む酒だった。喉ごしはまろやかながら、うっかりすると見過ごしてしまうほどひそやかな苦みがまじっている。いまは、それが心地よかった。

胡弓の女と夜をともにしたい、と告げたとき、圭蔵は困ったような表情を浮かべはしたものの、それほど驚かなかった。あの音を聴けば興をおぼえてふしぎはない、と思ったのかもしれぬ。

「蒼月楼一の大夫《たゆう》を呼んでおりますが」

いちおう念は押してきたが、

「おまえに任せる」

そう返すと苦笑まじりにうなずき、食い下がってはこなかった。遊郭の座敷で芸を披露する女が、そのまま一夜をというのは、よく聞く話である。無理強いするつもりは毛頭ないが、あのまま帰す気にはならなかった。

干した盃をゆっくりと膳にもどす。いくら呑んでも酔う気はしなかったが、そろそろ酒に飽いていた。どこか遠いところで、なにか軋むような音が聞こえる。夜半の大気は痛いほど澄み切り、ささいな響きまで残らず伝わってくるようだった。

手持ちぶさたを紛らすように、指さきで盃の縁を撫でる。さきほど耳にしたのも思い違いではないらしく、廊下の鳴る音が控えめに、しかしはっきりと近づいてきた。われしらず息を詰めている。潤したはずの喉は、はやくも渇いていた。

障子のむこうで風のそよぐような気配が起こる。だれかが膝をついたものらしかった。ためらいがちなささやきが耳を撫でる。

「よろしゅうございましょうか」

「ああ」

押し殺すような声で応えた。いくばくかの間をおき、障子戸がそろそろと開いていく。雪洞の灯りが揺れ、うつむく女の面に火影が映った。

部屋のなかへにじり入り、障子を閉めたあとも、女は身じろぎひとつせぬ。子を抱くように胡弓をかかえ、膝がしらへ目を落としていた。

そのさまを見つめるうち、おのれの背すじもやけに強張っていると気づく。つい苦笑を洩らすと、女がおどろいた体で顔をあげた。頰から顎にかけていくらか瘦せはしたが、まるく開かれた瞳がはっきりと面影を残している。

「……久しいな」

ようやくこぼれ出たことばは、ひどくありきたりなものだった。どう応えたものか迷っているのだろう、女が眼差しを宙にさ迷わせたまま、うすい紅の唇をひらく。

「はい。なれど、まるでひとときのようでもございました――」

みやはそれだけいうとまた俯き、つよく胡弓を抱き寄せた。

四

馬を止めて振り仰ぐと、視界の尽きるあたりに険しくそそり立つ峰々がうかがえる。いただきには、夏を経てなお白い冠が残っていた。もうしばらくすると、あたらしい雪が天を破って降りてくる。山も町もかがやくような色に埋め尽くされるだろうが、さまざまなことを耐え忍ばねばならぬ季節のおとずれでもあった。

織部正は前方に向き直って、かるく馬腹を蹴る。向井大治郎が急いでそれにならった。馬蹄の響きが重なって地を叩き、そのまま、すべるように街道を進んでゆく。

本藩への使いを命じられたのは、蒼月楼でみやと再会した数日後である。あるじ山城守に呼びだされて出向くと、おどろいたことに、おりうの方がかたわらに控えていた。城内の庭園を散策する姿など見かけることはあったが、まともに顔を合わせるのは十三年ぶりである。漆原邸で半狂乱のさまを目にして以来となろう。ふつう側室が表に顔を出す折などないから、当たり前ともいえた。

すっかり肥え、父に体つきが似てきたおりうの方は、ふしぎなほど上機嫌に見える。大ぶりな唇に笑みをたたえ、藩侯が口をひらくのを待ちかねているようだった。

「輿入れの件でな」

山城守も上機嫌さではひけを取らなかった。世子・又次郎の妻として本家の姫を迎える日どりが正式に来春とさだまったゆえ、藩の名代としてお礼言上に出向いてほしいというのである。こたびは大目付としてでなく、藩祖の血を引く名家の当主という立場が求められたのだった。人選には漆原内記の推挙もあったという。

「そはまことに大慶至極。身にあまるお役なれど、ありがたく拝命つかまつります」

ふかく腰を折って応えると、おりうの方が嬉しげにいった。

「よしなにお願い申しまする。漆原の父も、織部どのをいたく頼みにしておるようで」

「畏れ多きことにございます。微力ながら、幾重にも粉骨いたす所存にて」

藩侯も顔をほころばせ、何度もうんうんと頷いてみせる。しばらく前、右京の死を悼んでいたときの影は、どこにも残っていなかった。

しばらく駆けると、稲刈りのすんだ田が道の両側にひろがっている。馬速をゆるめ、つかのまあたりを見まわした。来年にそなえて土づくりに励んでいるのだろう、百姓たちの姿もそこここに見受けられたものの、どこかのんびりした風情と感じる。こちらに気づいた者がいくたりか頭を下げてきたが、むろん大目付とは知るよしもない。織部正もいちいち黙礼を返しながら、ふたたび駒を進めていった。

視界の隅にあざやかなものを感じて眼差しを向けると、杉の梢《こずえ》に尉鶲《じょうびたき》が一羽とまっている。橙《だいだい》にいろどられた腹が目を惹いたようだった。

街道からはずれたところに、ひときわ大きな欅がのぞめる。思い出すよりはやく、鈍い痛みが胸の底に湧き上がってきた。

――たしか、あのかたわらだった。

新三郎と名のっていたころ、自分でも抑えかねるほどの思いに衝き動かされ、みやの家をたずねたことがある。ようやく探し当てたそこはもぬけのからで、閉め切られた戸の向こうには、饐えた匂いだけが籠っていた。

「叔父の借りたお金が返せなくなりまして……」

と、あの夜、〈蒼月楼〉でみやは明かした。一家で逃散《ちょうさん》したのだという。

叔父とは、黛の屋敷で中間をしていた葭蔵という男である。この者が病死したため、みやが奉公にあがったのだった。

中間としてのはたらきに問題はなかったが、葭蔵にはひとつの悪癖があった。異常とも思えるほど酒が好きで、毎晩つぶれるまで吞まずにいられなかったらしい。給金でまかなえる分はとうに過ぎ、実家はもちろん、金貸しに借りてまで吞みつづけた。

昼間の勤めはどうにかこなしていたし、独り身なうえ、極端に人づきあいのわるい男だったから、朋輩《ほうばい》の目を引くこともなかった。気づいたときにはもう手遅れで、体はぼろぼろになっていたし、借金も息を吞むほどにまで膨れ上がっていたのである。

「では、嫁入りというのは」

織部正の問いに、みやは面を伏せたまま応えた。

「お暇金《いとま》ほしさに、実家の父が考え出したことでございます」

ながく仕えていた奉公人が暇を取るときは、ねぎらいの意をこめて、いくばくかの金を手渡すのが習いである。とはいえ、所詮は微々たるもので、つとめつづけた方が生計《たつき》は立つに違いない。それが分かっていながら、その場しのぎの金が必要だったということだろう。

そう聞いて、さまざまなことが腑に落ちた気がする。日ごろのみやからすると、あの夜のことはいかにも大胆すぎると、のちのちも不審を禁じ得なかった。おそらく、人並みの生はもう送れぬと覚悟を決めたのだろう。

ぜんぶ教えてさしあげます、などと口走って誘《いざな》ったものの、みや自身、男と軀をかさねるのがはじめてだったことには気づいていた。嫁入り前の気まぐれ、という体をつくって去っていきたかったのかもしれぬ。ことさら問うつもりはなかったが、震える肩を見つめるうち、そのような考えが脳裡をよぎっていた。

みやの父は長年にわたり弟の借金を返しつづけてきたが、娘が奉公から戻ってほどなく、ついに力尽きた。村から逃れることに決したのである。弟妹もふくめ、家族はみな江戸をめざしたが、みやだけは頑なに同行しなかったという。さはいえ、村に残ることもできぬから、わけありの者が流れつく柳町に居どころをもとめたのだった。

織部正は無言のまま、みやの話に耳を傾けている。聞いている証しに、ときおり頷いてみせるだけだった。

なぜ神山に残ったのか、とは聞かぬ。この女の面影をもとめ、在所をさまようおのれの姿が瞼に浮かんでいた。

料亭で女中としてはたらくうち、漆原伊之助の騒ぎに出くわしたという。新三郎との思いがけぬ邂逅に動転し、そのまま〈曾茂治〉を後にした。

「いつかどこかで、という心もちもありましたのに――まことにそうなると、われながら、おかしなことをしてしまいました」

みやが、ようやく唇もとをほころばせた。あのとき伊之助が、奥方に添い寝でもしてもらえ、と叫ぶのを聞き、おもわず飛び出したのだという。

「じぶんがあなた様のお側《そば》にいられるなどとは、ひとときも思うておりませんでしたのに、じっさいそれを聞くと頭のなかがひどく熱うなりまして……」

若い娘と申すは、まこと暴れ馬のようなものでございます、といって笑声をこぼした。あの夜はじめて聞く、たのしげな響きだったと思う。織部正は微笑みかえすことも忘れ、みやの声を耳の奥に刻んだ。

その後いくつかの料亭ではたらくうち、胡弓の上手と呼ばれる老女に出会った。いまのみやと同じく、あちこちの店で芸を披露し身を立てていたという。たまたま座敷で耳にした音色が忘れられず、ときどき顔を合わせることもあったから、あるとき思い切って教えを請うた。

「ひとりで弾いて、ひとりでいなくなるつもりだったけれど」老女は唇の端を持ち上げるようにして笑ったらしい。「だれかと道連れもいいかもしれないねえ」

それが十年ほどまえのことで、ここ何年かは師匠とふたり座敷へ出るまでに上達した。おととし老女を見送ってからも、どうにか食べていける程度には声が掛かっているという。

「見上げたものだの」

こぼれ出たことばに嘘はなかった。もともとしっかりした娘と屋敷でも評判だったが、こうしたゆくたてをたどるとは、本人もふくめ誰ひとり想像していなかったろう。むろん、だれもが至れる境涯であるはずはなかった。

が、みやは眉を寄せ、苦しげにこうべを振った。

「いえ」喉の奥から絞り出すように声をもらす。「お話しできぬようなことも、数多ございました」

胸を衝かれて女の顔を凝視した。みやは俯けていた面を起こし、ことばとは不似合いなほどまっすぐに織部正を見つめてくる。ふいにあの夜、月明かりに照らされた白い胸を思い出した。

この女は、と織部正は胸の裡《うち》でつぶやいた。いつも、おのれのすべてをぶつけてくるのだな。

言われてみるまでもなく、遊里で女が身過ぎをするのに、きれいごとだけですむはずはなかった。店によっては女中にも客を取らせることがあるというし、胡弓だけで食べていくまえには、意に染まぬ夜も多々あったに違いない。あからさまには言わぬまでも、そうしたことどもを隠しはしない、と肚を据えているのだろう。それがこの女の矜持《きょうじ》なのだと思える。

ことばもなく、目の前のみやを見つめつづけた。女も瞳を逸らすことなく視線を合わせてくる。

「……ひとつだけ頼みがある」

ずいぶん長く感じられた沈黙ののち、おもむろに発する。みやがうなずきながら、どこか恐れにも似た影を眼差しに宿した。

「手を取ってもよいか」

押しだすようにいって、胡弓をかかえた手に指さきを伸ばす。女は応えなかったが、拒む気配もなかった。下腹のあたりで組まれた指を、織部正の掌がやわらかく包む。みやはつかのま身をちぢめ、胡弓を軀に寄せたが、少しずつ背から力を抜いていくのが分かった。

女の手はやはり娘のままではなく、ぜんたいに痩せて、硬くなっていた。指さきから爪にかけて、細かい傷がいくつも刻まれている。それが絶やさぬ修練の証しなのだろう。

「このような手、恥ずかしゅうございます」

みやは消え入るような声でささやいたが、織部正は無言のまま首をふった。傷のひとつひとつを愛撫《あいぶ》するように手をさすると、女が抑えきれずに吐息をこぼす。おのれの身内にも、はげしいものが湧き上がってくるのをおぼえた。みやの指をつつんだ掌が、じっとりと汗ばんでいる。

——やせ我慢をしたな。

織部正は、欅の巨樹が後方へ流れ去ってゆくのを見送りながら、苦笑を洩らした。どちらかがあと一歩にじり寄れば、ふたりは軀をかさねていただろう。が、そうはならなかった。

踏み越えれば、一夜だけのことには終わるまい。みやを手放す自信はなかった。むろん織部正とて大身の武家であれば、妾《めかけ》のひとりやふたり囲っていてもおかしくはない。りくも否とはいえぬだろうが、みやをそうした都合のいい立場に置きたくはなかった。それが、この女の過ごしてきた歳月に対する自分なりの敬意だと思えたのである。

高くかわいた空の奥から、仄白い日差しが降りそそいでいる。織部正は駒をとめて振りかえり、かたわらの大治郎に声をかけた。

「水をもらおう」

若侍が、はっ、と慌てたような声をあげる。いくらか遅れて竹筒を差しだしたが、どうも物思いにとらわれていたようだった。

こうした折は圭蔵を同行させるのが常ながら、こたびはべつの命を与えたため、かわりに大治郎を召し連れたのである。大役の随行とて緊張に伸しかかられているのかと思ったが、それにしても眉間に塗られた色が暗かった。どこかあどけなさを残した顔つきとは不似合いの、思いつめたような匂いがただよっている。

「――どうかしたのか」

あえて直截に問うと、若者が恥じ入るように面を伏せた。

「恐れ入りまする……こうしてお供をしておりますと、先だってのことを思い出しまして」

小木曾靫負に襲撃された折のことを言っているのだろう。あのとき大治郎は、凶刃を前に、なすすべもなかった。織部正はうなずきながら問う。

「怖いか」

口にしてはみたが、そういうことではないと分かっている。案の定、若者はつよくかぶりを振った。

「あのときはたしかに。いまは震えていたおのれが口惜《くちお》しゅうてなりませぬ」

「…………」

「言葉にはいたしませぬが、母も失望しておることと存じます」

痛みにも似た影が若者の瞳をよぎる。大治郎は早くに父を亡くし、侍長屋に母とふたりで暮らしているのだった。ことさら叱咤《しった》するようなこともなかろうが、息子に大きな期待をかけているのは間違いない。この若者も、日々それを感じているのだろう。

「話したのか」

馬鹿正直にもほどがある、といくぶん呆れたようにいった。呑め、といって竹筒を渡すと、ようやく面映げな笑みが戻ってくる。大治郎は、そのまま喉を鳴らして水をふくんだ。若者のさまを見やりながら、織部正も唇もとをゆるめる。

「が、それでよい」

ぽつりとつぶやくと、大治郎がはっとしたように竹筒を下ろす。ひたむきな眼差しでこちらを振り仰いだ。

「ひとの心もちには応えよ」おのれの声が、どこか遠くから響いている。ひとことずつ区切るようにして語を継いだ。「応えんとしているうちに、多くを得る」

「多くを……」

若者が、ひとりごつようにつぶやく。織部正はうなずき返して馬腹を蹴った。大治郎がいそいで後につづく。

路傍で咲きはじめた柊《ひいらぎ》が、白い花弁を光にさらしている。じき冬がくるな、と織部正はおもった。

闇と風

一

織部正は認《したた》めていた書状から顔をあげ、耳をすませた。どこからか、楽しげな子どもの笑い声が聞こえてくる。新三郎と鈴はすぐに分かったが、ほかにも誰かいるようだった。

つづいて縁側に足音が響いたと思う間もなく、開け放った障子の陰からりくが顔を覗かせる。茶を載せた盆を手にしていた。

「お邪魔でございましたか」

遠慮がちに問うてくるので、

「大事ない」

いって、書きかけの手紙を脇に片づけた。半月まえ、使者として本家へ出向いた折、いたく世話になった相手への書状である。先方の家老で、浦井《うらい》豊後《ぶんご》という五十がらみの人物だった。その際の礼を述べるほか、いくつか書き添えることもあるが、利那をあらそうわけではない。

　湯呑みを文机に置いたところで、りくがわずかに首をかたむけてこちらの面をうかがってくる。先日来、どことなく物言いたげに見えるので、うながすつもりで目を合わせたが、かえって慌てた風情で俯かれてしまった。

「子どもの声が聞こえたようだが」

　何げなくいうと、恐縮したような声が返ってくる。

「すぎが子連れで参りまして、新三郎や鈴と遊んでおります。おやかましゅうございましたら、静かにするよう申しましょうか」

　たしか上の子が新三郎より一つ二つ上だったはずである。織部正も幾度か見かけたことがあるが、熊のような風貌と聞く父親には似なかったらしく、線の細いおとなしげな少年だった。

「かまわん」

　そういうと、りくはほっとした体でうなずいた。が、すぐにまた案じ顔となってたずねる。

「じき恵信院《けいしんいん》さまの七回忌でございますが、いかがいたしましょうか」

「もうそれほどになるか」おぼえず胸の奥から吐息がこぼれ出た。「……が、呼ばれてもおらぬのに参るわけにはいかぬ。なにか供物《くもつ》を送っておいてもらおうか」

かしこまりました、と一礼して、りくが膝を起こす。いまの件以外にも話したかったことがあるのだろうと感じたが、しいて問いただす気にはならない。立ち上がった妻に向けて、

「圭蔵を呼んでくれ」

といった。

りくがゆっくりとこうべを下げて部屋をあとにする。深い緑地の綿入れが、おだやかな日ざしを浴びてかがやいていた。それでいて、遠ざかる背が、どことなく心細げに見える。

それほどになるか、という感慨はまことだった。恵信院、つまり藩侯の娘であり、嫂でもあった靖がみまかってから、はや六年経つことになる。当時すでに同母兄の右京は廃嫡されていたから、藩侯の肝いりでおこなわれた葬儀も、どこかさびしいものだった。内記ら重臣たちにまじって織部正も参列こそしたが、兄と親しくことばを交わしたわけではない。

さまざまな弔意に応えながら、毅然《きぜん》とした面もちで虚空を見据える長兄のようすは今でもおぼえていた。意外に、というのもおかしいが、夫婦仲はよかったと聞いている。ながらく授からなかった子をようやく身ごもったものの、生まれた男児は一日で亡くなり、靖のいのちもそれから数日しかもたなかった。

嫁いでほどなくあの変が起こり、父の死を境に織部正が実家との行き来を断ったため、嫂とはその後、会う機会がなかった。それでいて、藩主の娘とも思えぬ柔らかな微笑が、心もちの一隅にはっきりと残っている。

――いや……。

藩主の娘とも云々、などという感じ方は思いこみでしかない、と教えてくれたのが靖だったといっていい。だれかを裁く座につくとき、ふしぎなほどしばしば、嫂の面ざしが浮かんだ。

おのれにかぎらぬが、誰しも知らず知らずのうち、立場によって相手を推し量る癖がついている。貴人は傲慢で貧しきものは誠実、などというのもそのたぐいだった。むろん、そうした場合も間々あるが、詰まるところ、ひとつひとつの生が眼前に横わっているだけである。それを知ったことは何よりも大きかった。

「ご無礼いたしまする」

縁側から声をかけられ、われに返った。ひざまずいた圭蔵が、庭の景を背にしてこちらをうかがっている。

十日ほど留守にしただけで、季節はあきらかに進んでいた。萩や桔梗は散り、竜胆《りんどう》だけがうす紫の花弁に淡い光を浴びている。いまは鳥の声も絶えていた。

目でうながすと、一礼して室内に入ってくる。織部正と向き合い、声をひそめて発した。

「いまのところ、目立った動きはございませぬ」

わずかに上気した顔を近づけながら圭蔵がいった。

「そうか」

りくが置いていった湯呑みを口もとにはこぶ。少しぬるめの茶が、渇いた喉を心地よく滑っていった。

「が、今しばらく続けてくれ」

そう告げると、うなずきはしたものの、かすかながら相手の面に辟易《へきえき》したような色が浮かんだ。

「人ひとり見張るというのは、並たいていのことではございませぬな」

いくぶん愚痴めいた口調でつぶやく。苦笑して、なだめるようにいった。

「それくらい、とうに承知していると思うたが」ふいに笑みをおさめ、口早に語を継ぐ。「兄から目を離すな」

本藩へ使いにおもむく折、大治郎に供を命じ、圭蔵には長兄の身辺へ目をくばるよう言いおいていたのだった。とりあえず、留守中には不審な動きがなかったらしい。

「……なにが起こるとお考えなので」

圭蔵が案じるような声をあげた。織部正はかるくかぶりを振ってみせる。

「それは分からん。が、なにか仕掛けてくるとしたら、そう遠いことではあるまい」

又次郎さまがご本家から嫁御を迎えられれば、あとは襲封までひた走りだ、とつづけた。殿にはご退隠いただく、と告げた老人の声が耳の奥に谺する。圭蔵は面もちを曇らせたまま、織部正のことばに聴き入っていた。

「兄が次席のままで良しと肚を据えたかどうかが分からぬ」

漆原内記の筆頭職は一代かぎりと言われていたはずだが、それを真に受けるほど父もめでたくはなかったろう。又次郎ぎみを擁するかぎり漆原の天下は避けられぬと見て、まずは家の存続を択《えら》んだに過ぎなかった。それは兄も分かっているだろうが、いずれはという気もちの有無までは知るべくもない。黛清左衛門の名は少壮の名家老として広まりつつあったし、表立ちはせぬまでも黛家が筆頭に返り咲くことをのぞんでいる者は少なくないはずだった。

無言のまま考えにふけっていると、圭蔵が思いつめたような表情で膝をすすめる。

「殿は」いいさして、唾を呑んだらしい。たくましい喉のあたりが大きく動いた。

「まこと兄上さまと袂を分かたれるおつもりで」

眼差しをあげ、相手の面を見やる。ことさら声を厳しくして告げた。

「袂など、とうに分かっておる」

圭蔵が息を詰めて押し黙る。ややあって、

「……心得ました」

常になく低い声がこぼれた。ふかく腰を折ると、そのまま目も合わせずに退出してゆく。

織部正は瞳を落とし、畳に降りそそぐ光の帯を見つめた。季節の移ろいによって日のかたむきも変わる。今日のように部屋のなかばまで差しこんでくるのは、冬のはじまりを示していた。

――そして、春となる。

文机に向かうと、中断していた書状をひろげた。筆に墨をふくませ、ひといきに文字を綴りはじめる。わずかな風に乗って、庭さきから乾いた土の匂いがただよってきた。

二

暮れかけた道を城から下がってくると、屋敷の門からいくつか影が出てくるところだった。わずかに歩を速めると、供をしていた向井大治郎が、それにならう。心なしか表情が強張って見えるのは、小木曾に襲撃された折のことが頭をかすめたからかもしれぬ。それでも懸命に爪先を進めているようだった。

先方も織部正が近づくのに気づいたらしい。振りかえって、丁重な礼を送ってくる。一瞬、兄かと思ったが、むろんそのようなわけもない。薄闇を透かして浮かび上がった長身は、黛家の家宰・近江五郎兵衛のものだった。

「先だっては、亡き恵信院さまの七回忌に際してお心づかいをたまわり、あるじ清左衛門の名代として答礼に罷《まか》り越しましてござりまする」

落ちついた声で口上を述べる。行き来を断っているとはいえ、慶弔は武家の大事である。たがいの身分を考えれば、家宰が礼を述べに来るくらいはふしぎもなかった。おそらく、もう少し早い時刻に来て、織部正の下城を待っていたのだろう。

「痛み入る……遅うなってすまなんだの」

いつぞや藩侯にせがまれた調べ書を持ち出し、今いちど上覧に供していたのだった。「肝ノ臓、甚だお弱りなされて……」という一節に変わりがあるわけもなく、山城守もすこしは落ち着いたらしい。

「僭越ではございますが、以後はよしなき噂などお気にかけず、又次郎さまのご婚礼にお心をそそがれるべきかと存じまする」

織部正がきっぱりした口調で告げると、ようやく顔をほころばせ、うなずいてみせた。かたわらでは、漆原内記が安堵したような面もちとなり、目くばせを送ってくる。藩侯の不安はあの後、幾度かぶりかえしていたようだから、この老人も手を焼いたに違いない。そうしたことに刻をとられたため、かような時刻となったのだった。

「遅いなどと、滅相もないことでございます」

五郎兵衛がこうべを振る。「お役目、まことにご苦労と存じまする。あるじも平九郎堤の修繕にあたまを痛める日々にて」

「さようか――」

とだけ返した。藩庫からようやく費えが出て、堤の補修がはじまっている。直接指図に当たるのは普請奉行だが、治水は次席家老の管掌ゆえ、清左衛門もしばしば現地に足をはこび、監督を怠っておらぬらしい。そうした動向は、兄の監視を命じてある圭蔵から、逐一入ってくる。げんに今このときも、黛邸に貼りついているはずだった。

五郎兵衛を見送って玄関へ入ると、出迎えに来たりくが戸惑い顔で夫を見上げた。

「先ほどまで、黛さまの使いが待っておりましたが」

「ちょうど行き合《お》うたところだ」

履物を脱いで、大小を預ける。袖をかかげて受け取りながら、妻が口早に言い添えた。

「ご答礼の品をいただきましたので、お部屋に入れておきました」

うなずいて居間に向かう。そのまま着替えて遅い食事を済ませたため、書院に入ったときは、夜もそれなりに闌《た》けた時刻となっていた。

さえざえとした夜気が部屋のうちに広がっている。障子を通して差しこむ月光も、やけに白く、冷たかった。日増しに冬が近づいているのだろう。炭火を熾したいところだが、なぜか気が急《せ》いていた。行灯に火だけ点《とも》して、あたりを見渡す。

文机の上に、紫の袱紗《ふくさ》づつみが置かれていた。一尺ばかりの細長い形をしていたが、中身の見当はまるでつかない。膝をつき、おもむろに結び目をほどく。絹の立てるやわらかな音が、静寂のなかではっきりと耳朶を撫でた。

袱紗の中味は、桐《きり》製とおぼしき木箱だった。蓋を取ると、

「ほう」

驚きの声が織部正の喉からこぼれる。

柘植《つげ》の木を彫りこんだものだろう、つややかに磨き抜かれた観音像が箱のなかからこちらを見つめていた。おだやかで丸みをおびた面ざしが、どことなく靖に似ている。供養の品にと作らせたものに違いない。

生まれたての雛《ひな》を掬うような手つきで、観音像を抱え上げた。胸のところで今いちど月光に透かし見たが、やはり義姉だったひとの面影がうかがえる。あの方はもういないのだな、と思った。

障子を閉めていても、晩秋の風がわずかに吹き込んでくる。抱くようにして観音像を眺めていた織部正の瞳が、にわかに細まった。息を凝らして、掌のうちを見守る。

おのれ自身が仏像にでもなったかのごとく動かなくなった。

ややあって、観音を抱く指さきに力を籠める。そのまま、上下へずらすように動かした。像の頭頂からかすかな線が脇を通り、踝《くるぶし》のほうに伸びている。ちょうど前半身と後ろ半身を分けるように一本の筋が刻まれているのだった。これくらいの大きさで、わざわざ接《つ》ぎ木をする必要があるとは思われない。

が、幾たび力をくわえても、観音像はしずかな笑みをたたえてこちらを見上げるばかりだった。

――気のせいか。

と思いかけたが、かぶりを振って、今いちど指さきを動かす。気のせいという言葉ほど、ものごとを歪めるものはない。感じたことには、必ず理由があるはずだった。

指が痺れるほどに力を籠めつづける。寒いと思っていた室内で、いつしか額に汗が滲んできた。

ふいに軋むような音が寒夜を裂く。息を弾ませ目を落とすと、観音の体が二つに割れていた。

洩らしそうになった呻き声をかろうじて呑みこむ。像のなかから紙片がこぼれ、雪のごとく膝がしらに舞い落ちた。

三

今年はもう終わりかと思われていた台風が神山領をおそったのは、十日ほど後のことである。数日まえから風が強まり、叩きつけるような雨がところかまわず降りそそいでいた。

夕刻からはひときわ風雨がつのり、宿直《とのい》の者以外は、早めの下城が触れだされている。すでに、まっすぐ歩けぬほどの勢いで風が吹きつけていた。折れた枝が、見えぬ手で引きずられるようにして足もとを這ってゆく。正面を向いていては呼吸もままならず、顔をそらして、どうにか息をついた。

あるじを強風から守るようにして、圭蔵と大治郎が左右をかためている。近ごろは黛邸を張ることが多い圭蔵だが、この天候ではどうにも危ういゆえ呼び戻したのだった。

帰宅したときには、みな濡《ぬ》れ鼠《ねずみ》となっている。今日まとった裃は使い物にならぬかもしれなかった。

「家に戻ったら、戸を打ちつけておいたほうがよさそうだ」

「まことでござりますな」

玄関先で圭蔵たちがあわただしく言葉を交わして別れる。侍長屋に帰る二人のうしろ姿が、ふたたび豪雨のなかに消えていった。それを見送るあいだにも、軀じゅう至るところから滴がこぼれ、三和土《たたき》を濡らす。りくがあわてて手拭いを差しだしたが、一枚や二枚では足りそうになかった。

冷えた軀を湯殿であたため居間にもどると、妻と子どもたちが不安げな面もちで外のようすをうかがっている。

「屋根が飛びはいたしませせぬでしょうか」

というりくの声も、吹き荒れる風に消され、聞き返さねばならぬほどだった。

「そこまでになるか分からぬが、雨漏りくらいはあるやもしれぬな」

こちらも声音を大きくせねば話ができない。うなるように風が通りすぎるたび、鈴がきゃあと叫び声をあげる。が、その割にさほど怯えているようすはなく、どこかはしゃいでいる風でもあった。新三郎は妹の手を握り、唇を嚙みしめている。あきらかに体が震えているが、騒いでは兄の沽券《こけん》にかかわるとでも思っているのか、うつむいたまま、じっとおのれの膝がしらを見つめていた。

いつもより早く皆を床に就かせ、書院で文机に向かった。先だって書状を送った本藩の家老から丁重な返書が届いていたので、いちど仔細に読んでから細かく裂く。役目がら身についた習いだった。風音がはげしく耳に打ちつける。りくや子どもたちもたやすく眠れはしないだろう。

机に肘をのせ、ぼんやりと行灯の火明かりを見つめた。四半刻ほどそのまま身じろぎもしなかったが、やがてそろそろと立ち上がる。行灯を吹き消すと、にわかに闇が濃くなった。

廊下に出ても、人影らしきものはうかがえない。雨戸を閉めているため、あたりは澱んだように暗く、手さぐりでなければ歩けぬほどだった。風の叫びは耳を聾《ろう》するようで、おのれの足音さえ聞こえてこない。

裏口の心張棒《しんばりぼう》をはずして外に出ると、すぐさま横殴りの雨に見舞われる。息が詰まりそうになったが、どうにか一歩ずつ足をすすめた。厩《うまや》にまわって葦毛を一頭引き出す。いまごろは屋敷の下男部屋で震えているのだろう、いつも番をしている中年男の姿も見えなかった。おびえたような嘶《いなな》きも地をたたく蹄の音も、すべて嵐に巻かれ虚空に呑みこまれてゆく。

葦毛にまたがり、街道を疾駆する。蓑《みの》と陣笠を身につけはしたが、はげしい雨が間断なく吹きつけ、まったく用をなさなかった。風雨の強さにたびたび馬体がゆらぐ。歩いたほうがよかったかもしれぬと思ったが、それでは間に合わぬという声が耳の奥で繰り返されていた。

鹿ノ子堤を通りすぎたときには、轟々《ごうごう》とうなるような音を立てて濁流がほとばしり、杉川の水面が茶色く変じている。堤を渡ってしばらく疾《はし》ったあたりで馬速をゆるめ、左手にのぞく細い道へ分け入っていった。

さほど急ではない坂を上ってゆくと、豪雨の幕を透かして暗い色合いをした地蔵堂が覗いている。二、三人も入れば身動きできなくなるくらいの大きさだった。

かたわらの欅に手綱を縛りつけ、追い立てられるように堂のなかへ入る。扉の軋む音だけが、なぜかはっきり耳の奥に響いた。

堂の奥には古びた地蔵がおさまり、石の面をこちらへ向けている。屋根が壊れているらしく、すぐそばの天井からひと筋の雨がとどまることなく流れ落ちていた。そこを離れ、入り口のあたりに腰を下ろす。ようやく人心地ついたと言いたいが、全身がひどく冷たかった。軀のまわりにたちまち水が溜まり、そそけた床に広がってゆく。

地蔵の首にかけられた赤い布がやけに目を惹いた。見るともなくそのあたりを見つめるうち、

――兄はなにを話すつもりだろうか。

今さらながら、そのような思いが湧いてくる。

ふたつに割れた観音像のなかには、この場所と日にちだけを記した紙片が収められていた。つまり、そこに来いということだろう。折しも台風に見舞われたのは不運とも見えるが、人目を避けるにはむしろ好都合だった。

「――今日よりのち、おれたちは一切のかかわりを断つ」

兄からそう言い渡されたのは、父の葬いを終えた日のことである。寺の一室で、あたりに誰もいないのを見澄まし、口早に告げられたのだった。

思いがけないことばに立ちつくしていると、

「おまえは漆原の懐に入れ」

そして、なんとしても大目付になるのだと続ける。うっすらとだが、兄の考えていることは分かる気がした。

又次郎ぎみを擁した漆原内記が、このまま黛を放置しておくとは思えぬ。筆頭家老の座は一代かぎりというのが藩侯の約束だが、当てには出来なかった。むしろ、いずれは黛を潰し、漆原の世襲となるよう動くと見たほうがいいだろう。

そのとき唯一抗しうるのが、大目付だといっていい。家老の座にあるものを掣肘できるのは、藩主でなければこの職しかなかった。黒沢の家職ではあるが、黛の血を引く新三郎をすんなり就ける内記でもあるまい。その座を手に入れるには、たしかに漆原の信を得るしかなかった。

「……大兄上のお心、承知いたしました」

と応えると、兄はさびしげに笑った。

「大だの小だのは、もういい。あいつはいないのだ」

そののち、公の場以外で兄とことばを交わしたことはなかった。汚吏とはいえ、反漆原を標榜していた小木曾靫負を処分もしたし、あえて兄と対立めいた振る舞いをしてみせたのも一度や二度ではない。そうして十余年を過ごしたのち、ようやく大目付に任じられたのである。漆原の支配が完遂するまで、あと一手か二手を残すだけとなっていた。ここまで来れば、とさすがの内記も気を許したのだろう。

毒殺の噂を取り上げなかったことも大きいに違いない。側仕えだった佐倉新兵衛がいったように、廃嫡された右京が死んだとなれば世人の考えることは決まっている。真偽はともかく、使いようによっては漆原の死命を制することさえできる風聞だが、いまはかの人の信を得るにしくはないと思ったのだった。

兄がみずから定めた禁を破りつなぎをつけてきたのは、いよいよ動き出すつもりなのだろう。来春の婚礼がすめば、又次郎ぎみの襲封は時間の問題となる。残りの刻が限られてきたことは織部正にも分かっていた。

ともかく兄を待つしかないと肚を据え、堂の壁に背をもたれさせる。いっそ少し眠るかと思い、目を閉じた。天井から流れ落ちる雨の音が耳朶を打つ。離れていても、絶え間なく飛沫が降りかかってくるのを感じた。

どれほど刻が経ったか、微睡《まどろ》みはじめた肩がぴくりと跳ねた。面を起こし、うかがうように辺りを見まわす。風雨の音は鎮まる気配も見せず、屋根から漏れ入る水も勢いを減じていなかった。

織部正は、ゆらめく影のごとく立ち上がる。床を軋ませぬよう、足を滑らせながら堂の扉に近づいた。つめたい雨の匂いが、喉の奥に忍び入ってくる。

息を吸いこみ、ひといきに戸をあけた。三間ほど離れた木陰にたたずむ人影が身を竦ませる。背を見せて駆け出そうとしたところへ、声を浴びせた。

「もう遅いっ」

射抜かれたかのように、影の動きが止まった。織部正が一歩踏みだすと、観念した体ですこしずつ振り向く。月は隠れているが、滝壺《たきつぼ》のごとく跳ね返る飛沫のなか、なぜか相手の顔がはっきりと窺えた。怯えたような、どこか拗《す》ねたような面もちが目に飛びこんでくる。

「むかし、傘に当たる雨音を聞いて、おれたちに気づいた方がおられたが」言いながら足をすすめ、庇の下に立つ。右手を上げ、男がまとったものを指差した。「蓑でもおなじだと分かった」

はっと顔色を変えた由利圭蔵が、肩のあたりを摑《つか》む。握りしめた蓑は音を立てたはずだが、横合いから吹きつける風にまぎれて聞こえなかった。

「尾《つ》けてきたな」

織部正は一歩ずつ階《きざはし》を下りながらいった。圭蔵が泣き笑いのような表情を浮かべ、わずかに後じさる。

「……嵐の夜、屋敷から飛び出す主君を案じぬ家臣はおりますまい」

「では、なぜ逃げる」地に下り立ち、雨で霞む影に向かって言い放った。「いや、なぜ、おまえの手は腰のものに伸びている」

言い終わらぬうち鞘走った電光を、抜き放った大刀で受けとめる。するどい響きが、つかのま風の音を消した。

摺り足で身をひいた圭蔵が、八双にかまえる。織部正は同じ構えをとり、間合いを置いて向きあった。

「ここで待つのは、兄上さまでござりましょう……それ以外、考えられぬ」どこか勝ち誇ったように告げる。「やはり、内記どのを討つおつもりでござったか」

それには応えず、織部正は眼差しをあげて対手を見つめた。

「漆原の走狗」言いながら、唇もとを歪ませる。「おれでなく、おまえが」

「……いつから気づいておられたので」

圭蔵が涙い淵からあふれるような声を発した。織部正は胸の奥で吐息をつき、ことばを絞りだす。

「最初からだ」

対手の構えが、わずかに乱れた。すかさず踏み込んで一撃を放つ。すばやく立て直した太刀先が、したたかにこちらの剣を弾きかえした。圭蔵はその隙に身をひるがえし、木立ちのほうへ駆けだす。向き直ると、大きく振りかぶった。織部正も歩をすすめ、身構えながら発する。

「思いすごしであればと願っていた――」

おのれの胸に、見過ごしそうなほど小さなしこりが残っていると気づいたのは、壮十郎が腹を切って一年も経ったころである。兄の死という傷があまりに深く大きかったため、かすかな違和に目が向かなかった。

しこりとは、漆原内記がおどろくほどおのれの動向に通じていたことだった。力ずくで兄を逃がそうとしたことも、久保田治右衛門の屋敷をたびたび訪《おとの》うていたことも承知していたのである。まこと恐ろしき御仁、とは思ったが、ではどのようにしてそれを突き止めたのか、ということに一年を経てようやく思い至ったのだった。

「些細《ささい》な不審をやり過ごすな、と舅どのに教えられた。……漆原内記がいかに油断ならぬ御仁とはいえ、あのころのおれをそこまで重く見ていたはずはない」

高鳴る動悸と裏腹に、おのれの声がひどくしずかに聞こえることを感じていた。

「おまえ自身がいったはずだ、人ひとり見張るのは並たいていのことではないと」

それは、わざと兄の内偵を命じた折に聞いたことばだった。圭蔵が唇を嚙みしめ、口惜しげな声を洩らす。

「いったい、何のために――」

兄を見張らせたのかといいたいのだろう。しごくもっともな問いだが、応える気はなかった。織部正は対手を見据えたまま、声を高める。

「が、いつも側にいる者を抱き込んでおけば簡単であり、間違いもない」

いつからかということも見当がついている。ものものしくかためられた漆原屋敷へ、舅や父たちとともに乗り込んだ折だろう。圭蔵は別室で控えていたが、内記が長い間、中座したことがあった。あのとき内通を働きかけたにちがいない。

うなだれた圭蔵の影が、白く立ちこめる飛沫のなかに滲んでいる。そのあたりから、老人のようなしゃがれ声がこぼれた。

「……お分かりの上で、それがしを用いられたのですな」

「そうだ」織部正はうなずいた。吹きつける風に目をほそめる。「うまく使わせてもらった」

織部正の本心をさぐることも命じられていたのだろう。圭蔵に詰め寄られ、内記への忠誠を語るときも、それが相手に伝わるつもりでことばを択んでいた。じっさい、大目付への昇進は、そうした遣りとりを経てほどなくのことだったのである。というう目的を果たしたわけだが、それは同時に背信の証しでもあった。

「騙《だま》し合いはお互いさまというわけだ」

苦い笑みを返そうとしたが、うまくいかなかった。口角がぶざまに歪んだことだけが分かる。構えたままの大刀がやけに重かった。「金か……そうなのか」

「最初はたしかに、いや」圭蔵がやるせなげに息を洩らす。その剣先も、やはり震えていた。「詰まるところ、妬ましかったのでござろう」

「…………」

「おまえでよかった、などと物分かりのよいことを言ってみたものの、うつくしい奥方と大目付の家を手に入れた友垣を間近で見るのは、思いのほか辛《つろ》うございました」

告げるべきことばは無数にあるはずだったが、いかにしても浮かんではこず、おのれの息づかいだけが耳をふさいでいる。軀じゅうが凍えるように冷えていながら、胸の奥だけが爛《ただ》れるほど熱かった。

「されど殿と送る日々を愉《たの》しいと感じる折もあり……なにが真なのかおのれでも分からなくなっておりまいた」

籠絡されたのは、ちょうどそのような折に当たっていたのだろう。新三郎の動向を知らせるだけでいいといわれた。

すこしだけ瑕《きず》をつけてやろう、と圭蔵は思ったのだった。ほの暗い満足をおぼえれば、それで元にもどれると。

だが、そうはならなかった。壮十郎亡きあと、漆原との縁を絶とうとしたものの、あるじに告げると脅され、内通者の立場から逃れられなかったのである。後ろめたさにおびえ、疑われてはいないかという不安をつねに抱えることとなった。

織部正に恨みをいだく小木曾靫負の居所を知ったのは、そのようなときである。金をわたして襲撃を使嗾《しそう》し、手引きした。最初からおのれが斬り、織部正の信をかためるつもりだったという。

面をあげた圭蔵が、凄惨な笑みを浮かべる。

「悔いてはおりますが、お許しくだされとは申しませぬ」そのまま、わずかに足をすすめた。「生き直せたとしても、おそらく同じこと……今このときでも、すべてを持つ方への妬みを捨て切れておりませぬ」

「すべて――」織部正もあわせて爪先を踏みだす。今度こそ、苦く重い笑みが唇もとにのぼった。「少なくとも、おまえを失った」

どちらが先に躍りかかったか見定める間もなく、ふたつの刃が重なっている。はげしい音とともに、鋼の焦げる匂いがはっきりと鼻腔を突いた。

つづけざまに二度三度と打ち合う。が、いきおいを増す風雨のなかでは、立っているだけで精いっぱいだった。おたがい幾度も泥だまりに足を取られ、転びそうになる。その都度《つど》どうにか体勢を立てなおし、執拗《しつよう》に刃を交わしつづけた。

苛立ちまじりの咆哮《ほうこう》をあげた圭蔵が、後じさって堂の階を駆け上がる。振りかえり、戸口をふさぐように立ちはだかった。まとっていたはずの蓑はいつの間にかうしなわれ、着物の藍地が黒く濡れている。おのれもおなじような有りさまとなっているのだろう。いつ付けたものか、対手の頰にひとすじ傷が走り、血が滴っていた。

追いすがり、階の下から刃を突き上げる。切っ先を払った圭蔵が、真っ向から打ち込んできた。のぼりながら受けとめ、階の上と下で刃をぶつけ合う。互いの切っ先が幾度も堂の欄干をかすめ、木の裂ける音が耳を貫いた。大刀をささえる腕が、痺れるように重い。そろって犬のごとく肩を上下させていた。

刹那、闇の底から半鐘《はんしょう》のような音が鳴りわたる。刃のぶつかる響きに一瞬の空白が生じた。すかさず圭蔵が跳び、唸り声をあげて大刀を振りおろす。かろうじて受けとめると同時に対手の足が地を叩き、さかんに水しぶきがあがった。圭蔵の剣先は織部正の大刀にぴたりと貼りついたまま、ねじ伏せるようにじりじりと迫ってくる。雨に濡れた白刃で視界がいっぱいになった。

やられる、と感じた瞬間、とっさに身をひねっていた。対手は大きくのめったものの、逸れた刃が空に踊り、織部正の腿《もも》をかすめる。するどい痛みをおぼえ膝をつきそうになったが、二度目の突きが繰り出されるまえに、階へ向かって駆け出す。獣のような叫びが跡を追ってきた。

振り向きざま横薙ぎに刀身を払う。圭蔵はあやまたず受けとめたものの、足もとがゆらいだ。織部正は一歩踏み込み、喚《おめ》くような声とともに刃を振り抜く。頭の芯ではげしい金属音が轟いた。

圭蔵が瞳を泳がせ、かたわらに視線を這わせる。跳ね飛ばされた剣が地に落ち、雨の飛沫に洗われていた。織部正はすばやく対手の襟をつかむと、大刀の切っ先を首すじに突きつける。圭蔵は全身から力が抜けたようになり、されるままになっていた。

誰にともなく確かめるごとき口調でつぶやく。

「……むかしは、それがしの方が強うございましたな」

つかのま目を逸らしそうになったが、顔を近づけ、押し殺した声でささやいた。

「止《とど》めを刺すまえに、ひとつだけ聞いておく」

耳に届いているのかどうか、圭蔵は虚《うつ》ろな目をこちらへ向けたままだった。感情のうかがえぬ瞳を見据えて言い放つ。

「なぜ、みやをおれに会わせた……胡弓の女だ。偶然《たまさか》などとは言わせん」

声のない笑いが圭蔵の唇から洩れる。はじめて見るような、ひどく投げやりな笑みだった。

「〈曾茂治〉から逃げた娘……殿のようすからして訳ありのような気がいたし、折にふれ探しておりました。罪ほろぼし……いや、たんなる気の迷いでございましょう」

まことと裏切り者のすることではありませんな、と今度は声をあげて笑う。

「殿が憎いのか、そうでないのか……妬ましいのか、まぶしいのか、今になっても分かりませぬ」

「…………」

「われながら、半端ものでござった」言いながら目を伏せ、震えるような吐息をこぼした。

「ひとは皆、半端だ」襟を突き放し、大刀を振りかぶる。「おれもな」

剣尖《けんさき》が唸りをあげ、雨の飛沫を真っ向から斬る。そのまま大刀を鞘に納めた。圭蔵の瞳はおおきく見開かれ、睫毛の先と唇もとがふるふると揺れている。

織部正は懐から紙入れを出し、階のうえに置いた。白く煙る虚空を見据え、おのれへ言い聞かせるように告げる。

「……この嵐に巻かれ落命と届けておく。妻子の身は立てよう」

呆けたごとくうなだれる圭蔵のそばを通りすぎる。風雨に嬲《なぶ》られたままの刀身を拾い上げ、木立ちの奥に向けて放った。視界は煙るような雨で霞み、どこまで飛んだのかは分からない。

織部正は欅につないだ葦毛へ近づき、手綱を取った。圭蔵のいるあたりから、腸《はらわた》を引き裂くような咆哮が聞こえる。が、風の音がかぶさり、やがてどこかへ消えていった。

四

平九郎堤とおぼしきあたりが望めたころには、濁った雲に覆われた空が、わずかに白みはじめている。それでいて嵐はいささかも和らぐ気配を見せなかった。葦毛の蹄も強風にあおられ、幾度となく揺らいでいる。

織部正は手綱を握る手に今いちど力を籠めた。軀の芯まで冷たい雨に打たれながら、掌だけがはっきりと汗ばんでいる。刃を交わすうち鳴りわたった半鐘が気にかかっていた。出火や大水など危急を知らせる合図のはずである。

たんに嵐だからといって、みずから定めた約束を打ち捨てる兄ではなかった。むしろ内密の会合には利があることも分かっているだろう。じっさい、他の口実を考えるまでもなく、天候にかこつけ圭蔵を黛邸の見張りから呼び戻すことができた。

この刻になっても姿を見せぬのは、ただならぬことが起こったとしか考えられない。思い当たるのは、くだんの堤だった。非常のときとて登城を余儀なくされたのかもしれぬ。そうあってくれと祈っていたが、胸の裡でつのるざわめきを抑えることができなかった。

土手のうえに駒を止めて、闇の奥をうかがう。決壊したあたりは二十間以上向こうだが、すでに修築が進んでいるはずだった。普請奉行の配下だろう、げんにいまも風雨を圧して槌音《つちおと》のごときものが聞こえてくるし、はっきりとは窺えぬが、眼下に何十もの人影が群がっているようだった。

その間にも黒い川面はひたひたと水かさを増している。見守るうち、とうとう唸るような音を立てて岸辺を浸しはじめた。

葦毛が甲走《かんばし》った嘶きをあげる。おもわず周囲を見まわすと、三間ほど左方にそびえる樫のうしろに黒い影がのぞいていた。そのあたりから、荒い鼻息と苛立つような蹄の音が聞こえてくる。どうやら、つながれた駒と威嚇し合っているらしかった。ひとまず安堵し、いまいちど前方に向き直ろうとする。

が、織部正の軀は、途中で動きを止めた。次の瞬間には葦毛から飛び降り、手綱もそのままに駆け出している。はげしく梢を揺らす樫に近づきながら、息をすることも忘れていた。

つながれた黒馬は、嵐のなかでも目につくほど堂々たる体軀をしている。闇を塗り籠めたようにつややかな膚《はだ》の下に、若々しい筋肉が盛り上がっていた。

――これは……。

堤で行き合った兄の姿が脳裡をかすめる。みごとというほかない黒馬にまたがっていた。目のまえにいるのは、あのときの駿馬《しゅんめ》に違いない。

平九郎堤の修築は、次席家老たる兄の職掌である。じかに指揮を取るのは普請奉行だろうが、嵐に際し、堤の様子をたしかめに来てもおかしくはなかった。

いきなり、くだんの黒馬が風雨を圧するような叫びをあげた。地鳴りのごとき響きが湧き起こり、つかのま体が宙に浮く。よろめきながら眼下に瞳を凝らした。

天を衝くように盛り上がった川面が中空ではじけ、岸辺に雪崩れ込んでいる。大地が揺れ、全身に飛沫が降りかかった。土手の際まで走り寄ると、そのまま息を詰めて闇の底を差し覗く。

渦巻く川水がとめどなく溢れ出し、天狗の曲がりに押し寄せる。豆粒のような人影が、見る間に濁流へ呑まれていった。黒い流れが土を砕き、咀嚼《そしやく》する音まで聞こえる。巨大な拳のごとき塊が堤を砕き、するどい矢のように向こうがわへ突き抜けていった。内記とことばを交わした薄の原は、すでに跡形もない。

雨がひときわ強く顔に吹きつけてきたが、息苦しささえ忘れている。見えているはずの光景が頭に届かず、耳を刺す風の音も聞こえなかった。

嵐にあおられ、上体がゆらいだ。かろうじてこらえたものの、足に力が入らず、爪先を踏みだすこともできない。吹きつのる風を浴びながら、織部正はいつまでも立ちつくしていた。

冬のゆくえ

一

踝まで埋まるほどの泥濘《ぬかるみ》を掻き分けながら足を進めてゆくと、いくらか急な坂の上に二十間はあろうかと思われる海鼠塀がうかがえる。織部正は吐息をこぼし、額に滲んだ汗をぬぐった。かたわらでは、海老塚播磨がせり出した腹を持て余すように歩みながら、やはり肩を喘がせている。随行の下役たちはひとあし遅れ、ようやく坂に取りついたところだった。

くだんの海鼠塀は庄屋屋敷のものである。近づいてゆくと、心なしか、鼻腔を突く匂いが大気のなかに漂っている。海老塚が喉の奥で呻き声を押し殺すのが分かった。門前にいた足軽たちが、ふたりに気づき礼を送ってくる。うなずき返す間すら惜しんで、足を速めた。いつの間にか、小走りに近くなっている。

冠木門《かぶきもん》をくぐると同時に、息を呑み込んだ。前庭のあたりから敷き詰められた筵《むしろ》の列が、母屋に沿って見渡すかぎりつづいている。おそらく角を曲がった先にも延々と連なっているのだろう。横たわる者のようすはさまざまで、叫びながらうごめく影もあれば、ぴくりとさえ動かぬ軀もあった。

「……これはひどい」

掌で鼻を覆って海老塚がつぶやく。忌々しげな調子で付けくわえた。「手当てにいったい何万両かかることか」

平九郎堤がふたたび崩れたことで、流域の村々は壊滅と呼べるほどの被害をこうむった。すでに一昼夜が経ち、嵐こそ通りすぎたものの、いまだ死者やけが人の数さえ正確にはつかめていない。織部正をふくめ要職にある者たちが手わけして検分にまわっているが、武士も百姓も一緒くたになって寺や庄屋屋敷に収容されており、ひとつひとつ回るだけでも、膨大な刻がかかるものと思われた。

普請奉行の骸は昨日のうちに発見された。堤のすぐそばにいたのだろう、遺体の損耗がはげしく、帯に結わえてあった印籠の紋で、ようやくそれと分かったのである。

黛清左衛門らしき姿はいまなお見つかっていない。海老塚とは、ひとつ前の寺で、たまたまいっしょになった。勘定畑をつかさどる身としては、なるべく早く被害のさまを把《つか》んでおきたいのだろう。会うなり、

「漆原さまにもよしなに……」

と言い添えることを忘れぬのがこの男らしいが、内記の引き立てで執政入りした海

老塚から見ても、おのれと筆頭家老の距離は近しいものと映るようだった。十余年の雌伏は実をむすんだというべきだろうが、兄にもしものことがあれば、すべてが無に帰するほかはない。

咳きこむような音が近くであがり、われに返る。中年の百姓が身悶《みもだ》えしながら苦鳴を洩らし、七、八歳とおぼしき子どもがすがりついてくるのを押しのけた。尻もちをついた童が顔を歪め、口もとをわななかせる。百姓は唸り声をあげ、はげしく喉をかきむしった。つづいて赤い塊を吐き出したかと思うと、二、三度体を震わせただけで急に動かなくなる。

溜め息をこぼした海老塚が、足早に先へすすむ。織部正は声をあげ、門のところにたたずむ足軽を呼んだ。吼《ほ》えるように泣きじゃくる子へ近づき、おもむろに肩へ手を置く。童はびくりと身を震わせ、怯えた色を隠そうともせずに、見知らぬ侍を仰いでいた。

「ひとつだけ覚えておくといい」

しゃがみこみ、小さな瞳を覗く。童が気圧された体で、こくこくとうなずいた。

「もし、おまえがいつか父の夢を見たら」織部正はひとことずつ区切るようにいった。「それは、どこかでこの男がおまえを気にかけているということだ——会えないところからでも」

それだけ告げて立ち上がる。母が亡くなったとき、おのれもまたそう教えられたのだった。

童は哀しみと困惑をいちどきに抱えた様子で、棒立ちになっている。が、唇を嚙みしめ、こぼれ出る声を抑えようとしている風にも見えた。

近づいてきた足軽に子どもを託して、行く手に向きなおる。わずかに遅れて、あっ、という叫びが背後であがった。振りかえると、今しがた童を預けた足軽が、ひどくもっさりした体軀を慌ててちぢめている。なにか用があるのかと思ったが、顔をあげようとせぬので、そのまま場を離れた。童は戸惑いを滲ませながらも、まっすぐな視線で織部正を見送っている。

何歩かあるいて思いだしたのは、りく付きの女中だったすぎが、熊のような風貌の足軽に嫁いだという話である。あるいはいまの男がと思ったが、先を急ぐ気もちがまさっていた。

筵の列に空いたわずかな隙間を縫って進んでゆく。横たわる者たちのあげる呻き声が、絶え間なく耳朶を刺した。

母屋の角を折れた途端、目のまえへたたずむ影に視界をふさがれた。先に行ったはずの海老塚が、身がまえるような姿勢で立ちつくしている。猫背ぎみの背から瞳を動かし、織部正は声を吞みこんだ。

敷地の外へ出たかと惑うほど広い梅園に、前庭とは比べものにならぬほど数多の筵が敷き詰められている。ざっと見ただけで二、三百はあるだろう。その頭上では、いまだ花には間のある木々が、寒々とした梢を曇り空に向かって突き上げていた。

海老塚が、ひとことも発さぬまま背だけを震わせている。織部正は声をかけることも忘れ、よろめくように歩をすすめた。

足もとに力が入らぬまま、色のない木立ちを掻き分けてゆく。まるで見知らぬ国をさ迷っている心地がした。

動いているのは、おのれだけであるような感覚に襲われる。いつの間にか、鼻腔を刺す臭いも強くなっていた。

時おり足もとで呻き声が湧くと、そのつど苦悶《くもん》をたたえた顔が手を伸ばしてくる。冷ややかな大気のなかで、全身にとめどなく汗が滲んだ。一歩ごとに息苦しさが募ってゆく。

ながい刻が過ぎたように思えたが、じっさいは百歩ほどしか進んでいなかったに違いない。にわかに足が動かなくなった。はっとなって目を落とすと、血と泥に汚れた手がおのれの踝をつかんでいる。弾かれたようにこうべをめぐらし、腕の先をたどった。

筵から出ている顔は、やはり泥にまみれ、面ざしもさだかではなかったが、しだいに見覚えある風姿が瞼の奥に立ちあがってくる。織部正は慌しく腰を落とし、横たわる男に向かって呼びかけた。

「五郎兵衛――」

黛家の家宰・近江五郎兵衛だった。先だって行き合ったところだから、見まがうはずはない。

ことばが発せられぬのか、五郎兵衛は苦しげな呻きを洩らすだけだったが、泥まみれの顔からのぞく瞳に安堵めいた影が差したようだった。織部正から離した指で、そのままかたわらを示す。

その先にあるものを確かめるよりはやく、隣に伏す人影へ駆け寄っていた。顔の右半分にぼろ布を巻かれた武士が、筵のうえに横たわっている。もう片方の目は閉じていて、身動きひとつする気配もなかった。

膝をつき、肩のあたりに手を当てた。おそるおそる揺すってみたが、清左衛門の首は木偶《でく》のようにぐらりと傾ぐだけである。織部正は額からしたたる汗をぬぐうことも忘れ、布に覆われた頬をさすりながら兄を呼びつづけた。

二

体をさばいて剣先をかわすと、上段から竹刀を振りおろした。対手の肩に当たる直前で止めると、判定役が一本を宣している。織部正はもとの位置にもどり、ふかぶかと腰を折った。師の峰岸丑之助も、すっかり白くなった髷をこちらに向けて下げる。

「ありがとう存じました」

礼を述べると、皺の目立つ顔をくしゃりとほころばせた。

「ご用繁多《はんた》の割には、精進しておられるようですな」

「割には、でございますか」

苦笑して返すと、師は笑みをいっそう大きくして、さよう、割には、と言い添えた。一本取られたほうが言うこととも思えぬが、負け惜しみというわけでもないらしい。いまいちど礼を交わして稽古場の隅に引き上げる。見守っていた門弟たちも緊張を解き、おもいおもいに素振りや立ち合いをはじめた。

そうたびたびとはいかぬものの、いまでも年に幾度かは峰岸道場をたずね、ひと汗かくことがあった。師の丑之助はすでに隠居し息子に家督をゆずっているが、道場にはしょっちゅう顔を出している。織部正があらわれると、一手立ち合うのが習いとなっていた。

「負けておいていうのもなんじゃが……いくぶん太刀筋が荒れておりますな」

師がそう口にしたのは、稽古を終え、離れの縁側に腰を落ち着けてからである。

とっさに応えを返せずにいると、

「まあ、いまは止《や》むを得んでしょう」

おのれへ確かめるように何度もうなずいてみせる。言いたいことはすぐに分かった。圭蔵を亡くした動揺が癒えていないと思っているのだろう。昔からの弟子ゆえ、それは師自身の心もちでもあるはずだった。

その推量は的はずれというわけでもない。丑之助は知る由もないが、立ち合っているあいだ、先夜の斬り合いが頭を離れなかった。いっそ圭蔵と刃をまじえているような錯覚に見舞われた瞬間もあったのである。

あの夜告げたとおり、由利圭蔵は嵐に巻かれて死亡と届け出てある。領内で数百人の死者が出たと聞いているから、それ自体で漆原の不審を招くことはないはずだった。

平九郎堤の決壊でもたらされた被害は、甚大というほかないものである。流域の田畑五十町歩が汚泥に埋もれ、普請奉行をはじめとする藩士百人近くがいのちを失った。数日まえ、海老塚が藩侯の御前で披露した試算によると、すべての手当てに三万両はかかるだろうという。さすがの漆原内記も、はじめて見せるほどの蒼ざめた面もちをあらわにしていた。

「黛さまでは、家宰の方が亡くなられたそうですな」

丑之助が瞑目してこうべを垂れる。織部正は無言のまま顎を引いた。

あの日、堤に出向き普請奉行以下の者を督励していた長兄は、一命を取りとめたものの総身に深傷を負った。いまだ出仕のかなわぬ身であり、もはや再起はあり得まいと家中の見方は一致している。家宰を欠き、当主が床から離れられぬようでは、黛も、はやこれまでと噂されていた。

師はそれ以上、堤の話をつづけようとはしなかった。生まれたばかりの孫に話柄を移したので、こちらも応じて他愛のない世間話をかわす。するうち、やはりめっきり髪の白くなった奥方が、手ずから茶菓子を運んできた。礼を述べ低頭すると、こちらの面をしげしげと見つめてくる。

「ご立派になられましたこと」

感に堪えたというふうにつぶやく。稽古だけで帰る日が多いから、奥方に会うのはずいぶん久しぶりのことだった。丑之助が、失笑しながら妻を見やる。

「かえって失礼であろう」

奥方は意に介するでもなく、ふくよかな顔をほころばせた。

「とは申しましても、ねえ」

同意をもとめるように織部正を見やると、腰を下ろしたまま、頭の高さで手を平らにしてみせる。

「こんなお小さいときから、いらしてたのですもの」

「あのころは」織部正は目を伏せ、膝がしらのあたりを見つめた。「弱《よお》うございましたな」

師がとつぜん笑声をあげた。おどろいて面を向けると、

「今とて、さほど強くはござらぬよ。ご精進ご精進」

いたずらっぽい表情になり、今いちど大きな声で笑う。苦笑を呑みこみながら茶碗を口もとにはこんだ。ごゆっくりなさいまし、と告げて奥方が去ると、にわかにあたりが鎮まりかえったように感じる。どこまでも高い空が朱を孕み、ところどころ浮かぶ雲の縁に傾きはじめた日が照り映えていた。

かるく吐息をつくと、小皿に盛られた干菓子をつまむ。かりりとした歯触りと、まぶされた砂糖の甘みが心地よかった。茶で喉をうるおし、庭の水仙に目を落とす。よく手入れされた花弁が、夕間暮れの乾いた風に黄色い影をさらしている。奥方が丹精したものだと聞いた覚えがあった。心もとない記憶ではあるが、少年だったころもおなじ場所に咲いていた気がする。ここへ通うようになって二十年経つのだな、と思った。

「――お話ししたものか迷いましたが」かたわらで、ひとりごつような声が洩れる。目を向けると、師の丑之助がやはり庭を眺めながら茶を啜っていた。

「道場に普請組づとめの者がおりましてな」

つづけた師のことばに、どこかためらう気配が漂っている。

「その者は無事でござりましたか」

先を促すつもりで問うと、丑之助がゆっくり顎を引いた。

「さいわい、すんでのところで大水には呑まれませなんだ。目のまえで朋輩たちが攫われていったは、かなりこたえたようでござるが」

織部正は眉を寄せ、拳のあたりに目を落とす。会ったことがあるかどうかも分からぬ男の心もちが、おのれの痛みでもあるかのように胸奥で疼いた。

「それで……」

面をかたむけ、師の横顔をうかがう。斜めから差しかかる日ざしが、齢のわりに艶のある頰を照らし出していた。

丑之助はなおもためらう風を見せていたが、やがて意を決したように口をひらく。

「その者は親類に不幸があり、嵐の数日まえ、夜更けて堤のあたりを通りかかったのでござるが」皺ばんだ喉がごくりと鳴った。「胡乱な人影を目にしたと申します」

「胡乱――」

鼓動がにわかに速さを増す。丑之助は重々しいしぐさで頷いてみせた。

「十人ほどと見えたそうですが、堤の陰に固まり、何ごとか為《な》しているようだったと」

「…………」

「向こうも気づいたのか、すぐに姿が見えなくなったゆえ、修繕の下見にでも出向いた者たちかと思うた由。が、時刻も時刻でござる。大水に遭ったあと、どうにも気にかかり、あらためて普請組の帳面を調べたそうにて」

「して、いかなる仕儀に」

おぼえず身を乗りだしていた。丑之助は鬢のあたりに手をやり、おもい溜め息をこぼす。

「その刻限、平九郎堤へおもむいた者はなかったと」

喉の奥から呻き声があふれるのを抑えられなかった。堤が崩壊する光景や、庄屋屋敷の庭にならべられた筵の列が、瞼の裏ではげしく明滅する。上体がふらつき、縁側に掌をついた。

「つまり……」あえぐような声を洩らす。「その者たちが、堤になにかしら細工を施したと」

「証しはござらぬ」師がやるせなげにこうべを振った。「ゆえに、その者も言いだしかね、それがしにのみ打ち明けた次第で」

年寄りの胸にだけ納めておいてよいこととも思えず、かくお話しつかまつった、と沈痛な調子でいい、眉間にふかい皺を刻む。ふだん磊落で人当たりのいい師が、このような表情を見せたことは記憶になかった。

織部正はゆっくりと面をあげ、ほのあかい光に焙《あぶ》られる雲を見つめた。縁側で座っている分にはほとんど感じぬが、空の奥で風が吹いているのか、茜色に染まった塊が、駆けるような速さで西のほうへ流れてゆく。

そのまま天を仰いでいるうち、かすかな肌寒さを覚えた。かるく身を震わせると、師のほうへ視線をうつす。幼な子を見守るような、ふかい瞳が待ちうけていた。織部正は唾を呑み、ことさら低い声で告げる。

「会わせていただけまするか、その者に」

三

「輿入れの儀、つつがなく運びおるようで何よりじゃの」

山城守正経が、顔をほころばせていった。漆原内記が上畳に坐した藩主へ向き直る。

「これも織部どののお骨折りにて」

「滅相もないことでございます」

織部正は膝をそろえて低頭した。藩侯は上機嫌の体で、幾度も深くうなずいてみせる。かたわらで海老塚播磨が眉を寄せたのは、かんたんにいえば、面白くないということだろう。尾木将監はといえば、会議のはじめから半眼となって腕を組み、なかば眠っているふうを保ちながら話に耳をかたむけていた。

武者窓からのぞく空にはおもい雲が広がり、まるで来たるべき冬を先取りしているようだった。午後になっても日ざしはとぼしく、そろえた足さきには冷気さえまとわりついている。もうしばらくすれば初雪が降り、武士も百姓もなく、身動きのままならぬ季節がおとずれるのだった。

「つきましては来春、殿ご出府のみぎり、城中にて盛大なる宴を催したく」

内記が重々しい口調で言上する。山城守が、おお、とよろこびの声を発した。温顔といってもよい面ざしが、はっきりと紅潮する。

堤の決壊という非常時に呑気《のんき》とも思える提言だが、そうでないことは織部正にも分かっている。おのれの血を引く又次郎の治世が盤石となることを、国中に示しておきたいのだろう。あわせて弥四郎を家老見習いとして出仕させ、くだんの宴を差配させる旨が言上される。漆原内記の策は、いよいよ終局に入ったようだった。手をたずさえるべき兄が身動きできぬ以上、阻むすべはないといっていい。

又次郎はすでに世子としてお目見えがすんでいるから、ご定法《じょうほう》により江戸住まいとなっている。本家から輿入れする姫は、まず神山に入ったのち、舅となる山城守と同道して出府する手筈《てはず》だった。

「市《いち》どのも喜ばれるであろう」藩侯の声音がはずんでいる。「わが家の面目もおおいに立つというもの」

市というのが、輿入れしてくる姫の名だった。本家当主の末娘で、まだ十三歳と聞いている。やはり本藩からの嫁とりは、名誉であると同時に気が張るものらしく、宴についても山城守も常になく関心をいだいたようだった。能の大夫は誰がよいとか、舞の趣向もくわえてはどうか、など思いつくままに述べ立てる。しばらくそうしているうち、ふと思いだしたというようにつぶやいた。

「……清左衛門は宴に加われようかの」

ひやりとした沈黙が座をすべってゆく。内記も応えあぐねているらしく、滅多に見せぬ困惑の色を滲ませていた。宿老たちもみな口を噤《つぐ》み、面を伏せている。藩侯がばつ悪げにうつむいたとき、尾木将監がようやく瞼を開けた。

「文字どおり老婆心というやつでござるが」自嘲ぎみな笑声をこぼしつつ、おもむろに腕組みを解く。「その宴、費えのほうはいかほどとなりましょうか」

そのまま海老塚のほうへ面を向けた。答えをもとめられた当人は、あからさまに迷惑げな面もちを浮かべながらも、思案する風情で眼差しを宙にさ迷わせる。ややあって、ためらいがちに告げた。

「――さよう、能舞台などしつらえ、ご本家ならびに姫ぎみ付き添いの方々へ贈答の品も仕度いたすとなれば、二万両にもなりましょうか」

二万両、と頓狂な声をあげたのは山城守だった。内記が苛立たしげにおのれの膝を指さきで叩く。海老塚が慌てて腰を浮かせた。

「いや、なんとか一万八千両ほどですむやもしれませぬ」

最後のほうは声が消え入りそうになっている。内記が失笑を洩らすのと、

「たいして変わらぬの」

藩侯が呆れたような声でひとりごつのが同時だった。脇息《きようそく》に半身をもたせ、額をおさえる。「堤の修繕が三万両、宴が二万両……貧《ひん》したくはないものじゃのう」

「ご、ご本家にいくらか用立てていただくわけには参りませぬでしょうか」

海老塚の声がはっきりと震えている。額が脂汗でてらてらと光っていた。

「嫁をもらうに、当の相手から金を借りようとかっ」

ふだんは温厚といってよい山城守が、めずらしく声を荒らげる。海老塚の面がさっと白くなった。

内記も扇子の先で相手を指して言い放つ。

「そこをどうにかいたすが、そこもとのお役目であろう」吐き捨てるようにいって、

舌打ちを響かせる。「まこと数合わせにしか使えぬ御仁じゃ」

織部正は眉を寄せた。もともと海老塚を軽んじるふうはあったが、これほどあからさまな面罵は今までにないことである。覇道の成就を目前にして気がゆるんだのかもしれなかった。当の海老塚はいっそう身をちぢめ、恐れ入りまする、恐れ入りますると幾度も繰りかえしている。

「これはしたり。よけいなことを申しましたようで」尾木将監が困惑したように、黒い筋の一本も見当たらぬ髷を傾げる。

織部正は上畳のほうに軀を向け、声を発した。

「おそれながら、頼るべきはやはりご本家。重ねての無心も是非なきことかと」

「されど」

山城守が苛立ちまじりの声とともに顔をしかめる。織部正は笑みを浮かべながら、ひと膝すすみ出た。

「堤の修繕に思いのほか大枚を要し……と申し上ぐればいかが」

「なるほど、使いみちは、こちらで按配《あんばい》すればよいか」

藩侯がおおげさなまでに音を立てて膝をたたく。武者窓から木枯らしが吹きこみ、飛びこんだ枯れ葉が織部正の膝先で舞った。内記が安堵した体で吐息をつき、こちらへ身を乗りだしてくる。

「ではご苦労じゃが、いま一度ご本家への使いをお願いできようか」

「むろんでござりまする」

容儀を正して低頭する。「ついては、愚考つかまつったことがござります」

「ほう」

筆頭家老がうかがうように目を細めた。「申されよ」

「こちらが戴くばかりでは、いかにも釣り合いが悪うございます。せめてひと葛籠《つづら》やふた葛籠ほどの手土産を持参すべきではないかと」

濃く太い内記の眉がぐっと寄せられる。誰にともなく問いかける調子で洩らした。

「道理ではあるが、今そのようなゆとりがあろうか」

「――よろしいのではござらぬか」

声をあげたのは尾木将監だった。「なにか貰《もら》えばただでは帰せぬのが、ひとと申すもの。たとえば二百両の土産で百倍借りられたとなれば、じゅうぶん元は取れ申す」

「おお、いかにも左様じゃ」

山城守が嬉しげな声をあげる。ただちに土産用の金子を用意いたせ、と執政たちに向かって命じた。

「はっ」

と応えて海老塚が腰を折る。どうにか働きどころが生じたということだろう、蒼ざめていた面にすこし血の色がもどっていた。

四

「とうとう初雪になりましたね」

門口まで見送りに出たおときが、傘を差しだしながらいった。薄くにごった空を見上げると、やわらかな欠片《かけら》がちらほらと降りはじめている。それほどのことにはなるまいと思ったが、借りておくことにした。受け取るときに触れた女の指さきが、やけに冷たいと感じる。

「壮太が残念がります」

めずらしく、おときが引き止めるようなことをつぶやく。少年はすこし離れた店まで使いに出たところだという。ゆっくり呑んでいれば会えるだろうが、今日はそういうわけにいかなかった。

「約束があってな――また来る」

言いおいて傘をひろげた。振り返らずに歩きだす。

夕暮れまえから点っていた町の灯が、濃さを増す宵闇のなかに浮かび上がっている。日ごとに寒さもつのり、柳町もいくらか人通りが減じてはいたが、やはりこの時刻になると遊里ならではのにぎわいに包まれるようだった。

雪は途切れることなく降りつづいている。歩くのをさまたげるほどではないが、きびしい冷えに足さきをつかまれていた。

――雪が降るまえに戻れてよかった。

役向きのことゆえ話さなかったが、本家へ使いのお役を果たして、一昨日帰国したところである。浦井豊後という先方の家老とはすっかり懇意になっており、もう数日逗留《とうりゅう》してはと勧められたものの、空模様が案じられるため早々に辞去したのだった。

手土産が利いたというわけか、いままで借用した分にくわえ、二万両の融通を承諾してもらったが、本家とて苦しい内証にかわりはない。当代の藩主は男子だけで十五人という子福者で、それぞれの子に相応の知行を分け与えねばならぬという。今のままではこれ以上の融通がむずかしい、と浦井も言っていた。

織部正はかるく傘を揺すり、積もった粉雪を払い落とす。ときどきそうしておかないと、知らぬ間にずいぶん重くなっていることがある。このあたりでは、誰もがそうした傘の使い方をするのだった。

吐く息が虚空に白くたゆたい、すぐに消え去ってゆく。幾度となくそれを繰りかえして歩むうち、目指す小料理屋の行灯が目に入った。表に〈和香奈《わかな》〉と書かれている。ここで約束の相手と落ち合うことになっていた。

みやが出入りする蒼月楼は遊女屋だから考慮の外として、おときの店にしようかという思案が頭をよぎらなかったわけではない。とはいえ、小上がりに陣取っても他の目は避けられないだろう。和香奈は亡き舅に教えてもらった店で、目付すじの贔屓《ひいき》が多いらしい。座敷もあるし、小体ながら旨い酒がそろっている。人目をはばかる会合にはうってつけの場所だった。

相手は師の峰岸丑之助に紹介された四十男で、千塚兵蔵《ちづかひょうぞう》という名らしい。平九郎堤であやしい影を見たという人物だった。一刻も早く話を聞きたかったが、相手も決心がつかぬのだろう。なかなか返事を得られぬうち使いに立たざるを得なかった。留守中にようやく応諾のつなぎがあり、早速ここへ呼びだしたのである。

編笠をおろし暖簾をくぐると、すでに女将《おかみ》が玄関先にひかえている。おのれと同年配で、細面ながらやわらかい眼差しをした女だった。指をきれいにそろえ、頭を下げてくる。

「ようこそお運びいただきまして」

とはいえ、おたがい先代からのなじみである。形式ばった挨拶はそれくらいのものだった。立ちあがると、女将がいくらか声をひそめて告げる。

「まだお見えになっておりませんが」

「待とう」

案内されるまま二階の座敷へあがる。隅に火鉢が置かれ、十二畳ほどの間はほどよく暖められていた。

腰を下ろすと、女将と入れかわりに仲居が徳利と小鉢を持ってくる。ひとと会うことが分かっていると見え、そのまま残りはしなかった。切り干し大根の歯触りを愉しみながら、苦めの酒を啜る。盃をなんどか空けても、千塚は姿を見せなかった。

半刻ほど経つと、女将がすまなげな顔であらわれる。外の灯で明るむ窓障子を仰いで、

「近くまで、ようすを見に参りましょうか」

といった。

「まあ、野暮用でもできたのだろう。案じずともよい」

さあらぬ体でこたえる。相手の顔を知らぬとは言わなかった。千塚は目印として牛の根付を持参すると聞いている。師匠の名に引っかけたものかと思ったが、本人も丑《うし》年だという。

女将はひとまず安堵して下がっていったが、徳利があたらしくなっても、待ち人がおとずれる気配はない。織部正も玄関の開く音にいちいち耳をそばだてるようになった。

「そろそろ鍋のご用意をいたしましょうか」

ふたたび女将がやってきたときには、さすがにつよい空腹を覚えている。蟹《かに》雑炊と鍋料理がこの店の名物だが、織部正の好みは、鱈《たら》の身に豆腐と葱《ねぎ》をたっぷり混ぜた鍋のほうだった。千塚が来たら出してもらうことになっている。

「そうだな――」

鍋はともかく、なにかこしらえてもらおうか、といったとき、にわかに窓の外が騒然となった。人通りのみだれる音が起こり、叫び声のようなものまで伝わってくる。

立ち上がり、すばやく腰に大小を差した。不安げな面もちの女将に、低めた声で告げる。

「誰も外に出るな」

女がうなずき返すのと、織部正が部屋を駆けだしてゆくのが同時だった。階段を下り、玄関口にひかえている小女から履き物を受けとる。突っかけると、そのまま戸を引き開けた。ちりちりと刺すような夜気が顔に押し寄せてくる。

五、六間ほど左へ行ったところに、人だかりが出来ていた。店先の灯火に照らされ、黒々とした塊となって闇の奥に浮かび上がっている。

「すまん」

声をかけて人垣に分け入る。藩士だと察したのだろう、町人たちが慌てて道をあけた。のめりそうになりながら、前へ進み出る。

暗がりの底にうずくまる影が目に入った。まだ町方は出張っていないらしく、こわごわ取り巻くばかりで、そばには誰もいない。織部正は急ぎ足で近づき、ひざまずいた。

羽織をまとった武士がうつぶせに倒れている。まわりには血だまりができ、確かめるまでもなく、すでに事切れていた。

骸の肩に手を添え、おもむろに裏返す。中年らしき男の頭が、がくりと傾いだ。羽織の胸もとが深く裂け、勢いよく血が吹きだしている。

織部正の喉から呻き声がこぼれた。男の帯に結わえられた根付が、おぼろな灯火に照らされる。白かったはずの牛が赤くよごれ、ひどく心細げに揺れていた。

五

日が落ちてから下城してくると、玄関さきにりくが姿を見せていなかった。かわりに出迎えた侍女が、案じるような色を滲ませていることに気づく。たずねてみると、新三郎が急な熱を出し、寝込んでいるという。織部正は召し替えもせぬまま廊下をすすみ、寝間の障子をそっと開けた。

濡らした手拭いを息子の額に当てて、りくが付き添っている。織部正に気づくと、安堵したように頰のあたりをゆるめた。鈴は母の膝にもたれて寝入っている。

「お出迎えもせずに……」

口ごもりながら低頭する。かまわん、といって妻の横に腰を下ろした。新三郎は眠っているものの、顔を真っ赤にして荒い息をついている。鈴は兄のそばについているといい張ったが、じき退屈して眠くなり、このありさまとなったらしい。りくが気づかわしげに眉をひそめた。

「急に寒うなりましたゆえ、風邪を引いたらしゅうございます。男の子は病が多くて困る、とすぎもこぼしておりましたが」

「結局、女のほうが強いのだ」

まあ、といって、わざとのように妻が唇を尖《とが》らせる。苦笑してまぎらしたが、本音でないこともなかった。

しばらく見守るうち、すこしは新三郎の呼吸が落ち着いてきたようだった。りくの肩からも、いくらか力が抜けてくる。

「ともあれ、着替えてくるとしよう」

お手伝いを、というのを留めて立ち上がり、妻の膝から娘を抱きとった。起きるかと思ったが、手足をぶらぶら揺らしながら、平然と寝こけている。鈴の口もとにたまった涎《よだれ》を拭きとり、そなたも休め、といって部屋を出た。

娘を侍女に預けて居間へ入ると、息つく間もなく向井大治郎があらわれる。ここしばらくは供の役目を免じ、調べごとを命じておいたのである。報告することがあるのだな、と見当がついた。案の定、腰を下ろすのももどかしい、といった体で若者が口を切る。

「千塚兵蔵どのの件でございますが」

うむ、と応えて相手の面を差し覗く。大治郎は、まっすぐに伸びた眉をけわしく寄せ、膝を進めた。

「十年以前、雷丸におったことが分かりました」

総身に冷たいものが走る。過去から伸びた手に、首すじを捉えられた気がした。

先夜斬殺された千塚兵蔵は、もともと小田切《おだぎり》という旗奉行の次男だった。若いころは漆原伊之助の一味として、さんざんに放埒《ほうらつ》を重ねていたという。頭分の死で雷丸が瓦壊したあと、どうにか婿入りの口を見つけ、普請組に出仕していたのだった。峰岸道場へ通うようになったのは、それ以後のことらしい。

明らかになったのは、そこまでのようだった。伝えおえると、黒々とした瞳が真っ向からおのれを見つめる。織部正はささやくようにいった。

「して、それはなにを意味しておろうか」

大治郎が唇を噛み、口惜しげに拳を握りしめた。

「……そこまでは、まだ」

若者の顔がわななくように歪んだ。しばらくして、堪えきれぬという体で洩らす。

「されど、関わりなしとは思えませぬ。い、雷丸の徒輩《ともがら》は諸悪の」

「――悪などというものはない」

織部正はするどい声を発した。若者がはっとなって身をちぢめる。肩を落として、小刻みに上体を震わせた。織部正は吐息をこぼし、幼な子を諭すごとき口調で告げる。

「いや、おそらくはある……が、それはひとが決めてよいものではない」

「…………」

「われらが裁くのは罪だ。そこに善や悪はない」

大治郎がおもむろに額をあげる。何年か前まで目立っていた面皰《にきび》の痕が、今はほとんど残っていなかった。この若者にはめずらしく、挑むような光を瞳にたたえている。

「では、漆原どのも悪ではないと仰せですか」

「むろんのことだ」

間を置かず言い切った。大治郎が背すじを強張らせて絶句する。織部正はそのまま語をかさねた。

「かのお方の世で、黛が立ちゆかぬは明白。だから斃すしかない……そなたと同じだ」

「それは……」

大治郎が喉を詰まらせる。織部正は若い面ざしを見つめながらいった。

「そなたがここにおるは、今いちど家を樹《た》てんがため」

若者が燃えるような影を瞳に宿してうなずく。だれにも話していないことだが、大治郎は亡き久保田治右衛門の一子だった。漆原内記の命で父が切腹し、家が改易されたため、織部正がひそかに近習として身辺に置いたのである。母方の姓を名のらせたのは、圭蔵を通じて漆原に洩れることを恐れたからだが、さいわい少年ひとりの身元など気に留める者はなかったらしい。

「みな、おのれのために闘うておる」やるせなげに唇もとをゆがめる。「みとめたくはないが、私闘というほかない」

「私闘――」

大治郎が、不服げに頰を引きつらせる。織部正はやわらかな眼差しを若者に向けた。

「そなたくらいの頃、わしもそのことばが許せなかった」

十余年まえ、漆原内記が兵をかまえ不穏な動きを見せたおり、藩侯は黛家との私闘として片をつけようとした。新三郎と名のっていたころのおのれは、その差配にはげしく憤ったものである。

「が、結局は正しかったのやもしれぬ」胸の底から、かすれた声がこぼれる。「こう申しては憚りあれど、名君と称しがたきがゆえに正鵠《せいこく》を射られることあり」

「――ひとつだけ、お尋ねしてもよろしゅうござりましょうや」

大治郎がどこか差し迫った目を向け、上体を乗りだす。織部正は無言のまま、顎を引いた。

「殿は……」言いさして、若者が声を呑む。おのれを励ますようにして、ひと息につづけた。「殿は今でも漆原どのを憎う思し召しておられましょうな」

つかのま身のまわりに空白が生じたような気がした。詰め寄ってくる大治郎の瞳を、どこか遠いものに感じる。

戸外を吹く風の音に、かすかな重みがくわわった。雪が降りはじめたのかもしれぬ。火鉢の炭はとうに消え、十畳ほどの部屋は痛みにも似た寒さに浸されていた。全身がつめたくなっていたが、炭を持ってくるよう誰かを呼ぶ気にもならない。いっそ、どこまでも冷えればいいと思った。

――まだわしが憎いか。

平九郎堤を視察したおり、おのれに向けられたしゃがれ声が耳の奥で谺する。心なしか老人の背すじはわずかに曲がり、昔よりも肉が落ちたようだった。

　大治郎が縋るような面もちをたたえたまま、こちらを見やっている。

　ふいに、ばさっという音が耳に刺さる。引きずられるように腰をあげ、ゆらりと爪先を踏みだした。若者が当惑のにじんだ声をあげたが、かまわず庭に面した戸のほうへ歩いていく。新月が近いはずだが、いちめんに貼られた障子はふしぎなほど明るく輝いていた。

　その光に誘われるかのごとく指をのばし、戸をすべらせる。

　塗りこめたような闇のなか、庭の松が白い影となって聳えていた。梢の先にひろがる葉もかわいた木肌も、降りしきる雪にすっぽりと覆われている。根もとのあたりで咲いていたはずの水仙や寒菊はとうに埋もれているだろうが、白い奔流に視界をさえぎられ、確かめることすらできなかった。

　闇と雪がぶつかり、混じり合って溶けてゆく。風がいきおいを増し、部屋のなかにまで白いかけらが吹きつけた。凍《い》てついた流れが容赦なく頬をたたく。織部正は戸を閉めることも忘れ、雪まじりの風に身をさらしつづけた。

春の嵐

一

空を掻き鳴らすような風が、熄《や》む気配もなく吹いている。大手門から城内に入ってきた行列は、足軽も騎乗の士も顔を覆い、土埃《つちぼこり》を避けてどうにか歩をすすめていた。

織部正は額のあたりへ手をかざしながら、本丸の武者窓を通して一行を見下ろす。ところどころ松の梢にさえぎられ、すべては見えぬものの、細長い虫のごとくうねった列が、外堀の向こうまでつづいていた。

「宴の折には、この風もおさまってほしいものですな」

やはりかたわらで列を見つめて漆原弥四郎がいった。市姫の着到に合わせ、ひと月ほど前から家老見習いとして出仕をはじめている。

織部正はうなずき返しながら、相手の横顔に目を向けた。やはり高揚しているのだろう、ふだん蒼白い顔が、今だけはほのかな赤みを帯びている。宴の差配は万端、弥四郎が執りおこなっているから、この男にとっても門出の日というべきだった。

「……お兄上は、間に合いませんでしたな」

なにかを窺うような口調で弥四郎がつづける。兄の清左衛門は昨年の晩秋に深手を負ったきり、春を迎えた今でも登城できずにいた。近ごろでは、このまま職を退くのではないかという憶測も飛び交っている。

「やむをえぬことでござる」

織部正は平坦な調子で告げた。「それがしには、かかわりなきことにて」

「さようなものでござるか——さすが、鞘なしなどと呼ばれる御仁はちがいますな」

皮肉まじりであることは分かっていたが、取り合わず踵をかえす。歩きだそうとした爪先がそのまま止まった。

ちょうど下の階からあがってきた男が、こちらを見つめたまま、立ちすくんでいる。織部正も目を向けたが、武者窓から流れこむ光で視界が白くなった。瞳を凝らすうち、おのれを取り巻くすべてのものが、ゆっくりと本来の色を取りもどしてゆく。

「お久しゅうござるな」

声をかけたものの、相手は強張った面もちをさらに固くしただけだった。

男は右京正就の側仕えだった佐倉新兵衛である。昨年あるじがみまかったあと、道中奉行のお役をたまわり、江戸詰めとなっていた。市姫の迎えとして下向する件は耳にしている。

佐倉がけわしい表情を崩さず黙り込んでいるので、一礼して階《きざはし》を降りはじめる。最後に振り仰ぐと、すでに男の背は見えなくなっていた。

——よほど嫌われたらしい。

佐倉の顔を思い起こし、苦笑を呑みこむ。旧主の死に毒殺の疑いありと進言したのを握りつぶしたのだから、無理もなかった。あのおり取り上げても、漆原や藩侯の不興を買うだけと判断したのである。手札には、使いどきというものがあるのだった。

本丸を下っていきながら周囲を見渡す。どの階にも忙しげな空気があふれ、藩士たちが休む間もなく立ち働いていた。さすがに駆けるわけにはいかぬが、誰もがもどかしげな表情をたたえ、すり足で移動をかさねている。

風はまだつよかったが、本丸の外に出ると、意外なほどのびやかな日ざしが織部正をつつんだ。わずかに酸いものをふくんだ香りがあたりにただよっている。左手に紅梅の林が三町ほどもつづいていて、赤くひらいた花弁の奥から芳香が放たれてくるのだった。

つかのま逡巡したのち、そちらへ足を向ける。梅林の尽きるあたりに瓢箪《ひょうたん》型の池を中心とした庭園がしつらえられており、いまの時刻は、そこに藩侯が出御しているはずだった。

梅の梢を擦りぬけた陽光が頭上から降りかかる。まるで、その光に紅梅の色が溶けこんでいるかのようだった。あざやかなほど白い蝶が一羽、目のまえを横切り飛び去ってゆく。

——ずいぶん気が早いな。

おもわず背後を振りかえったものの、その影はもうどこにも見当たらなかった。

梅林が途切れると、築山と巨岩にかこまれた庭園が広がっている。山城守はやはり池の縁に立って、水面を覗きこんでいた。すぐそばに漆原内記とおりうの方がひかえている。こちらに気づいたらしく、いちように顔を向けてきた。すこし離れたところで立ち止まり、ふかぶかと腰を折る。

「賀宴の儀、あらためまして、およろこび申し上げまする」

「おお」

山城守が声を弾ませる。鯉《こい》の跳ねる音がそれに混じった。

「織部どのもこちらへ」

おりうの方が上機嫌な口調でいった。面をあげ、三人のかたわらに近づいてゆく。冬の間にたまった藻《も》が取りきれていないのか、池の匂いがわずかに生臭かった。藩侯は餌をやっていたところらしく、黒と緋《ひ》の鯉が一匹ずつ、水面に出した口をせわしなく動かしている。

「倅めはいかがしておりましょうかな」

筆頭家老がしわがれた声で問いかける。少しつかれているのか、目の下にくすんだ色がにじんでいた。

「さきほどまで本丸でご一緒しておりまいたが……ほどなく楓馬場《かえでばば》のほうへ向かわれることと存じまする」

楓馬場というのが、本日宴のひらかれる一郭である。秋になるとあざやかな紅葉で埋めつくされ、空が赤くなるとさえ言われていた。

織部正のこたえを耳にして、老人の目に安堵の影が浮かぶ。弥四郎は宴の差配のみならず、能や謡《うたい》をはじめとする演目の選定までおこなったという。長らく出仕させなかったのは倅の器量に不安があるからなどとささやかれてきたが、漆原を継ぐものとして、まずは今日を成功裏に終えることが求められているのだろう。内記としても平静ではいられまい。

――父や舅どのも、こうした目でおれを見ていたのか。

肚の底で、そのような思いが湧いた。父ふたりと向き合っているあいだは、投げられてくるものに応えるのが精一杯で、どのような眼差しがおのれに注がれているのかなど、考えたこともない。おそらく弥四郎もおなじだろう。相手が誰であれ、そのひとが生きているうちに気づくことは、そう多くない。

「弟のこと、よしなにお頼み申しまする」

おりうの方が、こちらへ向き直りながらいった。近ごろめっきり肥えた体に銀鼠《ぎんねず》色の打掛けを羽織っている。明るいところで見ると、髪にも白いものが混じっているようだった。目尻には小皺《こじわ》も目立ち、四十すぎと聞く齢のわりには、老いが早いように思える。

幾重にも心得ておりまする、と応えて一礼する。内記は何かもの言いたげにしているふうだったが、結局、声を発しはしなかった。織部正はそのまま踵をかえし、梅林のほうへ戻ってゆく。

楓馬場の近くまで来ると、喚《おめ》き声や荷車の響きが風に乗って伝わってくる。屈曲の多い坂をくだり、幾つめかの角をまがったところで急に目のまえが開けた。

馬場の中央に檜《ひのき》づくりの舞台がしつらえられ、周囲をあざやかな緋毛氈《ひもうせん》が埋めている。舞台の正面にやはり急造の櫓《やぐら》が据えられているのは、藩侯や市姫の座ということだろう。幾日もまえから仕度を重ねていたはずだが、宴まであと数刻という頃合いになった今でも、下士や足軽たちが血相を変えて走り回っている。くだんの櫓うちには弥四郎らしき人影もうかがえた。絵図面のようなものを抱え、周囲の者にせわしなく下知をくだしている。

「殿——」

織部正の姿をみとめて大治郎が近づいてくる。城じゅうにただよう喧騒を感じているのだろう、どこかしら落ちつかぬ体に見えた。「そろそろ奥方さまや若さまたちをお迎えに参りましょうか」

重臣とその妻子は宴につらなることとなっている。山城守の発案とされているが、内記の意向も与《あずか》っているに違いない。漆原の世が到来することを家中に周知させたいのだろう。

「よろしく頼む」言いかけて、語尾を呑み込んだ。いぶかしげに眉を寄せた大治郎が、織部正の視線をたどる。

「ああ」眼差しの先にいる一群を仰ぎ、昂揚をはらんだ笑みを浮かべた。

馬場の隅に色とりどりの小袖をまとった男女が寄り集まり、思い思いに刻をすごしていた。所在なげにあたりを見渡す者もいれば、舞のしぐさを繰りかえす者もいる。三味線や箏《そう》を取りだし、あたえられた毛氈の上で音を合わせる姿も見受けられた。

「柳町からも芸の手練《てだ》れが数多呼ばれておるとか」

大治郎の声はたしかに聞こえていたが、中身は耳を擦りぬけている。織部正の瞳は、胡弓をたずさえた女のそれと、すでに激しく絡み合っていた。

退屈して騒ぎはせぬかと案じていた鈴が、食い入るように舞台を見つめている。あでやかな茜色の打掛けをまとった女の舞だが、踊りが面白いのか、衣装が気に入ったのか、声をかけるのが憚られるほどの熱心さだった。おとなしく座っているだろうと思っていた新三郎のほうが、先ほどからもぞもぞと尻のあたりを動かしている。

昼ごろまで荒れていた風もおおかたは熄み、頭上から春らしい日ざしが降りかかってくる。かたわらに坐すりくも、心もちが浮きたっているのだろう。くつろいだ笑みがはなやかな面ざしをいろどり、吟味してえらんだ藤色の小袖が細身の軀つきによく似合っていた。

二

重臣たちは櫓の左右に座を与えられ、緋毛氈へ腰を下ろして舞台に向き合っている。黒沢の右隣は尾木将監の一家で、倅の進之介が父とともに坐していた。もともと蒼白といっていい面もちが、横ざまに光を浴びてほとんど白茶けて見える。漆原と海老塚の両家は、櫓をはさんで反対側に座をしめていた。あるじ不在の黨はかわりに出るものがいるはずもなく、誰ひとり姿を見せてはいない。

織部正は顔をあげ、右方を仰いだ。半間ほど高くなった櫓のうちに、藩侯と市姫がならんで坐している。山城守が機嫌よく語りかけ、姫もいくらか固い表情ながら丁寧に応じていた。おりうの方は側室であるから、ふたりの後方に離れて座を占めている。庇の陰になっているのではっきりとは窺えぬが、やはり満ち足りた笑みを浮かべているようだった。ひと昔まえ、狂女と見紛うほどはげしい呪いのことばを吐いたのは別人かと思える。

舞台のまわりには紅白の幕が巡らされ、演者以外の芸人たちがその後ろで番を待っているらしかった。当然みやもそこに控えているのだろうが、むろん会いにゆくわけにはいかぬ。そうしたいのかどうかも分からなかった。

女舞が終わると、しばしの休息が触れだされる。新三郎がほっと息をついて、おおきく体を伸ばした。そのまま鈴の手を引いて、どこかへ駆け出してゆく。見送っていた織部正の視界を錦地の袴がふさいだ。

「楽しんでおられようかな」

小腰をかがめながら囁きかけてきたのは、漆原内記だった。先刻くすんで見えた頬の色が、午後の日ざしに照らされ、いくぶん精気を取りもどしている。

「おかげさまを以ちまして」

みじかく応えて低頭すると、りくも丁重にこうべを下げた。内記がそちらへ目をやり、朗らかな声を発する。

「かわらずお美しゅうござるの。お妹御はおられましたかな」

「いえ、ひとり子でございまして」

戸惑いながらりくが答えると、内記は大仰なしぐさで天を仰いだ。

「これはしたり、そろそろ弥四郎めにも嫁をと思いおりましてな」

弥四郎は織部正よりふたつほど齢上だったはずだが、二十歳ごろに迎えた妻をはやばやと亡くしている。宴がすめば、次はそちらということらしかった。

「落ち着いたら、ぜひお二人でわが屋敷にお運びあれ」

上機嫌をくずさぬまま、織部正の肩に手を置く。肩衣をへだてていても、掌の熱がはっきりと感じられた。そのまま身をかがめ、耳もとでささやくように告げる。

「頼みにしておりますぞ」

一礼して顔をあげると、厚い背中がすでに遠ざかっている。幾度か聞いたことばではあったが、今日はひときわ籠められたものがあるように感じた。

「疲れたか」

かたわらへ声をかけると、りくが遠慮がちにかぶりを振った。ふたりきりになったせいか、どこか気まずげに見える。そういえば、近ごろ物言いたげにしていることが多かったなと思いだした。

――いい折かもしれん。

なにか考えていることがあるなら聞いておこうという気になった。いま夫婦の仲は落ち着いていると思えるが、それは男の手前勝手で、女の側からすれば吐き出しようなく溜まったものがあるのかもしれない。

「ところで――」

口をひらいたものの、どう話を進めればいいか分からぬ。不自然なほどの間が空き、りくの眼差しに不安げな色がちらついた。

「ちちうえ」

舌足らずな声がいきなり飛びこんでくる。振りかえると、鈴が小さな手をこちらへ向けて突き出していた。あざやかな色が視界にあふれ、どこか酸いような香りが鼻腔を刺す。握りしめた紅梅を織部正に渡そうとしているのだった。

「申し訳ございませぬ」遅れて駆けてきた新三郎が、肩を波立たせながら強張った表情を浮かべる。「鈴が取れ取れというので……」

「折ったのか」

唖然としていうと、面を伏せる兄にかまわず、鈴がぐいぐいと花を押し出してくる。苦笑して、やむを得ず受けとった。

「こたびはもろうておくが、お城の花は勝手に取っていいものではない」

紅《あか》い花を懐紙に包みながら、娘の目を差し覗く。死んだ母に似ているな、と思った。八歳のときに亡くしているから記憶もおぼろだが、そのような気がしてならなかったのである。

言われたことが分かっているのかどうか、鈴は不機嫌そうな面もちになって唇を尖らせた。織部正は溜め息をもらし、すこしだけ声をつよめる。

「つぎは召し取らねばならん」

えっ、と狼狽《ろうばい》のにじむ声を呑みこんだのは兄のほうで、鈴は平然と母の膝に乗っている。あきらめて舞台へ向きなおった。休息の時間は残りわずかとなっている。りくと話のつづきをするのは難しいようだった。

幕間《まくあい》の終わりを知らせる太鼓が鳴りわたる。あちこちに散っていた藩士が座にもどってきた。

客席が落ちついたのを見すまし、京から招いた能の大夫が舞台にあらわれる。「竹《ちく》生島《ぶしま》」という話で、帝《みかど》の使いが琵琶《びわ》の湖《うみ》をおとずれる筋立てだった。最後は弁財天《べんざいてん》や龍神があらわれる縁起のよい演目である。

とはいえ、子どもが見て面白いものではない。謡の文句もろくに聞き取れぬだろう。舞よりしぐさもゆっくりだから、今度は鈴も、もぞもぞしはじめた。翁《おきな》の面を指して「こわい」などというものだから、りくがあわてて口をふさいでいる。挙句のはて、兄ともどもうつらうつらしてくれたのは、かえって幸いというものだった。

ふさがっていた子どもたちの眼《まなこ》が開いたのは、「竹生島」が終わり、つぎの演者が舞台にのぼった時である。音を合わせるためだろう、弓が胡弓の弦にふれた響きでいきなり目を覚ましたのだった。

瞳を逸らしたいような、ひとときも見逃したくないような心もちに襲われる。が、結局はおのれが舞台に見入るであろうことも分かっていた。

みやは高く結い上げた髪を背に垂らし、碧《あお》い小袖と袴を身にまとっている。若衆のような形《なり》と見えた。とはいえ男と思う者はおるまいが、女とも断じきれぬような空気をただよわせている。

織部正との距離はものの四、五間というところだが、こちらに視線を向ける気配はなかった。むかしの男を見ぬようにしているということではなく、舞台に上がれば余のものなど目に入らなくなるのだろう。なぜかそれがはっきりと分かった。

「きれい……」

りくがおもわずという体で吐息をこぼす。

たしかに、今のみやは、他を寄せつけぬほどの空気をまとっていた。誰かに似ていると感じ、とっさに脳裡をまさぐる。すぐには浮かばなかったが、先ほど能で見た弁財天だと気づいた。

みやが、一礼して胡弓に弓を近づける。織部正は息を詰め、女のしぐさ一つ一つを見守った。子どもたちも、どこか畏れるような色をたたえて舞台の上に眼差しをそそいでいる。
みやの持つ弓が弦にふれたとき、鈴がぴくりと肩を震わせた。が、娘を顧みるいと
まもなく、女の奏でる音に背すじをつかまれている。胡弓の周囲だけ大気が歪《ひず》み、そ
こからはげしい波が押し寄せてくるようだった。柳町で聴いた時より、音の勁《つよ》さが増
していると感じる。
旋律の高まりにつれて鼓動が速くなり、われしらず肩が上下する。みやの弓から伸
びた糸に、全身を搦めとられるようだった。このままどこかへ連れ去られていく気が
する。天から地へ堕《お》とされるごとき感覚が幾度も身のうちを擦りぬけていった。
右手に触れるものをおぼえると、りくの手が縋るように拳を握りしめている。むろ
ん、大目付の妻が人前でするようなことではないが、我を忘れているのだろう。指さ
きに込められた力はつのる一方で、弱まる気ぶりもなかった。よく見ると、新三郎と
鈴も手を取り合っている。
みやの生む音が臓腑を溶かし、煮えたぎる滴となって全身の毛穴から迸《ほとばし》るようだ
った。駆けあがれば一瞬でたどりつけるはずの舞台が、かぎりなく遠い。
哀切な音色がひときわ高く鳴りひびく。春の嵐が吹き荒れるごとく、身の内が掻き
鳴らされた。自分がだれで、なぜここにいるのかということさえ脳裡から消えた、と

感じた刹那、みやの弓がおもむろに止まる。かすかな余韻を孕んだ音が空にたなびき、ちぎれ雲のように飛んでいった。おのれの拳に添えられたまま、りくの細い指さきが小刻みに痙攣している。

「――織部どの」

ふいに背後で粘つくような声がささやかれた。振り向くと、漆原弥四郎が耳もとに顔を寄せてくる。りくが慌てて手を離したが、それには気づかぬ様子で声をひそめてつづけた。

「火急の要用が出来《しゅったい》いたしまいた。すぐさまお出《い》でたまわりたく」

「承知つかまつった」

すばやく立ち上がると、りくがなぜか、はじめて見るほど不安げな面もちで袖を引いた。新三郎と鈴も、軀を丸めるようにして母に縋りついている。

「大事ない。すぐに戻る」

言いおいて毛氈から下りた。随行の席から駆け寄ってくる大治郎にわけを話し、りくたちの側に残るよう命じる。気がつくと、演奏を終えたみやが、舞台を下りながらこちらを見つめていた。目顔でうなずいたつもりだが、伝わったかどうかは分からない。

弥四郎に先導され、重臣席の背後からつづく細い急坂をのぼる。ほどもなく辿りついたのは、楓馬場を見下ろす一郭だった。石垣の上に見渡すかぎり松が植え込まれており、木の間越しに宴のようすが望める。出し物はみやの胡弓で終わりだったらしく、舞台の上は空になっていた。このあとは家中のものと芸人とを問わず、皆に酒肴が振舞われると聞いている。

織部正は眼下に向けていた視線をめぐらし、弥四郎の面を見つめる。頬が赤らみ、目がぎらぎらと光っていた。眉をひそめながら、唇を開く。

「して、要用とは」

弥四郎がやけに重々しいしぐさでうなずいた。差しかかる日ざしがまぶしいのだろう、わずかに目を細めている。

「訴人《そにん》でござる」

その声と合わせるように、弥四郎の背後で足音が響く。木立ちを掻き分けあらわれた人影をみとめ、織部正はけわしい声を発した。

「やはり戻っていたか」

「――分かっておられたのですか」

由利圭蔵が面を伏せる。漆原の家士なのか、数人の侍をしたがえていた。その顔に、どことなく見覚えのある気もしたが、すぐには思いだせない。織部正は吐息をつくと、ひとことずつ声を絞りだした。

「千塚を屠《ほふ》った太刀筋が、小木曾のときと同じだった……気づきたくはなかったが」

「さすがは鞘なし織部」弥四郎がことさらたのしげに笑った。「が、こたびはご自分の手を切りましたな。友垣相手には鞘なしどころか、底なしの笊《ざる》じゃ」

「…………」

弥四郎がいうことは当を得ている。織部正とて、こうなる目を考えぬわけではなかった。が、どうしてもあれ以上のことができなかったのである。

押し黙った織部正に向かい、圭蔵が一歩踏みだす。どこか縋るような口調でいった。

「行くところなど、どこにもござりませなんだ」

近隣の国を転々としていた圭蔵が、食いつめて弥四郎のもとを訪れたのは、織部正が借財のため本藩へ使いしているあいだのことらしい。忠誠をためすようにして、千塚の始末を命じられたのだった。

「諜者《ちようじや》と見破られたは無念なれど」弥四郎が唇もとを捻《ね》じまげる。先刻までただよわせていた気弱げな風情は吹き飛び、ひどく陰惨な面ざしとなった。「死んだとお届けいただいたおかげで、かえって使い勝手がよくなりまいた。まこと、死人《しびと》にかなうものはございませぬな」

「圭蔵に千塚を斬らせた、ということは」織部正は真っ向から相手を見据えた。「堤

「さにあらず、雷神どのでござるよ」

弥四郎が、さもおかしげにいう。圭蔵以外の侍も、うっそりと笑声をこぼした。とつさには分からなかったが、

――雷丸だ。

打たれたような衝撃が背すじを走る。むろんはっきり覚えているわけもないが、そう思って見やると、男たちの顔はかつて幾度か目にしたもののように感じられた。

――兄を陥れるためか……。

治水を掌《つかさど》る次席家老として、ふたたびの決壊は怠慢のそしりをまぬかれない。声望高まる清左衛門の失墜をもくろみ、ひとしれず平九郎堤を崩していたものと思われた。嵐が来なくとも早晩《そうばん》穴を穿《うが》つはずだったのだろう。当の兄が深手を負い、再起はおぼつかぬといわれているから沙汰やみとなったが、そうでなければ堤の決壊を押し立て、罷免《ひめん》を策すつもりだったのかもしれぬ。

千塚のように婿入り口が見つかった者は稀で、雷丸の大多数は行く当てもないまま弥四郎に飼われていたに違いない。かつての仲間に見られたと気づき、つながりのない圭蔵を処分に使ったということらしかった。

弥四郎が面をあげ、周囲へ宣するようにいう。

「大目付・黒沢織部正、実兄・黛清左衛門と諮《はか》り、こともあろうに筆頭家老へ謀叛《むほん》たくらんだ由、訴人あり。すでに、黛邸へも捕り方が向かっておる。兄弟ともども観念せよ」

「……手向かいすると申したら、いかが」

低い声で応えながら、腰のものに手を這わせる。庄屋屋敷の庭に横たわる筵のつらなりが瞼を灼いた。目のまえで父をうしない、泣きじゃくる童の声まで耳に甦ってくる。込み上げてくる怒りを抑えられなかった。「たかが私闘に矩《のり》を越えましたな――お父上はご存じのことか」

子どもがぐずるように弥四郎の顔が歪んだ。そのまま苛立たしげに背後へ顎をしゃくる。はっとなったときには、すばやく抜刀した圭蔵が、織部正の胸元に剣先を突きつけていた。つづけて雷丸の面々も白刃を抜き放ち、切っ先をこちらへ向けてくる。

「この佳《よ》き日に、すべての片をつけ申す。父上も、これで目が覚めよう」弥四郎が足を進め、顔を寄せてくる。目が血走ったように赤くなっていた。「ことあるごとに織部織部と耳障りな……だれが一番頼みになるのか、ようやく――」

そこまで告げたところで、慌しげな足音が響く。振り仰ぐ間もなく、織部正たちがのぼってきた坂をたどって中年の武士がひとり現れた。弥四郎に向かって跪《ひざまず》いたから、漆原の家士なのだろう。面もちがはっきりと蒼ざめている。

「黛は捕えたか」

相手が口をひらく前に、弥四郎が性急な問いを放つ。中年の武士は、立ち上がりながら身を震わせた。

「それが……」

弥四郎の頬が不審げに歪む。つかのま織部正に眼差しを向けると、うながすように家士を見据えた。相手は音を立てて唾を吞み、ひといきに発する。

「黛清左衛門どの、屋敷のどこにもお姿が見えず」

「なんだとっ」

雷丸の者たちまで抑えきれぬ呻き声を洩らす。圭蔵は眉をひそめ、おのれの剣先と織部正の顔をかわるがわる見やっていた。

「あの軀で逃げられるはずはない。よく探したのか」

弥四郎が顔色をなくして詰め寄る。家士は額に脂汗を浮かべて応えた。

「はっ、寝間におりましたは、まったくの別人にて」

「べつじん……」

弥四郎が呆然となって立ちつくす。膝から下を泳がせながら、織部正の面に視線を這わせた。にわかに瞳をひらくと、震える声を発する。

「――なにを笑っておる」

「笑ってなど」

返したつぶやきが、自分でもおどろくほど落ちついている。弥四郎が甲高い声をあげた。

「きさまの、きさまのしわざか」

「…………」

鞘ごと帯から大刀を抜いた弥四郎が、鐺《こじり》で織部正の胸を突く。おもいのほか力が強く、足もとがよろめいた。圭蔵はことばを失ったまま、そのさまを見つめている。

「そうやって、おれを馬鹿にしてきたのだろう」裏返った声で喚きながら、二度三度と鐺を打ちつけてくる。かろうじて踏《ふ》み堪《こら》えているうち、弥四郎がやにわに白刃を抜き放った。荒々しく息をこぼしながら、織部正に向けて振りかぶる。「親の信も得られぬ愚か者だとっ」

唐突に声が途切れる。目を見開き振りかえった弥四郎が、悲鳴のような叫びをあげた。

大刀を手にした圭蔵が、肩を弾ませ棒立ちになっている。おのれが何をしたのかよく分からないという表情を浮かべていた。振り下ろした切っ先から、赤い滴が垂れている。

背中を斬られた弥四郎が、腰から下をぐらりと傾がせた。が、膝をつくまえに、雪崩れるごとき勢いで木立ちのなかへ逃げ込んでいく。圭蔵が憑《つ》かれたような足どりで跡を追った。

「圭蔵っ――」

織部正が松の繁みへ踏み込んだときには、縺《もつ》れ合ったふたりが樹間を滑り、眼下へ転がり落ちていくところだった。重い音があがったと思う間もなく、怒号と悲鳴が湧きおこり、立ち騒ぐ人影で視界がふさがれる。

残った者どもがあわてて木々を透かし見ながら、途方に暮れたような、どこか媚《こ》びるような眼差しをこちらへ向けていた。織部正は男たちに一瞥をくれると、無言のまま坂を駆け下っていく。

舞台の周囲には砂埃が立ち込め、騒然とした気配がただよっていた。櫓のなかから、おりうの方らしき背が身を乗りだし、柵の向こうに手を差しのべている。重臣たちの座からも喚き声が起こり、あたりは人の渦でごったがえしていた。その波を掻き分けるようにして、蒼ざめた表情の大治郎が駆け寄ってくる。織部正は若者の腕をとらえ、口早に発した。

「奥と子らを守ってここから離れよ」

「されど殿は――」

大治郎が声を震わせた。それには応えず、

「しかと頼うだぞ」

言い捨てて駆け出す。すぐそばで、尾木将監が面を震わせながら、かばうように倅を抱きかかえていた。櫓のうちでは藩侯がおりうの方を抱きとめ、なにごとか言い聞かせる体で叫んでいる。市姫は頭をかかえて蹲っているようだった。

櫓の裾を廻りこみ、飛びこんできた光景に、おもわず息を吞んだ。

自家の席に助けを求めたのだろう、髷が解け、ざんばらになった弥四郎が肩衣を血で汚してのたうっている。木立ちから落ちたときに折れたのか、腕がおかしな方向に曲がっていた。かたわらでは、内記が呆然とした面もちで腰をついている。その顔には、倅の傷口から散ったとおぼしき赤い飛沫が降りかかっていた。側にいたはずの海老塚播磨はいちはやく逃げたらしく、どこにも姿が見えない。

手が届くほど近くで何人かの武士が犇《ひし》めいている。まるで蜂の巣のように見える塊のなかから、銀色にきらめく切っ先が天に突きだしていた。

「道を開けられい」

声を投げて人垣を掻き分けてゆく。大目付どのだ、とささやきながら武士たちが慌しく左右に分かれた。視界がいちどきに開ける。

仰向けになった圭蔵が眼下に横たわっていた。軀のあちこちが刀傷で覆われ、緋毛氈の色が黒く変じている。兇徒《きょうと》として斬り伏せられたのだろう。目にはまだかろうじて光があり、織部正に気づいたらしく、わずかに面をこちらへかたむけた。

抱き起こせる有りさまでないことは一目で分かった。そばに跪き、刀を握っていない方の手を両掌でつつむ。すでにひどく冷たくなっていた。

有り余るほどにあったはずの怒りや無念は消え、おのれの全身がひとつの色に染められてゆく。それは夜明け前の空にひろがる、どこまでも濃く深い藍のようだった。

おれが側に置こうとしなければ、この男は死ななかったのだなと思った。するどい痛みが胸を刺し、つかのま息が出来なくなる。

「すまなかった――」

ひとことだけ絞りだした。圭蔵はかすかな戸惑いを瞳にたたえたが、おもむろに口もとをゆるめる。それだけの動きに残ったものすべてを注ぎ込んだことが伝わってきた。蒼白い唇がひらき、かすれた声が洩れる。織部正は上体をかたむけ、耳を近づけた。

「……最期まで半端ものでござった」

握った手に力を籠める。おれもだ、という答えはもう聞こえなかっただろう。面をあげると、圭蔵の目に残っていた焔はすでに消えていた。

視線を向けると、内記が倅を抱き起こし、しゃがれた声で幾度も名を呼んでいる。弥四郎の痙攣はすでに止み、濁った瞳が虚空をとらえていた。

「方々《かたがた》」声を張り、呆然とたたずむ男たちに呼びかける。「ご家老をお屋敷へ」

どこかほっとした体で、武士たちが、はっ、と応える。五、六人というところだろう、我先に老人の背後へ駆け寄った。

「御免」

口早に告げ、息子の亡骸にすがりつく内記の肩をかかえる。否むかと思ったが、その力も入らぬのか、されるままに立ち上がった。牽《ひ》かれる牛のように、よろよろと爪先を踏みだす。

そのまま二、三歩すすんだかと思うと、ひどくぎこちないしぐさで振りかえる。しろい髷がそそけ立ち、汚れた紙のごとき顔色をしていた。宴の途中で声をかけに来たときより、十ほども齢をかさねたように思える。

色の失せた唇がゆっくりと開く。なにか発するのかと思ったが、男たちに促されるまま踵をかえした。

織部正は遠ざかる足音に向けて、ふかぶかとこうべを下げる。額を起こすと、もう老人のうしろ姿は見えなくなっていた。

若い鶯《うぐいす》の声が、おどろくほど近いところで響く。おもわず周囲を見回したものの、それらしき影はうかがえなかった。いつの間にか光がかたむき、大気に濃い朱の色がまじりはじめている。おおかたの藩士はすでに逃れたらしく、目につく人影は数えるほどになっていた。最前までの騒ぎが幻でもあったかのように、ふかい静寂が広がっている。立ち上がらねばと思ったが、まだ圭蔵の手を離すことができなかった。

ひとの近づく気配に面を上げると、夕映えの照り返しに目が眩《くら》んだ。すぐには相手の姿がかたちを結ばなかったが、しだいに碧い衣が視界のなかに浮かび上がる。

右手で胡弓を抱えたみやが、すぐそばに立ってこちらを見下ろしていた。小袖が朱の色に焙られ、燃え立つようなかがやきを放っている。眉のあたりを曇らせてはいるが、おびえた様子はなかった。

「……友垣だった男だ」圭蔵の骸に瞳を落としていう。なぜか、みやに知らせたいと思った。動かなくなった額にも、濃く赤い光が降りそそいでいる。

「存じ上げています」

女がしずかな声でいいながら、顎を引く。白い喉がかすかに鳴ったようだった。つかのま戸惑いをおぼえたが、

――そうか……。

〈蒼月楼〉へみやを呼んだ折、圭蔵は事前に顔を合わせていたのだろう。あるいは若き日の黛新三郎を知るもの同士、ことばを交わしあったのかもしれなかった。

「わたくしも、いつかこうして死んでいくのだと思います」みやは、はじめて痛ましげな眼差しを骸にそそいだ。「あなたさまの知らないところで」

みやの瞳が、今度はまっすぐ織部正に向けられる。寂しげでもあり、どこか瞋《いか》りをおぼえているようでもあった。

ざわめきの波が押し寄せてくる。遠のいていた人群れが、少しずつ戻ってきたらしかった。

焦げるような色を孕んだ薄闇が、あたりに広がりはじめている。織部正は瞳を逸らすことなく、みやの面ざしを見つめていた。屋敷にいたころの面影がはっきり残ってはいたが、まったく別の生きものが佇んでいるようにも感じられる。この女に会うのは今日が最後となるのだろう、という予感だけが胸にはっきりと迫っていた。

三

部屋のなかに足をすすめると、平伏した内記の肩がぴくりと跳ねた。袢はいつになく皺が目立ち、崩れたような気配が総身から醸されている。たっぷりと肉をたくわえていた背からも、すっかり厚みが失われたようだった。

さえざえと白い光の筋が武者窓から入り込み、床の木目を浮きあがらせている。満月を幾日かすぎていたが、月のかがやきはまだ充分に強かった。明かりらしきものはそれだけで、二十畳ほどの間はうそ寒いまでの闇に覆われている。ふだん執政たちの合議に用いられる一室だった。

鷦鷯《みそさざい》らしき乾いた啼き声が、どこからかさかんに響いている。庭園に引きこんだ小川のあたりから聞こえてくるのかもしれぬ。

織部正は、三間ほどのへだたりを置いて老人と向き合った。懐から扇子を取りだすと、かるくおのれの膝を叩く。それが合図でもあったかのように、内記が顔をあげた。目のまわりはどす黒く塗られ、頬もはっきりと削げている。あれ以来、ろくに眠っておらぬのだろう。

「ずいぶんと待たせるものじゃ」

つぶやくようにいった声からも、重い疲労が感じられた。

「申し訳もござりませぬ……こたびのこと、あらためてお悔やみ申し上げまする」いって、ふかぶかと頭をさげる。

「下手人は……」

老人がしわがれた声をあげ、指さきを震わせる。かつて、こぼれるほどに満ちていた精気は、すでに跡形もなかった。

「ご子息が柳町の裏長屋に住まわせていた牢人《ろうにん》であると分かりまいた」ひとことずつ嚙みしめるようにいった。内記がこうべを振って、身を乗りだす。

「否、あの者のことは知っておる。たしか名は由利――」

「いかにもよう似ておりまするが」するどい口調でさえぎる。「由利圭蔵は昨年の嵐で落命しておりまする」

上体を留めて、老人が息を呑んだ。瞳をわななかせて、こちらを見つめている。織部正は、その面から目をそらさぬまま、口をひらいた。

「が、不審はそこにあらず」

内記が目にいぶかしげな色をたたえる。わずかに声をひそめてつづけた。

「佐倉新兵衛という名を覚えておられましょうや」

つかのま首を傾げた老人の面ざしが、つぎの刹那、はっきりと歪む。織部正は、ひとつ大きくうなずいてみせた。

「思い出されたようにございますな。さよう、亡き右京さまの側仕えを務めていた者にて、こたびは道中奉行として当地に下向しており申す」ひと膝すすめて言い添える。「この者が、容易ならざることを述べ立てておりまする」

「そは何ぞ」

内記が憤ったような、怯えたような口調で切り返す。織部正は唇をむすび、しずかな眼差しで老人を見据えた。

「――それがしがお答え申し上げる」

ふたりとは異なる声が、かたわらから響く。おもわず内記が膝を浮かせるまえに、襖がひらいて青い肩衣姿の武士が入ってきた。涼やかな顔立ちだが、右の目に眼帯をつけ、左足はいくぶん引きずるようにしている。樫づくりとおぼしき杖《つえ》をついていた。

「黛……」

老人が上げかけた腰をがくりと落とす。「行方知れずと聞いたが」

三日まえ、弥四郎の差し向けた手勢が黛邸を囲んだものの、兄の姿はどこにも見当たらなかった。かわりにあらわれたのは、死んだとされていた家宰・近江五郎兵衛だったのである。指図した弥四郎と、謀叛の証人である主蔵がともに死亡したため、それ以上の詮議もならず、討手は引き上げざるを得なかった。

「恐れながら、昨秋よりご本家へ身を寄せておりました」清左衛門がよく透る声で告げた。「本日は上使を仰せつかりまいて」

驚愕に目をひらいた内記が、こちらへ質すような視線を向けてくる。織部正はゆっくりとうなずき返した。

「相違ござらぬ」

齢格好の近い近江五郎兵衛を病間にこもらせ、黛清左衛門は屋敷から出られぬと触れさせた。まことは、かの庄屋屋敷で、そのまま養生させていたのである。二度目に使いを命じられたおり、礼物を詰めた駕籠のひとつに兄を乗せ、本家へ逃がしたのだった。

長兄が、上体を傾がせながら腰を下ろす。織部正は座をゆずってそばに控え、向き合う清左衛門と老人を横から見守るかたちになった。

「佐倉の申し条によれば」長兄が片方の目で内記を見据えていう。「恐れながら右京さまがみまかられたは毒殺にして、下手人は弥四郎殿なりと」

「馬鹿な――」言いざま、老人が荒々しく肩を上下させる。頬から顎にかけ、張りをうしなった肌がぶるぶると震えていた。「なんの証しあって」

「仔細は大目付たるそれがしから申しましょう」

織部正が発すると、長兄が承知したというふうに顎を引いた。

「右京さまがご不快の旨仰せ出されるわずか二刻まえ、三十過ぎと思われる武士が訪ねてきた由」佐倉の言を反芻するように告げる。「その相手が辞去してほどなく、お苦しみあそばし、はかなくなられたと」

「それが弥四郎だと言うのかっ」激昂《げきこう》した内記の声が揺れる。織部正はことさら平坦な口調で返した。

「佐倉はそう申しております……見忘れるはずはない、ずっと探していたと」

はるか昔のごとく思えるが、本丸で階を上がってきた佐倉と出くわしたのは、三日まえの朝である。そのとき顔を強張らせたのは、おのれを見たからだと思っていたが、まことは背後にいた弥四郎へ目を吸い寄せられていたらしい。右京の死後、佐倉は江戸詰めになっていたから、弥四郎と公の場で顔を合わせる機会はなかった。

織部正が本丸から庭園に向かっているころ、佐倉はあたりで右往左往している藩士をつかまえ、探しもとめていた相手が筆頭家老の嫡子であることを知ったらしい。そのまま訴人しようかとも考えたが、ひとまず時を待つことにした。ただ訴えても、また握りつぶされるだけだと思ったのである。するうち、あの騒ぎが起こり、斬られたのが弥四郎と聞いて名乗り出たのだった。

「加えて、いまひとり弥四郎どのの顔を覚えている者がおり申した」

「まさか……赤岩村には右京さまと佐倉しかおらなんだはず」

内記が上ずった叫びを発する。織部正はゆらゆらとかぶりを振った。

「否、あと一人《いちにん》、作蔵と申す百姓が」

「さくぞう……」

老人が啞然としたような声を洩らす。さよう、作蔵でござると織部正は応えた。

「あの山荘はきわめて便あしきところにて、案内なしでは辿りつけませぬ」

おのれが検分に出向いたときもそうだった。作蔵という中年男は村から米や野菜を届け、滅多にはない来客の案内なども一手に引き受けていたのである。

「いそぎ召し寄せ、骸を見せましたところ——」

間違いねえ、あの日来たお侍でございます、と断言したのだった。作蔵は十年以上にわたって右京たちと交流があったから、その境遇にひそかな同情もおぼえていたらしい。調べにも、おどろくほど協力的だった。

「侍のみが人なるにあらず」なぜか、遠いむかしに訪れたみやの実家が瞼をよぎる。吐息とともに語を継いだ。「百姓のことなど眼中に入らなんだのでございましょう

……弥四郎どのも、ご家老さまも」

内記が膝を鷲摑みにする。奥歯の鳴る音がはっきりと聞こえた。

「——それでは理が通りませぬ」

闇を裂くようにして甲高い声が投げられる。振り向くと、柱の陰からおりうの方が身を乗りだし、こちらに近づいてきた。奥から出るには藩侯の許しがいるはずだが、この女人のことである。振り切って現れたのかもしれぬ。父へ寄り添うように腰を下ろし、燃え立つ目を織部正たちへ向けた。

「右京さまご病死と届け出たのは、他ならぬそこもとであろう。あの折の調べ書にもそう記してあったと、殿が申された」

「おお、いかにも」

娘から力を得た体で、内記が声を高める。沈んでいた頬に、わずかな赤みが差して

いた。

「このことでござろうか」懐に手を差し入れ、黒い表紙の帳面を取りだした。〈仕置帖〉と題簽《だいせん》が貼られている。藩庫に保管されている目付方の記録だった。

「そうじゃ、この目でたしかに」叫ぶように言い立てながら、内記が仕置帖を引ったくる。震える指でせわしなくめくった。安堵めいた声をあげたのは、目当ての日にちを見つけたのだろう。

が、次の瞬間、老人が目を見ひらいて息を吞む。

「恐れながら、毒種によるご不予と推察仕《つかまつ》り候……。馬鹿な、間違いなくご病死と」そこまでいって、底光りする目で織部正を見据えた。

「入れ替えたのだな……わしが見たあとに」

内記の背後で、おりうの方が悲鳴のごとき声をあげた。老人のつぶやきには応えぬまま、織部正はほの白く照らされた床板に目をやる。内々にしていたが、毒による死というのが医師の診立てだった。内記のいう通り、執政たちがいちど閲覧したあと、すり替えておいたのである。藩侯に再度見せよといわれたときは胆を冷やしたが、どうにかなだめ、後日、屋敷から持ち出したほうを上覧に供したのだった。

織部正は眼差しに力をこめて言い放つ。

「この件すでに城下へ広まり、一部の村々では百姓どもが徒党を組み、ご家老のお屋敷に押し寄せる動きさえ生じておりまする」

それは事実だった。赤岩村が中心となって、城下まで広がる様相を呈している。右京の世話をしていた作蔵はともかく、おおかたの百姓町人にしてみれば、ことの真偽はどうでもよく、日ごろの鬱憤を弾けさせる口実に飛びついたというところだろう。

「このまま捨て置くわけにはいかず、最前ご本家より使者として兄が遣わされた次第」

「──速すぎる」唸るごとき声が、皺ばんだ喉から溢れる。膝のうえで握りしめた拳がびくびくと痙攣していた。「民草へ広めたのも、ご本家に注進したのも……」

滾《たぎ》るような目を織部正に向けたかと思うと、震える手を腰のものにすべらせた。すばやく長兄の杖が伸び、その掌をしたたかに打つ。うっという呻きに、若いころからかわらぬ清左衛門の涼しげな声がかぶさった。

「ご本家へはいかにも弟なれど、城下に広めたはそれがしの指図」口角をあげ、これもかわらぬ皮肉げな笑みをつくった。「亡き弟が残した〈花吹雪〉という連中も働いてくれましてな」

「……ご本家は、ご本家はなんと」

内記の喉から、あらわな焦燥がこぼれる。清左衛門は杖をついて立ち上がり、部屋の隅にまで透るような声を発した。

「こたびの騒擾、ご公儀への聞こえも憚らるる段、黙過すること能《あた》わず。漆原弥四郎儀はすでに詮議叶《かな》わざるにより、父・内記に百石の捨て扶持をくだされ、無役とす。おりうの方さまは、ご実家に戻さるること。その血をひく又次郎ぎみは廃嫡、世子にはご本家より第三子・松千代《まつちよ》さまを入るるべし、と」

眉がねじれるほどに老人の面がゆがむ。おりうの方が、わが身を掻き抱くように胸元で手を合わせた。

兄が腰を下ろすと、鵜鶘の声にまじり小川の音が耳朶をそよがせる。ややあって、織部正はひとりごつように告げた。

「まことご無礼とは存じましたが、さいぜんお待ちいただく間、手の者にお屋敷を検《あらた》めさせまいた」

老人が、なにっという声をあげる前に、清左衛門が懐中から袱紗包みを取りだす。すばやく結び目を解くと、月光よりも白い塊が闇のなかに浮かび上がった。内記が濁った声を洩らす。

「七玉の硯――」織部正がしずかな声音でつぶやく。眼差しをあげて語調を強めた。

「右京さまご所持の品が、弥四郎どのの手回りから」

筆頭家老が畳に手をつき、喘ぐような息を吐きだす。その背後から黒い影が飛び出したかと思うと、額に弾けるような痛みが走った。面を上げると、おりうの方がはげしく肩を上下させながら、緋色の扇を振りかぶっている。怒りにまかせて殴打したものらしい。兄がすかさず杖を手にとったが、織部正は留めるように掌を突き出した。

おりうの方は意味の通じぬことを叫びたてながら、二度三度と打ちかかってくる。織部正はことばを発することなく、されるがままになっていた。何度目かに膚が破れたらしく、額から血がひとすじ糸を引く。おりうの方はなおも絶叫をあげ、扇を振りつづけた。

やがて、かすかに勢いが弱くなる。織部正は懐紙を出し、流れる血をぬぐった。それと同時に相手の足から力が抜け、沈み込むように膝をつく。音を立てて扇をへし折ると、吼えるごとき声で哭《な》きはじめた。

「……速すぎる」

呆然と娘のさまを見つめていた老人が、しわがれた声で今いちど繰り返す。色のない唇をぎりぎりと嚙みしめていた。「そうか、使者に立ったおり、下ごしらえを」

さよう、という答えは胸のなかだけで囁いた。本人は知ることなく終わったが、だからこそ圭蔵をともなうわけにはいかなかったのである。本藩の家老・浦井豊後は舅・全楽と旧交があった。その死を間近に託されたのは、織部正を浦井に紹介し、助力を乞う書状だったのである。おそらく、舅はなにもかも察していたのだろう。

「してやられたというわけか……なれど」

内記の額に脂汗が滲んでいる。織部正を見据え、唸るようにしてつづけた。

「清左はともかく、そこもとには、漆原の世でも生きる道があったはず」

無言のまま頷きかえす。

──頼みにしておる。

老人の声が耳の奥で鳴り響く。ささえた軀の重みまで、この手に残っているようだった。

「されば、なにゆえ……」

内記が縋るような口調で喉を絞る。織部正は決然とこうべをあげ、まっすぐに老人の面を見つめた。

「それはわれらが」黄色く濁った瞳に向けて言い放つ。「黛家の兄弟だからでござる」

老人が肩を落とし、これ以上ないほど深くうなだれる。おりうの方の慟哭《どうこく》がいっそう激しさを増した。

織部正はふかく吐息をついて、立ち上がった。引き留めるように、内記が手をのばして袴の裾をつかむ。うつろな瞳を震わせ、かすれた声を洩らした。

「こころに定めておった」肺腑の底が破れたように喘ぐ。「わしの国を託すのは、そこもとだと」

「──あなたの国ではない」

それだけ応えて、眼差しを逸らした。老人が喉の奥で呻き声をあげ、力尽きたように指を放す。

見届けたというふうにうなずくと、長兄がよろめきながら腰をあげる。織部正はすばやく近づき、肩を貸した。おのれより頭半分は長身の軀が、やけにかるく感じられる。裃を通してたしかな温もりが伝わってきた。

兄をささえながら、一歩踏みだす。振りかえってみたが、老人は手をつき頭を垂れたまま、身動《みじろ》ぎする気配も見せなかった。

そのままゆっくりと階を下り、本丸の外に出る。いつの間にか、あたりは濃い灰色の闇に覆われ、空いちめんに雲が広がっていた。かすかに生臭い匂いを孕んだ風が南のほうから吹いてくる。きびしく人払いを命じてあったため、いくら耳を澄ましても誰かが近づいてくる様子はうかがえなかった。

「派手にやられたな」

兄の視線が織部正の額に向けられる。揶揄する口ぶりではないから、よほど目につく有り様となっているのだろう。まだ傷はふさがり切っておらず、時おりつっと垂れてくるものを感じる。兄が長い指さきをのばし、血の糸を掬《すく》いとった。

「恐れ入りまする」

低い声でいうと、

「おまえは」指についた血を見つめながら、ささやく。どこかいたわるような口調だった。「あの御仁からさえも、何かを受け継いでいたのだな」
おぼえず立ちつくすと、
「なあ――」おどろくほど近くで兄の声が聞こえる。顔を向ける間もなく、ひといき
に言葉がつづいた。「よき政とは、なんだと思う」
「だれも死なずにすむ、ということでござろう」
即座に応えていた。考えることもなく、しぜんと口がひらいたのである。納得した
のかどうか、清左衛門が短い笑声を洩らしながらうなずいた。
兄に促され、ふたたび歩をすすめる。胸苦しいと思った風のなかに、わずかな梅の
香がふくまれていた。
「ひとつ願いの儀がござる」正面に広がる闇を見つめたまま告げる。「それがしの近
習に、向井大治郎と申すものがおりまする」
ふいに兄が爪先をとめた。そちらを見やると、怪訝そうに首をかしげた影が夜の底
に浮かび上がっている。「いきなりだな。よほど大事なことか」
織部正は、おもむろに顎を引いた。
「向井は母方の姓。まことは先年改易となった久保田治右衛門どのの一子にございま
す。兄上の世となりましたからは、あらためてお取り立てたまわりたく――」

幾重にもお願い申し上げまする、と頭を下げきらぬうち、こんどははっきり長い笑声がこぼれた。

「お前がやるといい」

「は――」

こちらが訝しげな声をあげてしまう。大目付は不偏不党が原則ゆえ、人事に権限を持たぬ。兄もそれくらいのことは知っているはずだった。織部正が眉を寄せていると、昔とはちがうやわらかな笑みをたたえてつづける。

「新三郎」呼びかけて真剣な面もちになった。「お前が清左衛門になれ。神山の筆頭家老・黛清左衛門に」

とっさに息を呑み、身をすくめてしまう。兄は、かたときも目を逸らすことなくこちらを見つめている。肩を貸したままでいるから、息づかいまではっきりと伝わってきた。織部正はようやくわれに返り、こうべを振る。

「失礼ながら益体もなきこと……兄上は、これからが腕の振るいどきでございましょう」

清左衛門がやるせなげに頬をゆがめ、天を仰ぐ。

「この体で、ご用はつとまらぬ。それにな――」眼差しを下げ、ひとりごつようにつぶやいた。「右京さまを殺したのは、このおれだ」

つかのま絶句して兄の顔を見守る。生暖かい風がそよぎ、全身がどこか酸いような梅の香につつまれた。織部正はゆっくりと唾を呑みくだす。

が、驚愕に身を任せる刻は、おもいのほか短かった。まだ痛みの残る額をあげ、ひとことずつ押しだすようにささやく。

「弥四郎どのにあらずとは思うておりましたが」

「気づいていたか……話すべきか惑うていたが」

うなずき返して歩をすすめる。くだり坂になったためか、兄の体がいくぶん重くなったように感じられた。

「ご遺骸をひとめ見れば、ただならぬ死であることは瞭然《りょうぜん》。が、どこの世に、わざわざ顔をさらして毒を盛る者などおりましょう。これは何者かが漆原家を除かんとする計策と」

「さすが慧眼だの」おどけたような声をあげると、兄がにわかに眉をくもらせる。ことばを途切らせながら、目のまえの虚空にむかって告げた。

「右京さまは――ご自分のいのちを捨てて、父ぎみに否と申されたのだ」

いちど廃嫡された世子が元の座に還《かえ》ることは、まずありえない。御家騒動の芽ありと公儀に疑われでもすれば、藩自体の存亡にもかかわるのだった。

それでもなお、右京は又次郎が世継ぎになることを承服できなかったのだろう。どのみち生きていても、行く末に望みを抱ける暮らしではなかった。

義弟であり、生活《たつき》の品を届ける清左衛門にたびたび訴えをかさね、とうとう毒を手配させたという。もはや決意は変えがたいと悟った兄は、右京にある策を示した。毒による自死を漆原の仕業に見せかけようというのである。右京が不審な死を遂げれば、真っ先に疑いの目を向けられるのは漆原だった。そこでいっきに葬るまではいかずとも、黒い風聞が家中の胸をよぎることは間違いない。仮に罠《わな》と察して織部正が握りつぶせば、内記の信はいよいよ確実になるだろう。どちらに転んでも、黛党の大きな一助となることはたしかだった。

右京は清左衛門の描いた筋書きに乗った。織部正が月番のときを見はからい、七玉の硯をゆずると伝えて弥四郎を呼びだしたのである。はじめから的は倅に絞った。伝家の名硯《めいけん》ゆえ、くれぐれも本人が取りに来るよう念を押したのである。嫡子にふさわしい功をあげ、父の信を得たがっていると読んだし、じっさいその通りだった。辞去してのち、右京は清左衛門が手配した毒を仰いだ。いずれは弥四郎に嫌疑がかかるはずという目論見である。

「濡れ衣を着せる弥四郎にはすまぬという心もちもあったが」兄が皮肉げな笑みをこぼす。「まさか堤を崩すとはな……相子《あいこ》というしかない」

これから糺すことになろうが、内記は倅が罠にかけられたと察していたに違いない。だからこそ、毒殺の件を表沙汰にしなかった織部正を多としたのだろう。弥四郎は失態を挽回《ばんかい》すべく、内記がひそかに畏れる清左衛門の失脚を目論んだようだが、その手段が父の意に添うものだったとは思えない。敵ながらひとかどの為政者でもあった内記が堤を崩すとは考えられなかった。執政会議の席上、ひどく蒼ざめた顔をしていた覚えがあるが、倅のしたことに気づいたのかもしれぬ。親子のあいだでどのような遣り取りがあったのかまで知ろうとは思わなかった。

打つ手打つ手が裏目に出たかたちの弥四郎だが、それならと退ける者はそう多くない。たいていは、次こそうまくいくはずと根のない希望にすがり、さらなる悪手をかさねていく。想像でしかないが、堤の件では内記からはげしく詰《なじ》られたに違いない。以後のことは父にも諮らず、自分だけで漆原の支配を完遂させようとしたのではないか。そうして追い詰められていった結果が、あの惨劇だった。

壮十郎をうしなって十余年、内記の治世に陰りが見えたときこそ、ひといきに動かんという腹づもりだったが、又次郎が襲封してしまえば、漆原の世は覆せぬものとなる。その前にけりをつける必要があった。兄がおのれを呼びだしたのも、いよいよ決起の時が近いということを確かめ合い、策を練るつもりだったという。その機会をうしなったあと、孤立無援となった織部正は本家に行き来する機会をとらえ、家老・浦井豊後の懐へ飛びこんだのである。

本藩のなかでも右京の廃嫡と漆原の台頭に眉をひそめる向きはあって、浦井はその筆頭だった。又次郎ぎみを廃しご本家からお世継ぎを、という織部正の提案は藩主の子福に頭を悩ます浦井にとっても好都合だったから、話はおどろくほどすんなりまとまったのである。堤の決壊は予想外だったが、おかげで兄は浦井のもとでじっくり仕度を整えることができた。結果的に右京の望みは達せられたことになる。

「こうとしかならぬ、と仰せられてな……そう言われてしまえば、お留めすることはできなんだ」

清左衛門がふかい吐息をこぼして眼差しを落とす。亡き妻の兄であれば、右京ともひと同士としての交わりがあったろう。が、死の望みを容《い》れるまでにどれほどの逡巡があったかを見せる兄ではなかった。

「そういう形でしか、父君にもの申せなんだのだろう」

蒼白い右京の骸が瞼の裏をかすめた。磊落に笑う壮十郎の面影が、そこに重なる。守るか壊すかの違いはあるが、どちらも父が築いたもののために死んだのだ、と思った。その差は、ひとが感じるほど大きくないのかもしれない。

だからな、と長兄が続ける。はじめて耳にするような、重く苦しげな声だった。

「おれにはもう、だれも死なない政ができんのだ」

熱い星

一

店の戸を開けた途端、叫ぶような声とともに飛んできたものがある。織部正の胸にあたって土間へ落ちたのは、味噌で和えた白魚の切り身らしかった。羽織と袷《あわせ》の境目あたりにべったりと茶色いものがついている。投げた相手をさがす間もなく、ぎらぎらと瞳を燃え立たせながら壮太が近づいてきた。

「……どうかしたのか」

言い終えるまえに、

「帰ってくれよ」

少年が低く押し殺した声を突きつける。土間の客たちもただならぬ様子に気づいたらしく、息をひそめてこちらをうかがっていた。

織部正は懐紙を取りだし、胸元のよごれを拭う。鮎でも焼いていたのだろう、魚の焦げる匂いが鼻腔を突いた。板場のほうを顎で示していう。

「火を止めたらどうだ」

壮太が舌打ちして、苛立った声で叫ぶ。

「そんなこと、どうだっていい」

「――よかぁないよ」

織部正の背後で声が起こり、おときが滑りこんできた。酒が足りなくなったのだろう、女でも持てるくらいの甕《かめ》を胸に抱えている。それを土間に置くと、きつい目で息子を睨みつけた。そのあいだに、気を利かした常連が板場へ駆けこみ、火を消している。客たちは妙にぎこちない笑みをたたえながら、ふたたび盃を交わしはじめた。

「なんのつもりだい」

息子を叱りつける声に、どこか力が入っていない。織部正を見やる瞳にも、惑うような影がうかがえた。母にかまわず、壮太が喉を震わせる。

「みんな聞いたんだ、おれがだれで、あんたがおれの何なのかっ」

最後は吼えるような声になっていた。店のなかがしんと鎮まりかえったが、酒を啜る音だけは、やけにはっきりと聞こえている。織部正は、怒りに赤らむ少年の顔を無言で見つめた。壮太も目をそらさぬまま、荒々しく肩を上下させている。

しばらくそうしていたが、

「分かった――」

言いおいて、おもむろに踵を返した。少年が、はっと息を呑む気配が伝わる。振りかえることなく、店をあとにした。

生ぬるい夜気が全身をつつむ。まだ早い時刻だから、行き交う人はそれほど多くなかった。呑みなおそうかとも思ったが、足はそのまま柳町の大門に向いている。

足音に気づいて振り向くと、二、三間離れておときが跡をついてくる。この女にはめずらしく、途方に暮れたような顔で、うつむきがちに歩いていた。目が合うと娘のようにはにかみ、小走りに近づいてくる。

千塚が殺されたおり、人だかりのなかに壮太がいたらしい。すこし離れた店まで使いに出た帰りだった。骸を検める侍が織部正だと分かりはしたが、とうてい声をかけられる様子ではない。しばらくして町方が駆けつけてきたとき、小禄《しょうろく》の侍・新三郎と聞かされていた男が大目付と名のるのを、はっきり聞いたのだった。

店にもどって母親に問いただしたが、はじめはおときもことばを濁してやり過ごしていた。が、あまりに真剣な倅の眼差しに負け、とうとうすべてを打ち明けてしまったのである。実の兄を死に処した鞘なし織部の名は、柳町でも知れ渡っていた。

「あなたさまが、自分の父親を、その……何したと思いこんじまって」

じき分かって、いえ、分からせます、と言いつのるおときを目で制して、ふたたび歩をすすめる。女も横にならんであゆみだした。

「あいつはなにも間違っていない」ごく平坦な声で織部正はいった。「おれが兄に死を命じたのだ」

「でも、それは」

おときがいきなり織部正の袖をつかんだ。痛いほどの力で二の腕を握りしめ、うなだれる。乱れた襟足が星明かりを浴び、白く浮き上がっていた。

「分かってほしい、などと思うのは傲慢でしかないだろう」

片方の腕をのばし、女の指を一本ずつほどいてゆく。おときの手はひどく熱かったが、芯に冷たさを宿しているようでもあった。織部正は、ひとりごつような口調でつづける。

「だが……もしこれきりになったとしても、今までのことがすべて嘘だったわけではない。分かるというなら、そのことだけ、いつか――」

まるで圭蔵のことを言い聞かせているようだと思った。おのれが側に置こうとしなければという気もちは依然、濃く残っている。いつか舅がいったように、すべてが負ではなかったと思いたいが、いつそうなれるのかは分からなかった。

気がつくと、おときが顔をあげ、こちらを見つめている。ことばを探すような間が空いたあと、細い喉が動いた。

「むかし、ぎゅっ、とし て差しあげたときのことを覚えておられますか」そこまでいって、われにかえった体であたりを見まわす。「そう、ちょうどこの辺りだった」

朱に塗られた唐風の楼門が、闇の向こうに滲んでいた。浮かれた空気をまとった男女が、その門をぐって、つぎつぎと歓楽の巷《ちまた》に足を踏み入れてくる。出てゆく人影は、まだほとんどなかった。

「忘れたことはない」織部正はふかく頷いてみせる。

「おなじことをしたいのに、もう手が届きません」女が震える声を絞りだして、面を伏せた。「大きくなられて」

「――丈《たけ》はあのころから変わっていないはずだが」

小さな声でつぶやくと、おときが黒く濡れた瞳を戸惑いがちにあげた。ややあって、声のない笑いを洩らす。織部正もかすかな笑みで応えた。

「冗談が下手なのも変わってなかったな」

もうこの辺でいい、といって女のそばを離れた。二、三歩あるいてから、思いだしたように振りかえる。おときがまだ、そこに佇んでいることは分かっていた。

「われながら無粋なことをいうようだが……月々のものは、これからも届けさせてもらう。あいつに分からぬよう、やり方は考えねばならんが」

おときがふかぶかと腰を折る。どこか霞んだように見えるその姿へ、ことばを重ねた。

「子どもの面目は見えるところだけ立ててやればいい」どこか遠いところで、酔客のあげる哄笑《こうしょう》がひびく。織部正は、わずかに声を高めた。「飢えてなお、つらぬく意地など無用だ」

はっとしたように、おときが身をすくめる。が、つぎの瞬間には、驚くほどやわらかな笑みを唇もとに浮かべていた。

その顔を見守るうち、今度は女のほうがゆっくりと踵をかえし、こころもち肩を揺らすようにして去っていく。細身の影が店先の灯火に照らされていたのはわずかなあいだで、じき、おぼろな闇に溶け込んでいった。

おときの姿が消えたあたりを見つめて、つかのま立ち尽くす。そのまま、おもむろに唇をひらいた。

「……そこを動くな」

かたわらにつづく柳並木の陰で、がさりと足音が立った。

織部正は、すばやく刀の鯉口《こいぐち》を切って、身をひるがえす。ひといきに駆け寄り、たたらを踏む影の喉もとを幹に押しつけた。蛙をつぶしたような呻き声があがる。店を出たときから、尾けられていることには気づいていた。

「漆原の手下《てか》か」

影に向かって、低い声を叩きつけた。柳の枝を透かしてこぼれる月光が、相手の顔を照らし出す。目を凝らし、おぼえず驚愕の声を洩らした。

「――おまえは」

二

夏めいた陽光が濡れ縁に差しこんでくる。日もずいぶんと高くなってきたため、縁側まで出ないと光を浴びるのがむずかしくなっていた。庭のそちこちで、牡丹がところせましと花をひろげている。匂い立つような白い花弁のまわりを、おなじ色の蝶が二羽三羽と飛び交っていた。

黛清左衛門は縁側に腰を下ろし、くっきりと蒼い空を見上げる。高く浮かんだ雲の縁をかすめるようにして、茶色がかった影が弧を描いて飛びまわっていた。おそらく鳶だろうが、きらめくような陽光にさえぎられ、しかとは見定められない。

背後では、黒沢家の下士や若党たちが忙しげに動きまわっている。黛邸への引き移りが数日後にせまり、荷造りに追われているのだった。清左衛門も朝から手回りの品をまとめていたのだが、昼もすぎていささか疲れをおぼえたため、縁側に出てきたのである。

たびたび固辞したものの、兄の意志はかわらなかった。家督をゆずられ、正式に黛清左衛門の名を継いだのは半月ほど前のことである。とはいえ、家老となるべく育てられたわけではないから、まずは政を学ぶ必要があった。何年か大目付と兼務で家老の末席を占め、しかるべき時に筆頭の座へ着く申し合わせとなっている。

「黒沢の家はいかがせよと仰せで……」

困惑して問うと、兄は片方の目を細め、こともなげにいった。

「このあと男子が生まれぬものでもあるまい。もし今のままなら、鈴に婿をとって継がせるといい。いっそ、久保田の倅などどうだ」

「十二も離れておりますが」

苦笑して告げると、兄らしく皮肉まじりの声が返ってきた。

「あの娘は跳ねかえりと聞くゆえ、それくらい離れていた方がよかろう……ああ、くれぐれも澄ました女には育てるなよ」

「澄ましてなど」

りくのことを言っているのが分かったから、いなすように話を切りあげた。黒沢も当主なしというわけにはいかぬから、当面はかたちだけ新三郎に家督を譲ったが、いずれはっきりさせねばならない。大治郎かどうかはともかく、鈴に婿という成りゆきはあり得ぬものでもなかった。

筆頭家老の座は空位のままで、これは当面藩政を仕切る尾木将監に、いらざる野心を起こさせぬためだという。

「好々爺のような面をしておるが、あれで油断ならぬ御仁よ」

兄は苦々しげに眉をひそめた。漆原の世にあって、ひそかに黛とも連絡を絶やさなかったというから、耳を疑うほかない。どう転んでも生き残れるようにとの処世なのだろう。

「兄上は鋭すぎてあやうい、と申しておられましたが」

おそるおそる明かすと、兄が天を仰いで失笑した。

「おれには、鞘のない刃など剣呑で仕方ない、と言っていたな」

笑いおえると、めずらしく面映げな口調で言い添える。

「その……呼び方のことだが」いかにもばつがわるい、というふうに目を逸らした。

「やはり、大だの小だのはあった方がいいな」

問いかえすより早く、口迅《くちど》につづけた。「あいつが拗ねると困る」

とりあえず、泣きどころである倅を押さえておけ、という助言にしたがい、尾木進之介を清左衛門付きの助役として出仕させることにした。いわば人質という格好である。

海老塚播磨は、神山藩の財政担当として、大坂の札差《ふださし》からおおきな借り入れに成功していた。これ以上は無理と思われていたから、大手柄といっていい。おかげで平九郎堤の修繕も順調に進み、より堅固なものが築けそうだといわれている。にわかな評判の高まりに当人がいちばん驚いているようだが、数合わせといわれつづけてきた男にも、働きどころがなかったわけではないらしい。

　兄は髷を切って総髪となり、栄斎《えいさい》と号することになった。右京終焉《しゅうえん》の地である赤岩村に隠棲《いんせい》すると聞いた時は驚いたが、兄なりの思いがあるのだろう。ひどい女なら娶らなかったというものでもない、などとうそぶいたこともあったが、唯一こころを許したのが靖だったのではないかと織部正は感じている。懇願されたとはいえ、その兄である右京に毒を渡した記憶がたやすく拭えるはずもなかった。

「すこし軀が利くようになったら、藩校づくりの建白をするつもりだ。そのときは手を貸せ」

　というので、

「藩校でございますか」

　戸惑っていると、呆れたふうな声が洩れる。

「そこで頭をひねっておるようでは、先ゆきが案じられる……まずは、ひとを作ることでおまえの政を助けようと思《す》うてな」

　だれも死なずにすむというやつだ、と確かめるようにつぶやいた。

「ご深慮、恐れ入りまする」

ふかぶかと頭を下げると、兄がはじめて聞くほど楽しげな笑声をこぼした。

「もう名まえも考えている。日々修めると書いて、〈日修館《につしゆうかん》〉。どうだ、いい響きだろう」

――おれたちの組は〈花吹雪〉という。

ふいに、次兄の誇らしげな声が耳の奥によみがえる。おぼえず吹き出しそうになった。怪訝そうに首をかしげる兄に、いたずらっぽい口調で告げる。

「いや、兄弟とは、まことおかしなところが似るものと思いおりましてな」

かたわらでことりという音が響き、誘われるように振り向いた。もの思いにふけっていたため、ひとが近づくのに気づかなかったらしい。りくが盆に載せた茶を濡れ縁に置いて、こちらを見つめていた。心なしか、頰のあたりが強張っている。

「……お疲れになりましたか」

おだやかな声音にも、つとめてする気配が漂っていた。清左衛門は、素知らぬ体で湯呑みを手に取る。

「すこしばかりな」

言いながら、茶を口にふくんだ。渇いた喉に温《あたたか》いものがゆっくりと染みとおってゆく。

「荷づくりなど、ご自身でなされずとも」

りくが遠慮がちにいった。とはいえ、そういう当人も、朝から子どもたちやじぶんのものを仕分けし、荷をまとめているのである。

「そこは三男坊の地が出るところだろう」なかば自分に向けるような調子でいった。

「貧乏性というやつだ……なかなか直らぬ」

いえそんな、と応えたことばは、どこか上の空で、はっきりとは聞こえなかった。

頬白らしき囀《さえず》りが耳朶を撫でる。音のした方へ目を向けたが、庭の奥にでもいるのか、もっと遠いところから響いてくるのか、姿は見えなかった。

鶯はすこし聞かなくなってきたな、と思ったとき、背後でかすかな物音が起こる。振りかえると、りくが縁に手をつき、額がつくほどこうべを下げていた。肩にひどく力が入っているらしく、そのあたりが小刻みに揺れている。

「どうかしたか――」

面食らってことばをかけるのと、

「申し上げたきことがございます」

思いつめた声が洩れるのが同時だった。りくが顔を伏せたまま、絞りだすように喉を震わせる。

「どうぞ、柳町の女子とお子を、新しい屋敷にお迎えください」

覚悟はできておりますといって、さらに頭を下げてくる。背後の梢から、山鳥の飛び立つ音が響いた。

つぎの瞬間、清左衛門は声をあげて笑った。りくが困惑をあらわにして、面を起こす。

「どうも、なにか勘違いしておるらしい」背を揺すりながらいった。「あれは亡き兄の想い女《め》と、一粒種だ」

りくの全身から張りつめたものが溶け、呆けたような面もちで腰をつく。これほど力の抜けた妻を見るのは、はじめてかもしれなかった。

「すぎの亭主から聞いていないのか」

いささか気の毒になって、こちらから問うた。りくが木偶のごとき調子で首だけを振る。ことばはまだ出てこないらしかった。

柳町でおのれを尾けていたのは、すぎの夫である足軽・桑野《くわの》文蔵《ぶんぞう》だった。熊のような男だと聞いていたが、まさにその通りの風貌で、まともに顔を合わせるのは初めてだったが、すぐに分かった。念のため確かめたが、いつぞや庄屋屋敷で出くわしたのも、やはり桑野だったらしい。

見かけの割に気が小さい質らしく、すこし脅すようなことをいうと、あっさり事情を吐いた。年に幾度か、行き先も告げず屋敷を空ける夫に不安を抱いたりくから話を聞き、恐れながらうちの亭主に尾けさせましょう、とすぎが申し出たのだという。好奇心に駆られて身を乗りだす女の表情まで、目に見えるようだった。

桑野の非番とおのれが〈壮〉に出向く日のかさなることはそれほど多くなかったが、何年かあれば、行き先くらいはおのずと分かってくる。一膳飯屋のおかみとただならぬ気配、と見えても不思議はなかった。とはいえ、はっきりした証しまでつかめるはずもないから、すぎに尻をたたかれて、しぶしぶ見張りを続けていたらしい。

「すぎは、また子を産みましたゆえ、しばらく来ておりませぬ」

ようやく口を開いたりくがそう告げたが、桑野は妻女がこわくて、見つかったと言えぬのだろう、と思った。

「いらぬ心労をかけたの」

「いえ――旦那さまを尾けさせたりなどいたして、お恥ずかしい限りでございます」

まことに恥じ入っているらしく、りくは少女がいやいやをするようにかぶりを振った。頰のあたりも見たことがないほど赤くなっている。

「じかに質せばよかろうに」

いうと、頭を止めて震える声を洩らす。おどろくほど気弱げな響きだった。

「恐ろしゅうて」

「恐ろしい、とは」

首をかしげると、りくが意を決したように、黒く光る瞳を向けた。そのまま、ゆっくりとことばを押しだす。

「おまえのことが嫌いだといわれるのが」

「……ずいぶん弱気なことをいう」

おぼえず苦笑をこぼすと、妻が紅い唇を噛みしめた。

「後ろめたいからかもしれませぬ」

「…………」

りくは背すじをのばすと、正面からこちらを見つめる。目のなかに、おのれの影がちらついているように感じた。

「今まで申し上げられなかったことがございます」

ためらいの空気はすでに女のまわりから消えている。清左衛門はうながすように顎を引いた。

「婚礼からしばらくのあいだ……わたくしは旦那さまを避けました」

「ふるい話を」

今さら蒸し返すこともあるまい、と言いたかったが、真剣そのものといえる表情を目にすると、妻の話を止めることはできなかった。

「そのことを……いえ、それを詫びぬまま来たこと、ずっと悔いておりました」

しずかな眼差しで、りくの面を見やる。屋内の喧騒にまじって、庭のどこかで子どもたちの声が響いていた。

「わたくしは——その、ひとに謝ることが何より不得手で」

にわかに、りくの声が小さくなった。「自分でも時折いやになりまするが……かような女子、嫌われても仕方ないと」

清左衛門は、小さく笑声を洩らした。

「たしかに、いまも詫びてはおらんの」

りくが、はっとなって身を縮めた。あわてて手をあげ、言い添える。

「わしも時折いやになる……おのれが冗談の下手《まず》さにな」

まあ、といって、ようやくりくが頬をゆるめた。清左衛門も微笑を浮かべ、手もとの湯呑みを妻に差しだす。喉が干上がっているはずだった。

「でもこれは、旦那さまの——」

りくは両手に湯呑みをくるんだものの、なおもためらいがちに見下ろしている。

「かまわん」

うながすと、やはり渇ききっていたのだろう、白い喉を上下させ、ぬるくなった茶を呑み干した。

「そういえば、聞いたこともなかったが」ぽつりと声をこぼす。「なぜわしを受け入れた」

あのころは、いつも胸に次兄の面影が伸しかかり、なぜと考えるゆとりもなかった。死人のようになって世話を受けるうち、気づけばそうなっていたのである。

りくが頰を赤らめ、面を伏せる。

「旦那さまは、あのまま消えてゆきそうでした」

消したくないと思うている自分に気づいたのでございます、といって湯呑みを抱きかかえるようにした。ながい指さきがふるふると揺れている。

清左衛門は、そのようすを見つめながら発した。

「こちらも、話していなかったことがある」

りくはさっと面もちを引きしめると、湯呑みを盆に置いた。かつんと木の鳴る音と、転がるような鳥の啼き声が混じり合う。やはり頰白のようだった。耳の奥でその響きを感じながら、さりげない口調で告げる。

「わしが、はじめて好きになった女子は、黒沢りくだった」

もともと大きな妻の瞳がおどろきに見開かれる。一拍の間をおき、えっ、でも、さような、などと意味をなさないことばが喉の奥でぶつかり合った。清左衛門はおもむろに語を継ぐ。

「母を亡くした後だったな……わしが庭の隅にいると、そなたがやってきた」

茜色の小袖が記憶に残っているから、葬儀の折ではないだろう。しばらくして遊びに来た時かもしれぬ。兄たちと何かする気にもなれず、しゃがみこんで一人蛍袋の花を見つめていたおのれに、りくが話しかけてきた。

「わしが、母上の夢ばかり見る、というとな」

――だれかの夢を見るのは、そのひとがどこかで思ってくれているからですよ。

ふたつ上の少女は、そういって走り去っていった。いま思えば、りく自身、その何年かまえに母を亡くしていたはずである。少女なりに、経てきたものがあったのやもしれぬ。

「――おぼえておるか」

清左衛門は妻の手を取り、ひとことずつ区切るようにつぶやく。りくは恥ずかしげにうつむいたが、こばみはしなかった。

「はい、でもまさか……」

そこまでいって、ふいに面をあげる。これも初めて見るような、いたずらっぽい笑顔になっていた。

「もっと早くお聞きしとうございました」

「忘れていた」

そのあとは苦手だった、とはさすがにいわぬ。かわりに、ばつわるげな笑みをこぼした。

りくが、まあ、と呆れたふうな声をあげる。微笑まじりに、かるく睨むような表情になった。

「いまのも、冗談なのでございますね」

「そういうことだ、なかなか上手《うま》くならん」

苦笑をかえしたとき、庭の植え込みが鳴った。鳥かと思って振り返ると、大治郎を供にした新三郎と鈴が、松の下枝を掻き分けながら姿をあらわす。おおかた引き移りの作業に飽きた鈴が、ふたりを連れ出したのだろう。

あっ、といって娘がこちらを仰ぐ。突き出した指は、重ねあった双親の手を差していた。

りくがいそいで手をほどこうとするのと、男ふたりがあわてて鈴を引っぱるのが同時だった。いたい、やめてという声が、驚くほどはやく遠ざかってゆく。

すこし風が出てきたらしい。子どもたちが去ると、葉ずれの音が耳朶を撫でて通りすぎていった。屋敷うちの喧騒が、あらためて飛び込んでくる。

「……そろそろ荷のしたくに戻りまする」

ささやくような声がすぐそばで響く。かすかな息づかいまではっきり伝わってくるようだった。まだ手を離していなかったことに気づく。清左衛門はそっとうなずいて、掌をあげた。いつのまにか、触れあったところがわずかに汗ばんでいる。りくが去ると、腰をのばして立ち上がった。草履をつっかけ庭のほうに歩くと、子どもたちが現れた植え込みのあたりを見つめる。どこか楽しげに騒いでいた三人の姿が瞼の裏に浮かんだ。

十年二十年の後、おれやあの者たちはどうしているだろう、と思った。だれも死なずにすむ政を願う気もちに嘘はなかったが、あるいは誰かが非業な末路を迎えているやもしれぬ。そうでないと考えるには、多くの死を見過ぎていた。

いのちを終えた者たちの面影がつぎつぎと眼前をよぎり、虚空に消えていく。胸の奥から、おもい吐息がこぼれた。

——だが、まずはやることがある。

清左衛門は唇をつよくむすんだ。明朝登城ののち、藩主・山城守に隠居を迫ることとなっている。あれ以来、病と届け出て参勤を遅らせていたが、いつまでもというわけにはいかぬ。本家からあらたな藩主を迎える、という約定をかたちにするのだった。執政一同打ちそろってのことになろうが、本家の家老とつなぎをとっているのはおのれである。じっさい主導するのがだれかは、考えてみるまでもなかった。くわえて、非常のときならではの差配だが、いま清左衛門の掌中には政と監察の大権がふたつながら握られている。

——まるで奸臣《かんしん》だの。

自嘲めいた笑みが唇もとをかすめる。が、自分でもふしぎなほど胸は痛まなかった。奸臣で上等ではないか、とすら感じる。

山城守が又次郎の廃嫡に納得していないことは明らかである。そのまま藩主の座に居座られては、こちらの身があやうい。ご退隠いただくしか、すべはないのだった。

そうして思いをめぐらす胸のうちに、どこか今までにない昂揚がひそんでいる。果てのない暗闇に、熱くかがやく星が望めるようだった。触れれば身を灼かれるかもしれぬと分かっていたが、手を伸ばさずにはいられない。

かの御仁ならおなじことをするであろう、と思った。ふしぎなことだが、いま真っ先に浮かぶのは、父でも舅でもなく、壮十郎や圭蔵の面ざしでもない。老いてかつての覇をうしない、おそらくはみじかい余生に入った男の顔が、そこに居るごとく迫ってくる。精気に満ち、憎々しいまでに肩をそびやかした姿だった。清左衛門は瞼を閉じ、その影に向かって語りかける。

——なれましたかな、強い虫に。

どれほど刻が経ったか、聞かなくなったと感じていた鶯のさえずりが、空のどこかから下りてきた。その響きへ引きずられるように、清左衛門はゆっくりと眼差しをあげる。

高く繁った松の梢を透かし、濃く蒼い空が広がっていた。ところどころに、湧き立つような白い雲が浮かんでいる。夏がはじまろうとしていた。

解説

大矢博子（書評家）

彗星《すいせい》の如く現れた——というのは新人に対して使われることが多い言葉なので、適切ではないかもしれない。しかし砂原浩太朗『高瀬庄左衛門御留書』（講談社文庫）を読んだとき、まさに彗星の如く、という言葉が浮かんだのである。

単行本デビューは第二回決戦！小説大賞受賞作を長編化した『いのちがけ　加賀百万石の礎』（二〇一八年・講談社→講談社文庫）だった。前田利家の側近・村井長頼の目を通して信長・秀吉・家康の覇道を追った作品だ。特に賤ヶ岳《しずがたけ》での前田家の決断を描くくだりは圧巻で、楽しみな歴史小説家が登場したと期待したものだった。

それから三年、久しぶりの第二作が『高瀬庄左衛門御留書』で、デビュー作とのジャンルの違いにまず驚いた。そして読んで、その筆捌《ふでさば》きが三年で格段に上達したことに再度驚かされたのだった。これほどのものを書く人だったとは。

すでにご存知の通り、『高瀬庄左衛門御留書』はその年の直木賞と山本周五郎賞の候補になり、野村胡堂文学賞・舟橋聖一文学賞・本屋が選ぶ時代小説大賞を総なめにした。彗星の如く――と言いたくなるのもわかっていただけると思う。まさか（という言い方も失礼だが）これほどのものを書ける人だったとは！

だが華々しい評価を受けた作品の次は周囲の期待が高まる一方、その見る目も厳しくなるもの。待つ身の読者にとっても「あれを超えるもの」を期待せずにはいられない。『高瀬庄左衛門御留書』がフロックではなかったことを証明しうるだけのものを出さなければというプレッシャーも著者にはあったのではなかろうか。

だが、杞憂《きゆう》だった。本書『黛家の兄弟』は刊行するや否や前作に勝るとも劣らぬ高評価を得て、前作では候補止まりだった山本周五郎賞を受賞。山田風太郎賞や中山義秀文学賞の候補にも名を連ね、砂原浩太朗の名を不動のものにしたのだ。

作品に対する好き嫌いは個人的なものなので異論はあるだろうが、私の好みだけで語るなら、これ以降に出た作品も含め、『黛家の兄弟』はマイベスト砂原浩太朗である。本書の何がそこまで私を魅了したのか、それを今から解説していきたい。

本書は『高瀬庄左衛門御留書』と同じ架空の藩・神山藩が舞台。主人公は藩の筆頭家老を務める黛家の三男、十七歳の新三郎だ。筆頭家老を継ぐことが決まっている長男の栄之丞はクールで真面目。次男の壮十郎は剣の腕の立つ、磊落《らいらく》な遊び人。母は早くに亡くしたものの、仲のいい兄たちと尊敬できる父のもと、新三郎は三男坊の気楽さから道場仲間との交流や淡い恋など青春の日々を送っていた。

そんなある日、新三郎に縁談が来る。大目付の黒沢家へ婿《むこ》入りすることが決まったのだ。大目付といえば司法のトップだ。舅《しゅうと》や先輩たちについて新三郎は裁きの見習いを始めることになる。人を裁いて時には死を与えるというお役目に重圧を感じるものの、すべては順風満帆――のはずだった。

ところがある日、黛家の将来を揺るがす大事件が起きる。その影には筆頭家老の地位を狙う漆原内記の策略があった――。

この大事件が何なのかを書かないことには本書のキモを伝えるのは難しいのだが、そこはやはり本編でお読みいただきたいのでここではボカしておく。一家の誰もが血を吐くような慟哭《どうこく》の中に突き落とされ、筆頭家老の地位をも追われるのだ。その中で、兄弟の固い絆が読者にとっても心の支えとなる。

この第一部だけでも素晴らしい中編として成立しうる出来である。その上で、彼らがどうなるのか、ここからどうするのか。仇敵・漆原内記に対して彼らはどう立ち向かうのか。読者は前のめりになって第二部の扉を開くだろう。

ところが。

第二部はいきなり十三年後に飛んだから驚いた。しかも、である。いや、これは言うわけにはいかない。その展開は読者の予想を大きく裏切るものだとだけ言っておこう。

ちょっと待て、十三年の間に何があった？

さあ、これこそが本書の最大の読みどころだ。黛家の兄弟を主軸に読者の感情を揺さぶりに揺さぶった第一部から一転、第二部は空白の時間に何があったのかを読者につきつける時代ミステリの構造になっているのである。

これが、上手《うま》い。描かれないからこそ、読者は想像するのだ。

その空白が紐解《ひもと》かれる終盤は逆転に次ぐ逆転で何度も息を呑むこと請け合いだ。作中、大目付の舅が若き新三郎に「かすかな不審を見逃してはならぬ」と諭《さと》す場面がある。それは裁きの心得なのだが、その言葉は読者も肝に銘じておくべきだ。「かすかな不審」が積み重なる第二部では、あの「不審」がここにつながるのか、あの「不審」にはこんな意味があったのかと何度も驚かされる。予想外の展開が怒濤《どとう》のように、しかし静かに、読者の足をすくって翻弄《ほんろう》する。息つく暇もない。なんと贅沢《ぜいたく》な読書体験であることか。

その謎が解けたとき、新三郎と黛家が背負ってきたものが一挙に眼前に現れ、胸が震えた。ただ謎を解くだけではない。解かれる過程のエンターテインメント性と、解かれた先にある感動。本書はその年に出た時代小説の中でも屈指の時代ミステリであると私が考える所以《ゆえん》である。

もちろん本書の魅力は空白の時を埋めるミステリ展開だけではない。いや、むしろそれは趣向に過ぎない。最大の魅力であり眼目は黛家の兄弟の選択と、その先に得たものは何なのかというテーマである。

第一部をじっくり読まれたい。正義が権力者に潰される悔しさ、理不尽さ。今もどこかで起きているような構図が読者の胸を抉《えぐ》る。

その理不尽さを体験した兄弟が第二部で選んだ道。人は大人になる過程で多くの選択に向き合う。選ばなかった未来を思って悔やむこともある。新三郎だけではない。こうするしかなかった人、これが正しいと信じて進む人、迷う人、従容《しょうよう》として運命に向かう人、足掻《あが》く人。

著者は本書で、人のあらゆる選択と生き方を提示している。悪役がただの記号でないのがその証拠だ。悪役には悪役の思いがあり、その中には彼なりの懊悩《おうのう》がある。どうしようもない登場人物であっても、そこに至るまでの足掻きが描かれる。数合わせとしてしか価値のなかった人物も、日和見《ひよりみ》の人物も、嫉妬《しっと》に苛《さいな》まれて道を外した人物も、ただ利用されただけの人物も、著者はその中に潜む一片の真理を拾い上げるのだ。

それらの真理の行き着く先が、終盤にある人物が新三郎に「よき政とは、なんだと思う」と問いかける場面である。その答えを、ぜひ本書で確認願いたい。すべてはここに至るための、これを言いたいがための、物語なのである。

興奮の末の爽快な決着。清々《すがすが》しさの中に混じる一抹《いちまつ》の寂寥《せきりょう》。いつまでも心に残る絶品の時代小説である。

また本書にはもうひとつ、父と子の関係も大きな軸になっていることを付け加えておきたい。黛家だけではない。黒沢の家の舅と新三郎。藩主とそのふたりの息子。漆原内記とそのふたりの息子。特に後のふたつについては、父と子の関係は決して理想的なものではない。親の期待に応えられずに足掻いたり、見限ったはずの息子のことがいつまでも気になったり。黛家でもまた、父は息子に対する態度に後悔を抱えている。

思えば、『高瀬庄左衛門御留書』も、父と息子の関係から話が始まっていた。

これら父と子の関係というテーマは、神山藩シリーズ第三作『霜月記《そうげつき》』（講談社）に結実する。名判官と謳《うた》われた奉行である父の跡を継いだ平凡な息子が失踪、まだ若い孫息子が跡目を継ぐという父子三代の関係を描いた家族小説であるとともに、若き奉行の成長物語でもある。併せてお読みいただきたい。

本書は二〇二三年一月に、小社より単行本として刊行されました。

|著者|砂原浩太朗　1969年生まれ。兵庫県出身。早稲田大学第一文学部卒業後、出版社勤務を経て、フリーのライター・編集・校正者となる。2016年「いのちがけ」で第2回「決戦！小説大賞」を受賞。'21年『高瀬庄左衛門御留書』（講談社文庫）で第34回山本周五郎賞、第165回直木賞の候補となり話題に。同作で第9回野村胡堂文学賞、第15回舟橋聖一文学賞、第11回本屋が選ぶ時代小説大賞を受賞、「本の雑誌」2021年上半期ベスト10第1位に選出された。'22年『黛家の兄弟』（本書）で第35回山本周五郎賞を受賞した。他の著書に『いのちがけ　加賀百万石の礎』（講談社文庫）、『霜月記』（講談社）、『藩邸差配役日日控』（文藝春秋）などがある。

黛《まゆずみ》家《け》の兄弟《きょうだい》
砂原浩太朗《すなはらこうたろう》
© Kotaro Sunahara 2023

講談社文庫
定価はカバーに
表示してあります

2023年12月15日第1刷発行

発行者――髙橋明男
発行所――株式会社　講談社
東京都文京区音羽2-12-21　〒112-8001
電話　出版（03）5395-3510
　　　販売（03）5395-5817
　　　業務（03）5395-3615
Printed in Japan

KODANSHA

デザイン―菊地信義
本文データ制作―講談社デジタル製作
印刷―――株式会社広済堂ネクスト
製本―――加藤製本株式会社

落丁本・乱丁本は購入書店名を明記のうえ、小社業務あてにお送りください。送料は小社負担にてお取替えします。なお、この本の内容についてのお問い合わせは講談社文庫あてにお願いいたします。
本書のコピー、スキャン、デジタル化等の無断複製は著作権法上での例外を除き禁じられています。本書を代行業者等の第三者に依頼してスキャンやデジタル化することはたとえ個人や家庭内の利用でも著作権法違反です。

ISBN978-4-06-533176-7

講談社文庫刊行の辞

二十一世紀の到来を目睫に望みながら、われわれはいま、人類史上かつて例を見ない巨大な転換期をむかえようとしている。

世界も、日本も、激動の予兆に対する期待とおののきを内に蔵して、未知の時代に歩み入ろうとしている。このときにあたり、創業の人野間清治の「ナショナル・エデュケイター」への志を現代に甦らせようと意図して、われわれはここに古今の文芸作品はいうまでもなく、ひろく人文・社会・自然の諸科学から東西の名著を網羅する、新しい綜合文庫の発刊を決意した。

激動の転換期はまた断絶の時代である。われわれは戦後二十五年間の出版文化のありかたへの深い反省をこめて、この断絶の時代にあえて人間的な持続を求めようとする。いたずらに浮薄な商業主義のあだ花を追い求めることなく、長期にわたって良書に生命をあたえようとつとめるところにしか、今後の出版文化の真の繁栄はあり得ないと信じるからである。

同時にわれわれはこの綜合文庫の刊行を通じて、人文・社会・自然の諸科学が、結局人間の学にほかならないことを立証しようと願っている。かつて知識とは、「汝自身を知る」ことにつきていた。現代社会の瑣末な情報の氾濫のなかから、力強い知識の源泉を掘り起し、技術文明のただなかに、生きた人間の姿を復活させること。それこそわれわれの切なる希求である。

われわれは権威に盲従せず、俗流に媚びることなく、渾然一体となって日本の「草の根」をかたちづくる若く新しい世代の人々に、心をこめてこの新しい綜合文庫をおくり届けたい。それは知識の泉であるとともに感受性のふるさとであり、もっとも有機的に組織され、社会に開かれた万人のための大学をめざしている。大方の支援と協力を衷心より切望してやまない。

一九七一年七月

野間省一

講談社文庫 最新刊

パトリシア・コーンウェル
池田真紀子 訳
禍根(上)(下)
ケイ・スカーペッタが帰ってきた。大ベストセラー「検屍官」シリーズ5年ぶり最新邦訳。

桃戸ハル 編・著
5分後に意外な結末
〈ベスト・セレクション 銀の巻〉
たった5分で楽しめる20話に加えて、たった5秒の「5秒後に意外な結末」も収録！

砂原浩太朗
黛家の兄弟
政争の中、三兄弟は誇りを守るべく決断する。神山藩シリーズ第二弾。山本周五郎賞受賞作。

田中芳樹
創竜伝 15
〈旅立つ日まで〉
竜堂四兄弟は最終決戦の場所、月の内部へ。大ヒット伝奇アクションシリーズ、堂々完結！

風野真知雄
魔食 味見方同心(一)
〈豪快クジラの活きづくり〉
究極の美味を求める「魔食会」の面々が、事件を引き起こす。待望の新シリーズ、開始！

森 博嗣
妻のオンパレード
〈The cream of the notes 12〉
常に冷静でマイペースなベストセラ作家の100の思考と日常。人気シリーズ第12作。

講談社文庫 最新刊

柿原朋哉
匿《とく》名《めい》
超人気YouTuber・ぶんけいの小説家デビュー作！「匿名」で新しく生まれ変わる2人の物語。

いしいしんじ
げんじものがたり
いまの「京ことば」で読むと、源氏物語はこんなに面白い！ 冒頭の9帖を楽しく読む。

佐々木裕一
将軍の首
〈公家武者信平《のぶひら》ことはじめ(十四)〉
腰に金瓢箪《きんぴょうたん》を下げた刺客が江戸城本丸まで迫りくる！ 公家にして侍、大人気時代小説最新刊！

輪渡颯介
闇試し
〈古道具屋　皆塵堂〉
幽霊が見たい大店のお嬢様登場！ 幽霊が見える太一郎を振りまわす。〈文庫書下ろし〉

瀬那和章
パンダより恋が苦手な私たち2
編集者・一葉《いちは》は、片想い中の椎堂《しどう》と初デート。告白のチャンスを迎え——。〈文庫書下ろし〉

朝倉宏景
風が吹いたり、花が散ったり
『あめつちのうた』の著者によるブラインドマラソン小説！〈第24回島清恋愛文学賞受賞作〉

深水黎一郎
マルチエンディング・ミステリー
密室殺人事件の犯人を7種から読者が選ぶ！ 読み応え充分、前代未聞の進化系推理小説。

講談社文芸文庫

高橋源一郎
君が代は千代に八千代に
解説＝穂村 弘　年譜＝若杉美智子・編集部
たN5
「この日本という国に生きねばならぬすべての人たちについて書くこと」を目指し、ありとあらゆる状況、関係、行動、感情……を描きつくした、渾身の傑作短篇集。
978-4-06-533910-7

大澤真幸
〈世界史〉の哲学 3 東洋篇
解説＝橋爪大三郎
おZ4
一二世紀頃、経済・政治・軍事、全てにおいて最も発展した地域だったにもかかわらず、覇権を握ったのは西洋諸国だった。どうしてなのだろうか？ 世界史の謎に迫る。
978-4-06-533646-5

2023年9月15日現在